過香積寺
향적사를 찾아가다

향적사 어딘지 알지 못하여
구름 봉우리 속으로 몇 리나 들어간다
고목 우거져 사람 다니는 길 없건만
깊은 산 속 어딘가의 종소리
샘물 소리 가파른 바위에서 흐느끼고
햇살은 푸른 소나무를 차갑게 비치고 있네
해질녘 고요한 연못 굽이에 앉아
편안히 참선하며 잡념을 걸어 낸다네

不知香積寺　數里入雲峰
古木無人徑　深山何處鍾
泉聲咽危石　日色冷青松
薄暮空潭曲　安禪制毒龍

우화등선

끄러나왕仙

Fantastic Oriental Heroes

촌부 新무협 판타지 소설

우화등선 1

촌부 新무협 판타지소설

초판 1쇄 찍은 날 § 2006년 1월 23일
초판 1쇄 펴낸 날 § 2006년 1월 31일

지은이 § 촌부
펴낸이 § 서경석

편집장 § 문혜영
편집책임 § 이재권
편집 § 서지현

펴낸곳 § 도서출판 청어람
등록번호 § 제1081-1-89호
등록일자 § 1999. 5. 31
어람번호 § 제2-0818호

주소 § 경기도 부천시 원미구 심곡1동 350-1 남성B/D 3F (우) 420-011
전화 § 032-656-4452 팩스 § 032-656-4453
http://www.chungeoram.com
E-mail § eoram99@chollian.net

ISBN 89-5831-955-0 04810
ISBN 89-5831-954-2 (세트)

① 사제지정(師弟之情)

우화등선

羽化登仙

Fantastic Oriental Heroes

촌부 新무협 판타지 소설

도서출판 청어람

목차

井蛙不可以語於海者이나 而知空深이라.
우물 안의 개구리는 바다의 넓음을 모르나 하늘의 깊이를 안다.

'**나**무가 있구나.'

청명(淸明)은 산마루에 있는 작은 공터에 앉아 산등성이를 바라보고 있었다.

한 그루 나무를 바라보며 그 가지가 흔들리는 모습을 관찰하던 청명은 이제 시선을 옮겨 산등성이 전체를 바라보던 참이었다.

험준한 능선이 굽이굽이 이어져 있다.

사부작사부작—

부드러운 미풍에 산마루 아래의 수해(樹海)가 일렁거렸다. 가슴을 적시는 맑은 소리에 청명은 상쾌한 기분을 느꼈다.

'그냥 나무가 아니로구나. 바람에 흔들리는 나무가 있다.'

세수 백오십을 바라보는 늙은 청명은 눈을 감았다.

아무렇게나 앉아 있던 자리가 불편해 아예 누워버린 청명은 수해의 일렁임을 들으며 작게 한숨을 내쉬었다.

국, 구국, 국─

어디선가 괴이한 소리가 들렸다.

청명이 누운 채로 고개를 돌려 소리의 진원지를 바라보자 학 한 마리가 서서 부리로 날개를 훑고 있는 모습이 보였다.

청명은 미소를 지으며 학을 바라보았다. 그의 시선을 느낀 듯 학도 날개 훑던 것을 멈추고 청명을 바라보았다.

늙은 도인의 모습이 신기한지 잠시 고개를 갸웃거리던 학은 곧 관심을 잃고 다시 날개를 지분거렸다.

청명은 하늘을 바라보았다. 자신의 도명(道名)처럼 구름 한 점 없는 파란 하늘이 보였다.

얼마나 그렇게 있었을까.

어느새 바람이 멈추었다. 청명의 늘어진 볼과 수염을 부드럽게 감싸던 바람이 사라졌다. 낡고 헤진 도포가 가라앉아 껄끄럽게 느껴졌다.

푸른 하늘에 구름 한 점이 도도히 흘러가는 것이 보였다. 수해의 일렁임은 여전히 계속되고 있었다.

'그렇구나. 바람은 이미 멈추었으나 구름은 흘러가고 나무는 흔들리는구나.'

한참 날개를 지분거리던 학이 몸을 한차례 부르르 떨더니 청명에게 조심스레 다가왔다.

청명은 하늘을 바라보며 눈을 감았다.

'이제 알겠구나. 본시 바람도 없고 나무도 없는 것을.'

청명은 그렇게 깨달음을 얻었다.

＊　　　　＊　　　　＊

청명이 눈을 떴을 때는 제법 긴 시간이 흘렀는지 어느새 어둑어둑해져 있었다.

청명은 조금 전에 꾸었던 꿈을 생각했다.

꿈에서 자신은 가만히 서 있었다. 하지만 주위의 배경은 끊임없이 바뀌고 있었다. 처음으로 바뀐 배경은 전쟁터였다.

청명은 마귀들을 보았다. 그 마귀들은 부리부리한 눈에 하늘로 솟구친 눈썹을 한 천상의 장군들에 의해 토벌당하고 있었다. 울룩불룩 근육질의 천군(天軍)들이 자신도 잡으려고 달려들었지만 청명이 붙잡히기 직전에 배경이 바뀌었다.

잠시 귀에 이명이 느껴졌다. 눈앞에서 뭔가가 휙휙 지나가더니 어느새 더 이상 움직이지 않는다. 청명은 잠시 멍해 있다가 어리둥절한 눈으로 바뀐 배경을 바라보았다.

구름 위에서 예쁜 선녀들이 수다를 떨고 있었다. 무슨 이야기를 그렇게도 재밌게 하는지 끼리끼리 모여 가가호호 웃는 것이 동네 아낙들 같다. 하지만 예뻤다. 가끔 춤을 추는 선녀도 있었다. 청명은 그들을 더 바라보고자 했으나 또다시 주위가 바뀌고 있었다.

이번에는 노인들이 구름 위에 터를 잡고 앉아 바둑을 두고 있었다. 노인들은 반갑게 웃으며 청명을 바둑판으로 불렀지만 바둑을 모르는 청명은 멀뚱멀뚱 서 있을 수밖에 없었다.

다음으로 바뀐 주위에는 아름다운 집들과 궁궐이 있었다. 궁궐을 한번도 보지 못한 청명은 탄성을 지르며 주위를 둘러보았다. 청명이 멀리 떨어진 고루거각(高樓巨閣)을 신기한 듯 바라볼 때 눈앞에서 누군가가 불쑥 나타나 머리를 쥐어박았다.

"아직은 올라올 때가 아니다, 이 녀석아! 내려가서 기다려!"

노인의 호된 꿀밤에 청명은 정신을 차렸다. 그때야 깨어난 것이다.

청명은 그것을 그저 꿈일 뿐이라 생각하고는 어두운 하늘을 바라보았
다.

'하늘을 바라보다가 잠이라도 들었나 보구나.'

"웅차!"

노인네답게 끙끙 앓는 소리를 내면서 몸을 일으키려던 청명은 자신의
몸이 멀쩡하자 의아함을 느꼈다.

'본래 몸을 움직이려면 여기저기가 아파야 정상인데?

몇 해 전인지도 모를 옛날부터 쑤셔오던 허리가 더 이상 아프지 않았
다. 굽힐 때마다 시리던 무릎도 아무렇지 않았다. 아니, 도리어 개운한
것이 새로 태어난 듯했다.

청명은 일어나 팔다리를 제멋대로 움직여 보았다. 온몸에 기운이 넘쳐
흐르는 것만 같았다.

"웅?"

의아함을 느낀 청명은 자신의 몸을 여기저기 주물러 보았다.

손을 내려다보니 주름이 없었다. 얼굴을 만져 봐도 제멋대로 자라 있
던 하얀 수염이 만져지지 않았다. 심지어 옷마저도 파란색과 흰색이 선
명한 새 도복(道服)이었다.

"이, 이게 무슨 일이지? 이것 참."

몸의 이곳저곳을 만져 보던 청명의 귓가에 학이 우는 소리가 들렸다.

국, 구국, 구국—

학이 청명을 바라보고 있었다. 그 모습이 왠지 모르게 정겹고 반가웠
다.

"그래, 너도 아직 여기 있었구나."

학이 말똥말똥한 눈으로 청명을 바라보다가 고개를 돌렸다. 학이 주시
하는 곳에는 늙은 노인의 시체가 있었다.

청명이 눈을 동그랗게 떴다. 그 사람이 누군지 바로 알아볼 수 있었다. 하긴 자신이 아니면 누구도 알아볼 수 없었으리라.

그 시체는 바로 잠들었다고 생각한 자신의 몸이었다.

청명은 그제야 어떻게 된 상황인지 짐작할 수 있었다. 도(道)를 얻어 육신의 껍데기를 벗은 것이다. 꿈에서 본 것은 선계(仙界)인 것이 분명했다.

잠시 시체를 바라보던 청명이 고개를 들어 하늘을 올려다보았다. 구름 사이로 꿈에서 보았던 천상의 궁이 보이는 듯했다. 하지만, 아직은 올라갈 때가 아니었다.

어째서 자연지도(自然之道)를 깨달았고 탈각(脫殼)을 이루었는데도 선계에서는 자신을 부르지 않을까?

그때, 청명의 뒤에서 부드러운 목소리가 들렸다.

"그래, 아직은 선계에 오를 수 없으니라."

청명이 뒤를 돌아보니 인자해 보이는 노인이 미소를 지으며 서 있는 것이 보였다.

"저, 저……."

"허허, 그래. 오랜만이지?"

"사부님!"

십칠, 팔 세 정도의 소년 모습을 한 청명이 달려가 노인의 품에 안겼다.

"허허, 이 녀석. 하나도 변하지 않았구나. 너도 이제 많이 늙었거늘."

"나이야 많지만… 다른 사람을 만나본 것이 벌써 백 년이 넘은걸요. 사실 말하는 것도 잊어버렸는데."

노인이 너털웃음을 터뜨렸다.

"예끼, 이놈아! 배운 것을 잊어버리지 말라고 그토록 말했거늘! 말을 벌써 잊으면 어쩌자는 게야? 나도 아직 기억하고 있거늘!"

“헤헤.”

잠시 헤헤거리며 웃던 청명이 어리광을 부리듯이 칭얼대기 시작했다. 노인은 미소를 지으며 청명을 바라보고 있었다.

“그래도 산중 수련만 하고 화기가 든 음식도 먹지 않았어요. 사람을 만나지 못해 외로웠지만 모든 것이 같음[萬物一如]을 알았어요. 말을 잊었지만 나도 잊었구요[忘我之境], 모든 것이 없음으로 해서 있다는 것도 알았어요[有生於無].”

“그래, 네가 도를 얻었더구나.”

청명이 계속해서 말했다. 모처럼 어리광을 부리니 기분이 좋았다. 이런저런 이야기 모두 다 스승께 해드리고 싶었다.

“세상이 두루 통함을 알기에 세상 사람들이 어떤 모습인지도 알아요. 세상 사람들이 보기에 저는 성장하지 않았다고 할 테지만 도는 알 것 같아요[不成知道].”

“그래, 그래. 태상노군[老子]께서는 도를 얻은 사람일수록 어수룩한 바보 같다 하셨지.”

“그리고…….”

청명이 잠시 머뭇거렸다.

“그리고… 선계(仙界)에 오를 수 없음도 알아요.”

노인의 얼굴이 굳어졌다.

“그래, 그렇단다. 아직 인세의 인연이 다하지 않았더구나.”

노인이 아직까지도 품에 안겨 있는 청명을 떼어 다정한 눈으로 바라보며 말했다.

“아직 너는 선계에 오를 수 없단다. 아니, 네 모습을 보아하니 이미 올랐다고 말하여도 무방하지만… 아직 때가 아닌 게지.”

청명이 의아한 눈으로 바라보았다.

"어찌 그런가요? 선계에 오르면 인연의 끈이 다하여야 하는데 왜 저는……."

"그리 궁금해하는 눈으로 보지 말거라. 네 말대로 인연이 아직 다하지 않았음이니. 하니 듣거라. 원시천존(原始天尊)께서 네게 내린 명이 있느니라."

"사자(使者)로 오신 건가요?"

"그래, 그렇단다."

그제야 청명이 몸가짐을 바로 한 다음 고개를 숙여 읍했다. 준비가 끝나자 노인이 준엄한 음성으로 말했다.

"원시천존께서 말씀하시길 네가 자연의 도를 깨달아 그 뜻을 알고 또 그것이 너와 다르지 않음을 알았으니 그 깨달음이 깊도다. 하나 아직 인간지도를 깨닫지 않았음이니 그것을 깨달을 때에야 비로소 선계에 오르리라. 비록 인간지도를 깨치지 않은 선인이 선계에 오른 바가 적지 않으나 너의 소임은 적덕선(積德仙)이요, 인중선(人中仙)이라. 그 소임을 이룰 때까지는 선계에 오름을 불허(不許)하노라. 그러하니 네가 비록 자연지도를 깨달았다 해도 스스로 부족하다 여기고 인간지도를 배워 오너라. 그를 위해 명을 하달하니 너는 듣고 명심하라."

"명심하겠습니다."

"제일, 너는 평범하게 살아라. 어떤 사람이 되어도 무방하나 다만 평범하게 살아라. 제이, 너는 인간에 대해 배우거라. 인간에 대해 하나도 남김없이 배워 그에 대해 궁리하여라. 제삼, 너의 뜻한 바가 있거든 나의 명을 좇지 말라. 다만 그 뜻을 깨닫기 전까지는 마땅히 명을 좇으라. 세 번째 명을 가장 중시하여 진정으로 나의 명을 좇지 아니 할 때에 너는 선계에 오르리라."

"…예."

청명은 아직 의문이 가시질 않았는지 의아한 표정이었다. 노인이 한숨을 쉬었다.

"나도 인간지도를 배웠다 말하기는 힘들다만 그래도 선계에서 뵌 적 덕선께서 가장 참된 선인인 줄은 알고 있단다. 그 길이 결코 쉬운 길이 아닐 터인데 네가 어찌 그 길로……."

"괜찮아요."

마음을 정리한 청명이 안심하란 듯이 웃어 보였다.

"무언가 뜻이 있으시겠지요."

노인이 자애로운 미소를 지었다.

"그래, 너라면 잘해낼 것으로 믿는다. 마음을 편히 먹거라."

말을 마친 노인이 이내 멋쩍게 웃으며 말했다.

"허허, 이거 너무 오래 끄는 게 아닌가 모르겠구나. 명을 받았으니 서둘러 내려가거라. 비록 긴 시간이 걸릴지라도 시간은 고작해야 흐름일 뿐이니 흘러흘러 흐르다 보면 다시 만나게 될 터. 어차피 이리 된 바 인세의 향취나 마음껏 맡고 오너라."

"버, 벌써… 가시게요?"

"그럼. 머지않아 다시 만날 것을 뭐 그리 아쉬워하느냐. 서둘러 내려가거라."

"그래도……."

청명이 아쉬운 표정으로 머뭇거렸다. 만난 지 반 각도 되지 않았는데.

"이놈! 벌써부터 게으름만 늘었구나! 세상을 떠돌 일만 해도 쉽지 않거늘!"

"네에……."

마지못해 대답한 청명이 여전히 어물쩍거리자 노인이 다시 부드러운 목소리로 말했다.

"저기 저 학이 너를 마중 나왔으나 쓸모없는 일이 되어버렸구나. 기왕에 내려온 것, 세상에 내려갈 때 타고 가려무나. 그리고 내려가는 길에 무당에 들러 청허자(淸虛子)에게 속히 올라오라 전하거라. 그놈도 늦장이 꽤 심하더구나."

"저… 그럼… 무당으로 갈까요?"

"그리하여도 좋겠지."

청명이 다시 한 번 노인의 품에 안겼다. 아직 세상에 대해 잘 모를 테니 말 심부름을 핑계로 사문에 가서 잠시 쉬었다가 떠나라는 스승의 배려인 것이다.

청명이 나지막한 목소리로 말했다.

"곧 다시 뵈어요."

노인도 청명을 따듯하게 안아주었다. 그리고 등을 몇 번 다독거려 주고는 곧 포옹을 풀었다.

청명은 노인을 안타까운 눈으로 한 번 더 바라보고는 학에게 다가갔다.

"자, 마중 나왔다니 고맙다. 날 무당까지 데려다주겠니?"

국, 구국―

학이 널찍한 날개를 쫙 펼쳤다. 청명이 학의 등에 올라타자 곧 몸이 둥실 떠오르는 것이 느껴졌다.

청명은 마지막으로 스승의 모습을 눈에 넣어보고자 했으나 다시 뒤를 돌아보았을 때는 아무도 없었다.

1장

제1화 하계(下界)로 내려오다

호북성(湖北省) 균현(均縣).

균현에서 남쪽으로 조금만 내려가면 영기 넘치는 산이 하나 위치해 있다. 이 산의 모양은 마치 종 위에 향로가 서 있는 듯한데 이름은 태화(太和), 혹은 무당(武當)이라 한다.

도교에서는 이 산을 일컬어 상제(上帝)가 직접 다스리는 땅이라 하여 오래 전부터 성지로 여겼다. 그와 더불어 산의 영준함에 취한 도인(道人)들이 하나둘씩 모여 드디어 무당산에 도관을 건축했으니 그때가 당(唐)의 시대였다.

하지만 이 산의 이름이 당금 강호에 드높게 된 것은 대종사 장삼봉의 대(代) 이후였다.

장삼봉은 소림사 출신의 승려였으나 억울한 누명을 쓰고 쫓겨나 세상을 떠돌았다. 어느 날 장삼봉은 무당산에 당도하여 세 개의 봉우리를 보고 깨달음을 얻어 스스로를 삼봉이라 칭하고는 무당파를 세워 제자들을 길러냈다.

장삼봉은 당금 강호에 검선(劍仙)으로 알려졌을 뿐만 아니라 백성들에게도 그 이름이 드높아 살아 있는 신선으로 추앙받곤 했다.

심지어 황제조차 그를 가까이하기를 원했는데 그 마음이 얼마나 깊었는지 무당산에 거대 건축물을 만들어 봉헌하기에 이르렀다.

무려 아홉 궁과 서른네 개의 도관, 일흔두 개의 암묘로 이루어진 이 건축물은 총 서른세 개의 군(群)으로 이루어진 거대한 도관(道館)이었다.

그 크기가 황제의 궁과 비슷한데, 무려 십이 년이란 세월을 넘어 이루어진 대역사(大役事)이기도 했다.

*　　　*　　　*

안개가 휘감긴 무당산 칠십이 봉.

주봉인 천주봉(天主峰) 아래에는 태화궁(太和宮)이 위치해 있다. 금전(金殿) 바로 아래에 위치한 궁으로 이곳은 무당의 장문인이 기거하는 곳이기도 했다.

"사제는… 어찌 생각하시는가?"

침중한 음성으로 장문인 현평 진인(玄平眞人)이 말했다. 흰 수염을 곱게 기른 것이 퍽 나이 들어 보이는 모습이나 얼굴에 주름 하나 없는 것은 마치 젊은이와 같았다.

현평 진인은 차를 들어 입가로 가져갔다.

"진실이라고 생각하고 있습니다."

"으음……."

현평 진인이 침음성을 흘렸다. 당금 강호에 무당의 장문인이 해결하지 못할 일이 거의 없거늘 이 일만큼은 어쩔 수가 없다.

"그럼 운혜(雲慧)를 어찌해야 좋을꼬?"

"이러지도 저러지도 못하게 되었지요. 하지만 그 아이를 내칠 수야 없는 노릇 아니겠습니까?"

"그렇지. 무당의 품에 안긴 아이를 어찌 내쫓을 수 있을꼬. 그것도 마도(魔道)의 무리들에게."

장문인의 사제이자 진인의 칭호를 하사받은 현성 진인(玄成眞人)의 마음도 편치는 않았다. 어찌하여 당금 강호에 이런 일이 일어난단 말인가! 생각해 보니 절로 한숨이 나왔다.

"그곳이 마교(魔敎)의 분타라는 사실은 확실한가?"

"예. 무림맹에서 여덟 목숨의 희생을 바탕으로 확인하였다 합니다."

현평 진인이 또다시 침묵했다.

얼마의 시간이 흘렀을까?

현평 진인은 드디어 결단을 내린 듯 고개를 들었다.

"총회합을 열겠네. 준비해 주게."

"예, 그리하겠습니다."

마음이 놓이질 않는지 현평 진인이 다시 말했다.

"여유를 두지 말고 빠른 시간 안에 준비해야 할 것일세. 촌각을 다투는 일이니."

"예, 그리 준비하겠으니 사형은 너무 걱정 마십시오."

현성 진인의 말을 끝으로 잠시 침묵이 흘렀다.

"허허, 그보다 사부님께 문안 인사는 올리셨습니까?"

사제가 뜬금없이 사부님 이야기를 꺼냈다. 급작스레 화제를 돌리는 것을 보니 너무 심려치 말라는 부드러운 응원을 하는 것일 게다.

현평 진인이 미소를 지었다.

"허허, 벌써 십오 일째 발걸음을 못했다네. 아마 보자마자 죽이려 하실지도 모를 일이야."

"그러게 제때에 문안 인사를 드리셔야지요. 자칫하다가는 제가 장문인 자리를 물려받겠습니다."

"그래, 차라리 나도 그리 되었으면 좋겠구면. 이 자리도 귀찮은 일이 이만저만이 아니거든."

현성 진인이 너털웃음을 터뜨렸다. 하지만 역시 너무 큰일을 마주해서인지 흥이 안 난다.

"내일은 문안 인사를 꼭 드리도록 하십시오. 피곤하실 터이니 이만 물러나겠습니다."

"그리하게나."

길게 읍하고 사제가 물러나자 현평 진인이 다시 차를 들어 입가로 가져갔다. 상념이 꼬리에 꼬리를 물고 일어났다.

지금으로부터 이십오 년 전, 강호에 대란(大亂)이 일어났다. 근 이백여 년간 고요했던 마교가 마침내 발호(跋扈)한 것이다. 정파에는 백오십 년 만에 무림맹이 결성되었고, 사파에는 사도맹이 결성되었다.

다행히 소림의 공진 성승(孔眞聖僧)의 희생으로 사천 땅에서 마교를 막아낼 수 있었지만 그 피해는 참으로 컸다. 만여 명에 육박하는 사람들의 피를 흘린 끝에야 강호는 다시 평화를 찾을 수 있었다.

그리고 칠 년 뒤, 무림맹에 한 여인이 찾아왔다. 여인은 아이를 가진 임부(姙婦)였고, 도착하자마자 무림맹주에게 안내되었다. 하지만 여인의 생은 그리 길지 않았다. 도착한 지 얼마 지나지 않아 여아(女兒)를 낳고는 사망한 것이다.

그 갓난아이를 놓고 무림맹의 명사들은 긴 시간 동안 갑론을박을 펼쳐야 했는데, 결국 수많은 논의 끝에 무당에서 여아를 제자로 받아들이기로 결정했다.

그 아이가 바로 운혜.

장문인은 한숨을 내쉬었다. 곧 어두운 태화궁에 고요가 깃들었다.

*　　　　　*　　　　　*

장문인이 상념에 빠져 있던 그 시각 우진궁(遇眞宮)에서는 야행인이 비조처럼 날고 있었다.

우진궁 아래에 위치한 태청관(太淸館)을 향해 한 발만 잘못 미끄러져도 험준한 산비탈로 굴러 떨어지게 되는 담이 이어져 있는데 야행인은 그 위를 평지처럼 달려가고 있었다.

표홀한 신법으로 나아가던 야행인이 낭떠러지 밖으로 몸을 날린 것은 젊은 순찰 도사가 나타났을 때였다.

젊은 순찰 도사는 타판(打板)을 들고 담을 따라 걸어가고 있었다. 워낙 긴 담인지라 그가 사라질 때까지는 긴 시간이 흘러야 했다. 그동안 야행인은 난간에 매달려 숨을 죽이고 있었다.

이윽고 순찰 도사가 사라지자 야행인은 다시 비조처럼 달려나갔다.

야행인이 향하는 곳은 태청관(도사들이 묵는 숙소) 그중에서도 별관이었다. 도사들의 대부분은 남자로 본관을 쓰지만 좌측의 별관은 몇 안 되는 여도사들이 쓴다.

야행인이 발걸음을 멈춘 곳도 바로 그곳이었다.

운혜 사고가 머무는 곳.

숙면을 취하는 운혜의 앞까지 야행인은 무리없이 다가갈 수 있었다.

사실 운혜의 자는 모습은 숙면이라고 말하기엔 조금 부족한 감이 있었다. 몸을 대 자로 쭉 뻗은 채로 침상 위의 이불은 이미 발 아래로 굴러 떨어진지 오래다. 입가에는 침이 말라 허옇게 눌어붙어 있었고, 머리는 여기저기 떡져 제멋대로 뻗쳐 있다.

숙면이라기보다는 쾌면이랄까? 아주 속시원히 자는 모습이다.

야행인이 그 모습을 내려다보며 미소를 지었다. 눈꼬리가 내려간 것이 몹시 기분이 좋을 때나 나오는 표정이었다.

'흐흐흐, 상상만 해도 벌써부터 신나는구나. 오늘 일이야말로 내 일생의 가장 큰 과업이라 할 만하느니!'

뭐가 그리 좋은지 야행인은 벙긋벙긋 웃었다. 자는 모습을 이렇게 봐도 예쁘고 저렇게 봐도 예쁘니 마음이 흡족했다. 하지만 잠자는 여도사를 구경하는 데 너무 많은 시간을 보내 버렸다.

딱― 딱―

기상을 알리는 타판 소리가 들렸다. 태청관에 머무는 도사들이 하나둘 잠에서 깨어나는 것이 느껴졌다.

앞의 여도사가 깨어날까 야행인의 마음도 급해졌다. 하지만 여도사는 시끄러운지 베개로 귀를 막으며 몸을 뒤척일 뿐이었다.

"우우웅……."

야행인이 안심한 듯 웃었다. 하지만 목표한 일을 무시할 수는 없는 일. 야행인은 날카로운 눈으로 여도사를 주시하며 검을 쥐었다.

살기가 줄기줄기 흘러나왔다.

흠칫.

살기를 느끼고 깨어난 운혜의 눈빛은 긴장으로 얼룩져 있었다.

반 각 후 태청관.

"침입이다!"

“태청관이다! 장문인께 보고해!”

“태청관이 박살났다!”

한바탕 소란이 일었다. 갓 잠에서 깨어 비몽사몽이던 도사들은 재빨리 일어나 검을 쥐었다.

운자배 최고의 검수 운풍자(雲風子)도 마찬가지였다. 그는 날카로운 눈으로 상황을 주시하며 여차하면 검을 빼어 들 수 있도록 자세를 편하게 했다. 그리고 경공을 펼쳐 사고가 난 태청관까지 달려갔다.

하지만 그곳에서는…….

“아악! 심장 떨어지는 줄 알았네! 사부님은 이게 무슨 짓이에요! 잘 자는데 살기라니!”

새된 여성의 악 쓰는 소리가 들렸다.

악을 쓰며 검을 날리는 여인의 모습을 보니 다행히 위험한 일이 벌어진 것 같지는 않았다. 다만 여인의 검에서 뻗어져 나오는 사상검(四像劍)의 검로(劍路)를 보아하니 오히려 상대가 위험해 보인다.

곧 늙수그레한 소리가 뒤따라 퍼졌다.

“아니, 너는 머지않아 강호로 나갈 것이 아니냐! 그때에는… 으악! 무슨 짓이냐! 사부를 죽이려고?”

짓쳐들어 오는 검날을 피하느라 목소리가 급격하게 끊겼다.

“그래서요, 그래서요? 어디 계속 말해보시죠!”

“그야말로 별의별 일이 다 일어나거늘 그때를 대비한 훈련이라고 말하지 않았느냐! 어이쿠! 이것은 오행검(五行劍)이 아니냐!”

운혜가 검을 들어 직선으로 찌르며 외쳤다.

“이런 사부가 어디 있어요! 잘 자다가 애 떨어지는 줄 알았잖아요!”

야행인, 아니, 이제는 복면을 벗은 노도인이 빙글빙글 웃으며 말했다.

“너, 임신했냐? 어이쿠! 수염이 잘리려고 한다, 이놈아! 이건 기사멸조(欺師蔑祖)야!"

주위의 도사들은 어느새 키득키득 웃으면서 장내의 다툼을 바라보고 있었다. 사실 이 일은 한두 번 있는 일이 아니다. 저 기묘한 사제의 대결은 언제 봐도 재미있는 구경거리였다.

"에잇, 기사멸조는 무슨! 훈련이라면서요! 훈련이면 이 정도는 돼야지요! 어디 이것도 받아봐요!"

"어이쿠! 어이쿠!"

노도인은 죽겠다고 엄살을 부리고 있었지만 슬쩍슬쩍 피하는 것이 자못 여유로워 보인다. 오히려 얼굴 가득 재미있다는 기색을 내비치는 것이 운혜의 분노를 부추기고 있었다.

노도인이야말로 전대의 무당제일검(武當第一劍)이자 장문인의 사제인 현무 진인(玄武眞人)인 것이다.

구경하는 사람들도 흥이 돋았다.

"운혜 사고(師姑)! 거기서는 오행만합(五行萬合)! 그 초식이 가장 합당합니다!"

"아니야, 이 바보 같은 황우자(黃雨子)야! 거기서는 가장 간단한 횡소천군이 적격이거든!"

"에이, 운형(雲形) 사숙께서도 뭘 잘 모르시네? 그러면 사조님이 돌아가시잖아요!"

현무 진인이 분노했다.

"네 이놈들! 지금 네놈들도 기사멸조의 행위란 것을 저지르는 것이렷다! 어이쿠! 진짜 횡소천군으로 베면 아니 된다!"

황우자가 키득키득 웃었다.

태청관에 머무는 유일한 황자배 도인인 그는 뛰어난 검수였다. 다만 성격이 진중하지 못하고 가벼워 주위의 한숨을 독차지하는 문제아이기도 했다. 그와 죽이 잘 맞는 운형자가 아니었다면 그는 아마 무당을 뛰쳐나갔을지도 모른다.

키득키득 웃던 황우자는 현무 진인의 분노를 무시하고 결전에 계속 훈수를 두다가 현무 진인의 뒤에서 이상한 것을 발견했다.

새였다. 종류는 모르겠지만 그 크기가 커 보였다.

"운형 사숙, 저거 아무리 봐도 새 같은데… 이쪽으로 오는 것 같지 않아요?"

"시끄러! 조용히 해라! 저걸 봐라. 극성의 유운신법(流雲身法)이 펼쳐지고 있잖냐! 하나라도 더 봐둬야지!"

"아니, 근데… 점점 더 크기가 커진단 말입니다! 등 뒤에… 뭐가 매달려 있는데요?"

"도대체 뭔데… 응?"

아니나 다를까, 현무 진인의 등 뒤로 커다란 학이 날아오고 있었다. 그 등 뒤에 뭔가가 매달려 있는 것도 사실이었다.

"안력을 좀 돋우어봐요. 저는 아직 내공이 일천해서… 어, 어? 보인다!"

"저거, 사람 같은데?"

"에이, 신선이 아니구서 무슨 학을 타고 와요! 근데 진짜 사람 같네?"

사람 맞다. 그리고 무당을 향해 다가오는 것도 맞았다. 그 사실을 장문인이 확인시켜 주었다.

"내가 봐도 사람 같구나. 허허, 기사로다. 무당에 복이 오려나?"

황우자는 화들짝 놀라 뒤를 바라보았다. 그러고 보니 침입이라고 외치며 장문인을 모셔오라고 한 사람이 있었던 것도 같다. 그렇다고 해도 어떻게 이리도 빨리 도착했단 말인가? 인기척 또한 느끼지 못했다.

"제자 황우가 장문 진인을 뵈옵니다."

“제자 운형이 장문 진인을 뵈옵니다.”

뒤이어 수많은 인사가 이어졌다.

무당의 제자들이 겸허한 눈으로 장문인을 바라보고 있을 때 장문인이고 자시고 서로 간에 검을 나누느라 바쁜 사제는 여전히 칼질 중이었다. 하지만 이미 사람들의 관심은 멀어진 지 오래다.

“아무래도 사람 같은데……..”

“소년이다. 나이가 어려.”

현평 진인이 말했다.

“그렇다면……?”

“정말 선동(仙童)일지도 모르겠다.”

운혜와 현무 진인을 제외한 모두가 침묵했다.

“사부님은 정말! 제가 놀라서 죽어버렸으면 어떻게 하시려고 그래요?”

“네가? 네가 설마? 곧 죽을 놈이 사부에게 칼질을 해?”

“이이익!”

“허허허, 화내는 모습마저도 깜찍한 것이 자라면 천하제일미가 되겠다.”

“말 돌리지 말아요!”

침묵 속에서 더 더욱 두드러지게 들려오는 둘의 소란에 현평 진인이 분노한 목소리로 말했다.

“네놈들도 몸가짐을 좀 단정히 하는 게 어떻겠냐? 기인(奇人)이 본 파를 방문하실지도 모른단 말이다!”

음성에 노기가 섞인 것이 태청관을 부순 일이 아무래도 맘에 걸렸는가 보다.

운혜의 간담이 서늘해졌다. 수많은 현자배 도인 중에서도 장문인의 성격이 가장 꼬장꼬장한 것이다.

'헉! 삐쳤다!'

하늘 같은 장문인의 심기를 재빨리 알아차린 운혜가 잠시 버벅거리더니 어떻게든 화를 면해보고자 애교를 부렸다. 검은 이미 거둔 지 오래다.

"헤헤, 장문 사백, 저… 이게요… 어떻게 된 거냐면요…….""

뒤따라서 현무 진인도 어색하게 헛기침을 하며 현평 진인을 바라보았다. 사형은 무서운 사람이다.

"험험, 사형."

"둘 다 가까이 오너라!"

둘 다 가까이 왔다.

현평 진인은 애교를 부리는 운혜와 멋쩍게 헛기침을 하는 사제를 번갈아 바라보았다.

"사제, 설명해 보게."

"헤헤, 장문 사백, 그게요…….""

"넌 조용히 해라."

"네에…….""

한마디로 운혜의 변명을 막아버린 현평 진인이 냉엄한 눈으로 현무 진인을 바라보았다.

현무 진인은 눈을 굴렸다. 아무래도 화가 많이 난 모양인데?

"험, 사형, 그게 말이오, 강호에 나가면 이런저런 일이 많지 않소? 그래서 그런 일들을 미리 체험하게 해주려고……. 그러니까 경험이 중요하니까… 내 말은…….""

알 것 같다. 잘 자고 있는 운혜에게 말썽꾸러기 사제가 살기(殺氣)를 뿌린 것일 게다. 장난 삼아 했다지만 운혜는 무인(武人). 살기에 놀라지 않을 턱이 없다.

현평 진인이 크게 한 소리를 하려던 찰나 황우자가 경박한 목소리로 말했다.

"가까이 옵니다! 곧 내려올 것 같은데요!"

잠시 다가오는 학과 사제를 번갈아 보던 현평 진인이 이를 뿌드득 갈며 말했다.

"너희들은 추후에 그 죄를 논할 것이니 두고 보자."

그사이 학은 점점 사람들에게로 다가오고 있었다.

학은 등 뒤에 올라탄 소년을 배려해서인지 부드럽게 날고 있었다. 빠르지도 느리지도 않은 속도에 날갯짓까지 부드러운 것이 등 뒤의 소년에게 적잖이 신경 쓰는 모습이었다. 그러나 청명은 학의 배려를 조금도 눈치채지 못했다.

'음, 어떻게 해야 하지? 일단 인사를 하고 내 소개를 한 다음 잠시 머물겠다고 하면 되나? 아니, 소개가 먼저고 인사가 나중인가?'

청명은 고민하고 있었다. 무려 백사십여 년 만에 사람을 만나보는 것이니 어떻게 첫 만남을 이끌어야 할지 고민이 되는 것이다.

'확실히 내 소개가 먼저인 것 같아. 누군지도 모르는 사람이 학을 타고 내려오면 이상할 테니까.'

이상한 게 아니라 괴상한 거지만 어쨌든 청명의 고민은 계속됐다.

'하지만 인사를 먼저 하지 않으면 예의가 바르지 않다고 볼 텐데. 분명 인사부터 하는 것 같은데……'

밑의 사람들도 고민하고 있긴 마찬가지였다.

"저기… 장문 진인, 아무래도 학 뒤의 저것은 사람이 맞는 듯합니다."

"나도 아네."

  현평 진인의 얼굴에는 수심이 가득했다. 지금은 사제와 운혜 사질에게 한눈을 팔 때가 아니었다. 생각해 보니 학을 타고 날아오는 사람의 정체가 가장 문제이지 않은가! 야수맹의 조련사들이 동물을 다루는 데 익숙하다 했는데 그놈의 잡종들일까, 아니면 그냥 맘씨 좋은 학이 지나가던 사람을 태워줬을까? 아니면… 정말 신선일까? 제자라고 있는 것들은 별로 도움이 될 것 같지 않다. 고작 사람이 맞다는 소리라니……. 자신도 눈이 있어 그쯤은 알고 있다.

  곧 학이 완전히 내려올 터, 그렇게 되면 무당의 장문인인 자신이 어떻게 말이라도 걸어봐야 한다. 하지만 워낙 신비로운 등장이니 뭐라고 말을 해야 될지도 모르겠다. 주위의 도사들은 벌써부터 웅성웅성대고 있었다.

  "신선이다! 신선님이 우리 도관에 오셨다!"

  "아니야. 저건 선동이라고."

  "응? 왜 그렇게 생각하세요, 사숙?"

  "수염이 없잖아."

  현평 진인도 주위의 웅성거림을 주의 깊게 듣고 있었다. 혹시 정체를 추측하는 데 도움이 될까 싶어서다. 하지만 오히려 수심만 더 가득해졌다.

  '정말 신선이라면 존댓말을 써야 하는가? 하지만 아니라면? 혹여 운혜를 노리고 온 마교의 인물일지도 모르지 않은가! 그보다 꽤나 어려 보이는구나. 반로환동(返老還童)일까? 설마 정말 선동은 아닐 테지.'

  어느새 학이 비행을 멈추고 착지했다. 그리고 한쪽 날개를 부드럽게 내리자 십칠, 팔 세쯤 되어 보이는 소년이 학 위에서 폴짝 뛰어내렸다.

  주위의 웅성거림이 가라앉고 고요함이 좌중을 지배했다.

  현평 진인은 자신이 앞에 나서야 될 시점임을 깨달았다.

'자아, 일단 예법에 따라 정중히 맞이하자. 어떤 기인인지는 모르나 무례해 보이는 것보다는 나을 테지. 틀림없이 반로환동일 터, 인상이 선해 보이는 것이 악인(惡人)은 아닐 게다.'

현평 진인이 앞으로 나서자 학을 타고 내려온 소년이 현평 진인을 바라보며 생긋 웃었다.

"무량수불, 어떤 기인이……?"

"안녕하세요?"

말이 끊겼다. 게다가 정체를 물으려는 찰나에 상대가 인사를 하니 왠지 모르게 무뢰배가 된 느낌이다. 본래는 강호의 예법대로 '어떤 기인이 본 파를 방문하시었소?' 라고 물어보려 했던 것이니 크게 실수한 것도 아닌데.

현평 진인이 떨떠름한 목소리로 말했다.

"아, 안녕합니다. 그쪽은……?"

현평 진인은 자신의 목소리가 멍청해 보인다고 생각했다. 육십 년간 도를 닦아오면서 마음의 평정을 항상 유지해 왔는데 너무 당황한 탓이다. 아무리 당황했다고 하지만 '그쪽은?' 이라니. 갑자기 현평 진인은 스스로가 부끄러워졌다.

청명도 당황하긴 마찬가지였다.

'어이쿠! 역시 내 소개부터 해야 하는가 보다.'

"예, 저는 무당의 십육대 제자로 도명은 청명이라 합니다."

무당의 십육대 제자? 현평 진인은 침묵했다. 아직 약관도 되지 않은 소년의 모습인데 십육대 제자에 청 자 돌림이면 자신의 사부 배분이다. 정말 반로환동한 전대(傳代)의 기인이란 말인가!

장문인이 말이 없자 청명은 자신이 뭔가 실수했다고 생각하고는 의기소침해졌다.

"아, 물론 저는 안녕하고요……."

목소리가 점점 작아져 끝의 '안녕하고요'는 들리지도 않았다. 청명의
얼굴색은 이미 붉어질 대로 붉어진 후였다.

도인들의 소란은 가라앉을 기미가 보이지 않았다.

도가제일문(道家第一門)이라 불리는 무당파에 학을 타고 내려온 신비
의 소년은 얼굴이 벌게져서 고개를 숙이고 있었지만 주위 사람들은 벌써
부터 절을 해야 하나 말아야 하나로 고민하고 있었다.

사람들의 시선이 괜히 따갑게 느껴져 청명의 얼굴은 점점 더 붉어져만
갔다.

"그렇다면… 역시 반로환동하신 겝니까?"

"예? 아, 예. 그렇지요. 하지만 반로환동했다기보다는 새 육체를 입었
다고 말하는 게 더 정확해요."

청명은 반로환동이란 말을 잘 알아듣지 못해 잠깐 버벅거린 다음 조그
마한 목소리로 말했다.

"저… 새 육체를 입었다 함은?"

"육신을 벗었지만 원시천존께서 명을 내려 잠시 인세에 더 머물러야
할 것 같아서요. 이 육신은 그래서 새로 주셨나 봐요."

시해선(屍骸仙)!

현평 진인은 충격을 받았다.

보통 신선이 될 때는 속세의 범인들이 상상하듯 학을 타고 천상 선녀
들의 춤추는 것을 감상하며 유유자적 올라가진 않는다. 도문에 몸을 담
은 사람으로서 그런 경우가 없다고는 못하겠지만 구전되어 오는 이야기
외에 실제로 벌어진 바가 없어 허황되다 생각하고 있던 참이다.

보통 도를 깨달은 사람은 육신만 남기고 평화롭게 떠나는데 그를 시해

선이라 부른다. 육신을 벗고 선계로 등선하는 것이다.

지금 소년은 자신이 그 단계를 넘었다고 말하고 있었다.

"그렇다면 육신은……?"

"아, 저기 취란봉(取爛峰) 아래에 있어요. 그곳에서 생활했었거든요. 그래도 이것저것 챙겨왔어요."

소년은 몸을 뒤적뒤적거리더니 작은 거울과 도장을 꺼냈다. 그리고 패검하고 있던 검을 끌러 장문인에게 공손한 태도로 그것들을 넘기더니 뒷머리를 긁적거리며 쑥스러운 듯 미소를 지었다.

"저… 이건데요… 좀 낡았네요."

"으음……."

현평 진인이 침음성을 흘렸다. 이것은 삼보(三寶)로 무당의 제자가 되었을 때 받게 되는 세 가지 보물이다. 정식 제자가 되었을 때 이것들을 받게 되는데 배분과 도명이 적힌 도장과 거울, 검이 바로 그것이다.

과연 소년이 건네준 도장에도 '무당파 제십육대 전인 청명자 인(印)'이라고 적혀 있었다. 거울에 적힌 글귀도 마찬가지다.

주변의 웅성거림은 더 더욱 심해졌다.

"들었어? 신선이래. 신선이 되신 우리 태사조님이 내려오신 거야."

"우리 무당에도 검선(劍仙)이 나는구나!"

"검선이라……! 검선!"

도사들은 벌써부터 기뻐하는 눈치였다. 일단 본 파의 인물이 맞는 듯하니 예를 갖춰야 하나 말아야 하나로 고민하는 도사도 있었다.

현평 진인이 눈썹을 꿈틀댔다. 사숙 되시는 것이 정확하다면 예를 취함이 마땅하나 만약 아니라면?

현평 진인이 주변을 바라보며 일갈했다.

"갈(喝)! 선실(仙室)에서 소란스레 굴다니! 모두 입을 다물라!"

“…….”

주위가 조용해지자 현평 진인이 청명을 바라보며 공손하게 말했다.

“그럼 여기서 더 하문(下問)하시기 전에 일단 태화궁으로 가시지요, 사… 숙…….”

“네.”

“운풍은 들으라.”

“하명하시지요, 장문 진인.”

“청명 사숙을 장문인실로 모셔라. 사숙을 대함에 있어 예의를 잃지 말도록 유념하고.”

운풍자가 공손히 읍하고는 청명을 불러 태화궁으로 향했다.

청명은 여전히 자신을 주시하는 수많은 눈동자가 부담스러운 듯 고개를 푹 수그린 상태였다. 부끄러운 듯 몸을 배배 트는 모습이 아무리 봐도 산골에서 갓 올라온 순박한 소년이었다.

현평 진인이 그 모습을 주시하며 사제에게 말을 걸었다.

“사제, 자네 생각은 어떠한가?”

“장문 사형께서는 삼보를 보셨을 터, 사형의 생각은 어떠하십니까?”

현평 진인은 잠시 고민했다.

그 도장은 잔뜩 낡아 있긴 했지만 분명히 무당의 것이었다. 근래에는 자신이 직접 주재하여 내리는 삼보이니 그 모습을 몰라볼 리가 없다. 하지만 혹여 진실이 아닐 경우를 대비해 제자들의 인사를 막은 것이다.

“진짜 같았네.”

“그럼 진짜겠지요.”

현평 진인이 ‘이런 실없는 놈을 봤나’ 하는 시선으로 사제 현무 진인을 바라보았다.

“…자넨 삼보만 믿자는 겐가?”

현무 진인은 아랑곳하지 않고 시선을 돌려 맑은 하늘을 바라보았다.

"학을 타고 내려오지 않았습니까. 그것만이라면 모르되 삼보를 지니고 있는 데다가 지금은 안개가 끼기 시작하잖습니까?"

"안개?"

그러고 보니 오늘 무당산에 안개가 없었다. 해가 뜨기 시작하는 오전의 하늘이 기묘할 정도로 맑았던 것이다. 사시사철 안개가 낀다는 무당산에서는 희귀한 일이었다.

"그러고 보니 도명이 청명이라 하셨지요?"

"그러했지."

정말 도명처럼 맑은 하늘이었을까? 그가 인세에 강림하자마자 평소처럼 안개가 끼는 것을 보니 과연 신비로운 일이다.

현평 진인과 현무 진인은 말을 잃었다.

잠시 뒤 현평 진인이 근엄한 어조로 말했다.

"총회합 때 논할 주제가 하나 더 늘었구먼."

"총회합이라니요?"

"으음, 나중에 말해줌세, 일단 가서 다시 그분을 뵈어야겠으니. 역시 진위 여부를 확인하지 않을 수 없구먼."

"험, 그럼 그리하시지요."

현평 진인이 사제를 잠시 바라보고는 자리를 떴다.

현무 진인은 떠나는 현평 진인의 뒷모습을 바라보며 웃었다. 더 큰일이 나타나니 역시 오늘의 사고는 바로 잊혀지는구나. 다행히 꾸중은 피할 수 있게 되었다.

"아, 자네는 있다가 운혜와 함께 찾아오도록 하게."

현무 진인의 얼굴이 일그러졌다.

*   *   *

장문인실에서는 청명이 멋쩍게 서 있었다.

운풍자는 장문인의 선방에서 조용히 읍하고는 '그럼 잠시 쉬고 계십
시오' 라고만 하고 나가 버렸다. 그는 앉아서 쉬라는 건지 서서 쉬라는
건지 말을 해주지 않았다.

청명의 고뇌가 또다시 시작되었다.

'편히 쉬라는 뜻은 말 그대로이니까 앉아도 되지 않을까? 음, 아냐. 아
무리 그래도 그렇지, 내가 알기로 빈객이 먼저 앉는 법도는 없다던데.'

청명은 과거에 마음을 보내어 세상을 바라본 적이 있었다.

그때 예의가 바르고 엄격한 장소를 바라본 적이 있었는데 손님이 먼저
자리에 앉는 법이 없었다. 다만 주인이 자리를 권할 때에야 앉을 수 있는
것이다. 어지간해서는 예의와 속세의 법들을 무시하겠으나 자신은 인간
에 대해 배워야 한다. 그러니 어찌 예의를 무시할 수 있겠는가!

약 반 각 동안이나 심각하게 고민하던 청명은 예의보다는 일신의 편안
함을 택했다.

'그래, 편히 쉬라고 했으니 자리에 앉아도 될 거야. 게다가 나는 원래
손님도 아니잖아? 장문인이 오시거든 다시 일어나면 되겠지.'

사실 장문인 앞에서 앉아 있는 제자가 더 버릇없는 것이지만 그것까지
는 알 턱이 없는 청명이었다.

청명은 장문인이 늘 앉아 차를 마시는 의자를 꺼내어 자리에 앉았다.
밖의 소란을 생각하니 한숨이 절로 나온다.

"에휴!"

그때 현평 진인이 방 안으로 들어왔다.

"저… 사숙."

청명은 당황했다. 문이 열려 있었던 것이다. 게다가 자리에 앉자마자 장문인이 들이닥치다니 어지간히 운도 없다. 화들짝 자리에서 일어난 청명은 고개로 읍하면서 장문인에게 말했다.

"자, 장문인, 그러니까 제가 먼저 앉은 것은 예의가 없어서가 아니라 그저 편히 쉬라 하기에……."

"아, 사숙, 앉아 쉬셔도 괜찮답니다. 응당 그리하셔도 무방하고말고요."

현평 진인이 너그럽게 말하자 청명의 마음이 편해졌다.

'역시 앉아도 되는 거였어!'

그래도 약간 부끄러운지 청명의 얼굴이 발그레해졌다. 왠지 오늘은 하루종일 얼굴이 달아올라 있는 느낌이었다.

"그럼 잠시 몇 가지를 여쭈어도 되겠습니까?"

어느새 자리에 앉은 현평 진인이 조심스레 말을 걸었다.

"예, 물론이고말구요. 뭐든지 여쭤, 아니, 하문하세요."

"아, 예. 그럼… 사승 관계가 어찌 되시는지요?"

청명이 잠시 버벅거리더니 곧 또랑또랑한 목소리로 말했다.

"사승 관계가… 아, 사부님이 누구냐는 거구나. 황허(黃虛) 사조의 제자이신 일현 진인(日玄眞人)께서 제 사부님이셨어요."

"일현 진인이라 하시면……?"

강호 문파로서의 무당 제자라면 모를 리가 없는 현평 진인이다. 검을 들고 강호를 횡행하는 무당의 제자들은 도사이면서 동시에 무인이며 자신 또한 도문의 장문인이면서 강호 문파의 문주다.

하지만 무공을 배우지 않고 도가 전통의 연단(煉丹)과 선술(仙術)에 매진하는 도사들에 대해서는 미진한 감이 적지 않다. 서른세 개의 군 건축물에 일흔두 개 암묘로 이루어진 이 넓은 도문에는 숨겨진 기인도 많았는데, 그들도 무당의 제자이긴 하지만 그쪽까지 모두 알기는 힘든 것이다.

"예, 취란봉 아래에 있는 운현관에서 연단을 하시다가 뜻을 달리하시고 서예로서 도를 이루신 분이신데요, 한… 두 갑자 전에 등선하셨어요."

현평 진인은 새삼 놀란 듯이 청명을 바라보았다. 이 소년이 진짜 신선의 경지라면 당연히 그 연배가 적지 않을 것인데 외모에 치우쳐 마냥 어리게만 보았던 탓이다. 갑작스레 두 갑자(약 120년) 전의 이야기가 나오니 실감이 나질 않았다.

"그럼 사백께오서는 연세가……?"

"아, 저는 영락(永樂) 13년에 태어났대요."

영락제(永樂帝)가 몇 대 전 황제였더라?

현평 진인은 기억을 더듬어 보았다. 한… 백삼, 사십 년쯤 전의 황제 같다. 이쯤 되면 도첩(道牒)을 뒤져 보지 않는 이상 확인하기도 힘들게 됐다.

"그러하시군요."

현평 진인은 잠시 침묵했다. 하지만 그 시간은 길지 않아 이내 새로운 질문을 꺼내어 들었다.

"그러하시면… 무공은?"

어쩌면 이것이 가장 중요한 문제다. 만약 무로서 도를 이루었다면 그야말로 무당의 홍복이다. 검선의 출세인 것이다.

"예, 무공은 일초 반식도 모르는데요."

"……"

부끄러운 듯이 청명이 말했다.

자신의 눈치를 살피는 청명의 모습에 장문인은 또다시 할 말을 잃었다.

“험험.”

“네?”

“아, 아무것도 아닙니다. 그저 잔기침이 나와서…….”

“아, 예. 그러시군요. 저… 그럼 등이라도 두드려 드릴까요?”

신선이 등을 두드려 주면 어떤 기분이 들까? 잠시 장문인은 ‘그래 주시겠습니까?’ 라고 말하고픈 유혹과 싸워야 했다.

“아, 괜찮습니다. 이미 가라앉았습니다. 한데 선계에 오르셨다면 어찌 인세에 다시……?”

“원시천존께서 한 가지 명을 내리셔서요.”

현평 진인이 조심스러운 목소리로 말했다. 원시천존의 명이라…….

“여쭈어도 될는지요?”

“네. ‘자연지도를 깨달았으나 인간지도를 배우지 못했으니 인세를 경험하고 오너라’ 하고 쫓아내셨어요.”

“험, 험…….”

현평 진인이 민망해했다. 쫓겨났다는 어감이 그다지 좋지 않은 탓이다.

“역시… 등 두드려 드릴까요?”

벌써부터 자리에서 일어나 두드릴 채비를 갖추는 청명이었다.

*　　　　*　　　　*

밖은 여전히 소란스러웠다. 아직 식전인데다가 오전 일과도 치르지 않았으니 마땅히 금언(禁言)해야 될 텐데 오늘의 일로 모두들 흥분한 모양이었다.

“운형 사백, 역시… 본 파의 기인이 맞겠지요?”

"그런 것 같다. 학을 타고 나타나서 삼보를 들이밀며 자신이 십육대 전인이라고 말하는데 거짓일 리가 있겠느냐!"

"으하하핫! 그럼 이번에 우리 무당파가 다시 한 번 이름을 날리겠군 요?"

황우자가 신나게 웃었다.

황우자의 아버지는 사천의 거부로서 그 넘치는 재력으로 자신의 모든 아들을 명문에 입문시켰다.

장남은 무당파, 차남은 화산파, 막내는 점창파에 입문했는데 실제로 출가한 건 장남인 황우자뿐이었다.

출가를 하기는 했지만 그래도 속세의 인연이 남은 탓에 가끔 형제들과 만나게 되는데 만나기만 하면 누구의 사문이 최고인지 늘상 치고받게 되었다.

게다가 삼 년 전까지만 해도 자신의 독주였건만 어느샌가 화산파 출신 의 동생이 영약 쪼가리를 처먹고서는 맞먹고 있다.

하지만 이제 확실하게 굳히기 한 판을 할 수 있게 되었다.

"역시 화산쯤은 아무것도 아니었어. 진짜 신선이 예 있는데 감히 어딜."

"이놈, 황우야! 그리 경박하게 말하다니! 도를 공부하는 처지에 다름 이 어디 있겠느냐?"

"…사숙도 화산을 그리 달가워하지는 않잖아요?"

"음, 그야 그렇지만……."

운형자도 사문에 대해 자부심을 가지고 있었다. 당연히 화산보다야 무 당이 낫다. 암, 그렇고말고.

단순한 운형자는 기분이 좋아졌다.

"역시 진짜 신선이 탄생하다니! 우리 무당파가 최고로구나!"

"그렇지요? 으하하핫!"

두 사질이 잔뜩 흥이 나 크게 웃기 시작했다. 그 모습을 멍하니 보고 있던 운혜가 말했다.

"화산이 좋을지도……."

"뭐라고요?! 사저는 어찌 그리 말하는 겁니까?"

"그래요! 도고께서는 너무하십니다!"

서른 줄에 다다른 운형자와 이십 줄에 다다른 황우자가 동시에 눈에 불을 켰다.

하지만 운혜는 여전히 멍한 표정이었다. 잠에서 너무 급박하게 깼나? 다시 졸음이 온다.

"거기는 바보들이 없잖아!"

"……."

운혜는 한마디로 두 사질을 침묵시키고는 졸음을 쫓으며 아까의 사조(?)를 생각했다.

'어려 보이는데… 많아봐야 내 또래? 음, 뭐, 상관없겠지. 성격이 사부님 같지만 않다면야. 그보다 요즘 들어 잠이 늘었네? 시시때때로 자고 싶어. 아, 졸려.'

운혜가 입을 막고 몸을 돌리고는 하품을 했다. 동료 도사들에게 입 안을 보이는 건 규율에 어긋난다.

'잘까… 말까…….'

운혜는 모처럼 규율을 어기고 농땡이를 치기로 했다.

'그냥 자버리지, 뭐.'

운혜는 몰래 숨어 숙면을 취할 수 있는 공간이 우진궁 뒤에 있다는 사실을 상기하고는 우진궁으로 쫄래쫄래 걸어가기 시작했다.

                    *   *   *

청명은 장문인의 끝없는 질문에 시달려야 했다.

도첩을 놓고 과거의 사승 관계를 조사하면서 그에게 이것저것 캐묻기 시작한 것이다. 때문에 청명은 열두 살 이후로는 만나본 적도 없는 사람들의 이름을 하나하나 기억해 내야 했다.

그런 조사가 끝나고 나자 이번에는 깨달음을 시험하기라도 하듯 경전의 이곳저곳을 물어보기 시작했다. 청명은 구십 년 전부터 펴본 일이 없는 경전의 내용을 기억해 내기 위해 안간힘을 썼으나 잊어버린 구절이 더 많았다.

현평 진인은 잠시 청명을 의심하는 눈초리로 바라보았으나 뒤에 나눈 대화로 청명을 완전히 믿게 되었다.

"도가 무엇입니까?"

"…모르겠어요."

어째서일까? 현평 진인은 이 허탈한 대답을 듣고는 너털웃음을 터뜨렸다. 그리고 도첩에 적힌 일현 진인의 글을 청명에게 보여주었다. 그곳에는 '도를 모르겠다[不知道]'라고 쓰여 있었다. 사부의 대답이 그대로 제자에게 이어진 꼴이니 재미가 있을 만도 했다.

곧 현평 진인이 말했다.

"저의 스승님이 며칠 전 저에게 이런 말씀을 하셨답니다."

"뭔데요?"

현평 진인이 사부의 목소리를 흉내 내며 말했다.

"'며칠 내로 문파에 좋은 일이 생길 것인데 그 복을 가져온 사람에게 도가 무엇이냐고 물어보거라'라고 하셨지요."

"아, 네. 그렇군요."

"모른다고 대답하거든 너보다 훨씬 지체 높은 사람이니 머리도 들지 말고 공경하라고 하셨습니다."

"아, 그렇군요."

이런저런 경전의 이야기도 지루했고 옛날에나 알던 사람들을 기억해 내라는 장문인의 압박에 지쳐 가던 청명은 건성건성 대답하고 있었다.

장문인의 말을 한 귀로 듣고 한 귀로 흘리던 청명이 물었다.

"어… 누구한테 공경해야 되는데요?"

현평 진인이 미소를 지었다.

"사숙… 아니, 사백 말씀입니다. 누가 뭐래도 신선이시니까요."

현평 진인이 서둘러 말을 고쳤다. 사부님보다 배분이 높으니 엄연히 사백이라고 불러야 한다.

곰곰이 머리를 굴리다 그제야 앞에 나눈 대화들을 기억해 낸 청명이 쑥스러운 듯이 웃으며 뒷머리를 긁적였다. 그리고는 뭔가가 생각난 듯 머리를 탁 쳤다.

"아! 혹시 스승님의 도명이 청허이신가요?"

"예. 제 사부님께서 청허 진인이십니다."

"잘됐다!"

"예?"

현평 진인이 의아한 듯 청명을 바라보았다.

"제가 전할 말이 있었거든요. 선계에서 얼른 올라오라는 전언을 보냈어요. 청허 진인에게요. 늦장이 심하다고도 하셨어요."

"……."

스승께서도 도를 깨달으셨구나.

현평 진인은 자부심을 느끼며 미소 지었다. 하지만 곧 인상을 찌푸릴 수밖에 없었다. 자신이 그 말을 직접 전했다간 '날더러 빨리 죽으라는 것이냐!' 하고 호통 치실 것이 뻔했다.

"…직접 전하셔야 할 것 같습니다. 곧 제가 안내해 드리지요."

"네."

장문인과의 대화는 곧 운혜에 대한 이야기로 이어졌다.

"한 가지 여쭈어도 될까요?"

"물론이지요. 사백께서는 언제든지 하문하셔도 된답니다."

"제가 학이랑 하늘에 떠 있을 때 본 건데요, 밑에서 싸우던 사람들이 있잖아요, 도명이 어떻게 돼요?"

현평 진인이 인상을 찡그렸다.

"제 사제인 현무… 자와 그 제자인 운혜입니다."

하마터면 현무 진인이라고 말할 뻔했다. 본시 배분상 어른의 앞에서는 진인의 칭호를 잘 붙이지 않는다.

장문인의 말을 들은 청명이 고개를 갸웃했다.

"늙은 쪽이 현무자인가요?"

"예."

"그럼 저는 운혜 사손과 인연이 있군요."

현평 진인이 깜짝 놀란 듯 청명을 바라보았다.

운혜라면 앞으로 열릴 많은 일들의 열쇠를 쥐고 있는 아이다. 당금 무림의 제일 기밀이라 할 만한데 신선이 확실한 사백께서는 무슨 연유로 그 아일 찾을까? 그것도 인연이 있다고 말하니 꼭 부부 관계를 말하는 듯하다.

"인연이라 하심은?"

"네, 같이 살아야 돼요."

"……."

신선이 혼인도 하던가? 아니, 그보다 운혜는 도사란 말이다. 그리고 그 아이는…….

현평 진인이 무례를 무릅쓰고 물어보았다.

"저… 혼인이라도 할 계획이신가요?"

말하고도 민망하기 짝이 없다. 신선에게 이런 질문을 하게 될 줄은 몰랐다. 그래도 당금 강호에서 그 아이의 역할을 생각해 보면 물어보지 않을 수가 없다.

혼인이란 말에 청명은 얼굴을 붉혔다.

"아니요. 혼인이라니요. 저는 그런 말이 아니었는걸요."

"그럼……?"

"잠시 인간 세상을 돌아다닐 텐데 같이 돌아다닐 인연이라서요."

현평 진인이 한숨을 내쉬었다. 그 아이는 함부로 무당 밖을 나갈 수 없다. 한데 세상을 돌아다닐 인연이라니……. 현평 진인은 일단 말을 돌리기로 했다.

"무당을 떠나신다구요?"

"예. 사람들이 어떻게 사는지 보러 갈 거예요."

"언제쯤으로… 계획하고 계신지요?"

현평 진인이 말했다.

그 질문에 앞으로의 일정에 대해 전혀 진지하게 생각해 본 적이 없던 청명이 이마를 찌푸리며 끙끙댔다.

"그, 글쎄요……. 언제 떠나지요? 언제 가야 될지 모르겠어요."

"아직 계획하신 바가 없다면 잠시 무당에 머물다 가시지요. 상청궁(上淸宮)에는 깨달음을 얻으신 분들이 많으니 말상대가 부족하지는 않을 겝니다."

청명이 잠시 생각에 빠져들었다. 청허 진인에게 말을 전하라는 스승의 배려를 생각해서라도 잠시간은 무당에 머무르는 것이 좋을 것 같았다.

하지만 지엄하신 원시천존의 명이 있으니 금방 떠나야 할 것도 같다.

청명의 상념을 뚫고 현평 진인이 말했다.

"…그리고 며칠 내에 총회합이 있을 예정입니다. 사백께서는 본 파의 장로 배분이시니 참석하시어야 합니다."

청명은 마음을 정했다. 총회합이 뭔지는 모르지만 그 이후에 떠나는 것이 좋을 것이다.

"아, 그렇군요. 그런데 총회합이 뭔가요?"

"현 자 배분 이상의 진인들은 모두 참석하는 문파의 최고 회의입니다. 문의 가장 큰 중대사는 그곳에서 결정되는 바가 많지요. 특히 이번에는 사백을 소개시켜 드리는 자리가 되기도 할 겁니다."

청명이 어리둥절한 표정을 지었다.

"소개요?"

"오랜만에 본산에 내려오신 것이니 제자들에게 가르침을 주셔야지요."

한마디로 밖에서 서로 몰라보는 일은 없어야 한다는 소리다. 얼굴은 당연지사 익혀두어야 하는 법이다.

그런 이치들을 어리둥절한 표정을 짓고 있는 사백께 설명해 주자 그제야 청명이 '알았어요' 하고 웃는다.

이제 청명뿐 아니라 현평 진인 역시 피로를 느꼈다. 도첩을 뒤져 보느라 피곤했던 탓도 있지만 오늘의 일이 적잖이 충격이었던 것이다. 사실 이처럼 피곤해 본 것도 몇 년 만인지 모른다.

"저, 이제 밤이 깊었으니 사백께서는 쉬시지요."

"네!"

여태껏 차분차분 대답하던 청명이 쉬라는 말에 신이 난 듯 대답했다.

그동안 청명의 눈에 지루한 기색이 역력했던 것을 생각하며 현평 진인이 쓴웃음을 지었다. 표정 하나하나가 저리 솔직하니 이제껏 붙잡은 자신이 민망해진다.

"운풍은 거기 있느냐?"

현평 진인이 태화궁 밖을 바라보며 외쳤다.

"예, 제자 여기 있습니다."

"사백께서 쉬실 자리를 안내해 드려라. 본 파의 어른이시니 마땅히 상청궁(上淸宮)으로 안내해 드려야 할 것이다."

"제자가 명을 받듭니다."

현평 진인이 청명을 바라보며 말했다.

"그럼 쉬시지요. 제자가 자리를 안내해 드릴 겁니다."

"네, 그럼 내일 뵈요."

"……."

청명이 '드디어 탈출이다' 라는 표정으로 웃으며 말했다. 청명이 읍하고 방을 빠져나가자 현평 진인은 태화궁 밖을 바라보았다.

"허허헛, 당대에 신선을 뵈었으니 나도 복이 꽤 많구나."

오늘의 일은 정말 신비로웠다. 하지만 그와 동시에 복잡한 면도 있어 심기를 몽땅 소진해 버린 느낌이다. 오늘은 일찍 잠자리에 들어야 할 것 같았다. 하지만 그 이전에 일이 있다.

"밖에 사제가 서 있으렷다!"

현평 진인이 다시 밖을 바라보며 외쳤다.

곧이어 죽을상을 한 현무 진인이 쭈뼛거리며 걸어 들어왔다. 나이는 먹을 대로 먹은 노인이 하는 행동은 마치 벌 받기 싫어하는 꼬마 같다.

"운혜는 어디다 두고 자네만 오는가?"

냉엄한 목소리로 현평 진인이 말했다. 현무 진인이 여전히 쭈뼛거리며 말했다.

“아, 운혜 고것이 오전부터 아예 안 보이지 않습니까? 그래서 여기저기 샅샅이 뒤졌거든요? 근데도 안 보여서…….”

“뭐라?! 그래서 아직 운혜를 못 찾았단 말인가?!”

현평 진인이 다급하게 말했다. 설마 무당에 누군가가 침입하기라도 한 것일까? 그래서 운혜를…….

현평 진인이 침음성을 흘리며 말했다.

“음, 청검대(靑劍隊)를 소집하게. 운혜를…….”

현평 진인의 말을 끊고 현무 진인이 말했다.

“아이구, 사형. 그러실 필요 없습니다. 아까 운형이 말하기를 우진궁 뒤 죽림에서 자고 있을 거랍디다. 그래서 가봤는데 역시 거기서 자고 있더군요.”

“으음…….”

현평 진인은 운혜의 소재를 파악했으니 잘됐다고 생각했다. 하지만 더 생각해 보니 잠을 자고 있단다.

“오전부터 지금까지 자고 있단 말인가?”

“예, 장문 사형. 계속 잠만 잔 듯합니다.”

“그렇다면…….”

“…….”

현무 진인은 현평 진인의 상념에 찬 모습을 바라보며 어두운 얼굴이 되었다. 현평 진인의 심사를 익히 짐작하는 탓이다.

잠시 침묵하던 현평 진인이 더 생각할 것이 있다는 듯 아무 말 없이 손을 내저어 축객령을 내렸다. 그러자 현무 진인이 자리를 비켜주었다.

침묵이 깊어가는 태화궁 위로 별이 빛났다.

*　　　　*　　　　*

운혜가 다시 잠에서 깨어났을 때는 청명이 태화궁을 나선 지 한 시진이나 지난 후였다. 밤이 깊을 때까지 잠을 잔 것이다.

운혜는 크게 하품을 했다.

"으하아암, 무진장 잤잖아? 아아, 잠은 잘수록 늘어난다더니 또 자고 싶네."

운혜는 우진궁 뒤편에 있는 죽림에 누워 있었다. 산의 차가운 기후 덕분에 몸이 싸늘히 식어 있었지만 운혜는 아무렇지도 않았다. 오히려 운혜가 일어난 자리는 살짝 얼어 서리가 앉아 있었다.

사람이 누워 있던 땅에 서리가 앉아 있다니!

본래라면 체온 때문에 언 땅도 녹아 있어야 할 터이다. 하지만 운혜는 잠에서 갓 깨어난 탓인지 별반 이상함을 느끼지 못했다.

"아아, 졸려!"

"많이 졸려요?"

운혜가 화들짝 놀라며 뒤를 돌아보았다. 뒤에서는 학을 타고 내려왔던 소년이 운혜를 보고 웃고 있었다.

"아, 사조님……."

"많이 졸려요? 아까부터 쭉 잤죠?"

"아, 네. 너무 졸려서……."

운혜는 당황했다. 사조께서 이렇게 갑자기 나타날 줄은 몰랐다. 어머, 그러고 보니 예를 갖추지도 않았다.

"무당파 십팔대 전인 운혜가 사조님을 뵙습니다."

"아, 네. 무당파 십육대 전인 청명이 사손을 뵙습니다."

"……."

청명이 운혜의 말을 그대로 따라했다. 운혜는 사조님께서 자신을 놀린

다고 생각했다. 배분이 높은 어른이 어린 제자에게 저런 식으로 소개하
는 것은 본 적이 없다.

"놀리지 마세요. 졸립다구요."

운혜가 조금은 어색한 어조로 말했다. 하지만 청명은 청명 나름대로
당혹 속에 빠져 있는 중이었다.

'어, 어… 인사하는 걸 몰라서 그대로 따라했는데 이게 아닌 모양이
다.'

당황한 청명이 버벅대자 운혜가 피식 웃었다.

"그렇게 미안해하지 않으셔도 돼요. 저희 사부님은 더한 장난도 하시
는걸요."

운혜는 청명이 장난을 쳐놓고는 미안해서 저렇게 당황한 것으로 착각
했다. 청명은 그 오해를 깨주고 싶었으나 능력이 안 됐다.

"아, 저… 제가 인사하는 걸 잘 몰라서……."

"더는 놀리지 마세요."

"……."

청명의 머리가 복잡해졌다. 놀린 것이 아닌데 자꾸 놀린다고 한다. 왠
지 서운함이 느껴졌다. 하지만 청명은 곧 생각하지 않기로 했다. 이런들
어떠하며 저런들 어떠하리.

운혜가 말했다.

"저, 근데… 여기는 어쩐 일이세요?"

청명이 멋쩍게 미소를 지었다.

운풍자를 따라 상청궁에 도착했을 때는 밤이 깊어가고 있었다. 장문인
과 있을 때는 지루하고 피곤하더니 장문인과 헤어지자마자 피곤이 달아
나 버리는 것을 느낀 청명은 할 일도 없고 심심해져 상청궁의 노도인들
과 대화를 하려 했다. 하지만 노인들이라 그럴까? 잠이 깊게 든 노도인

들이 깨어날 생각을 하지 않는 것이다.

결국 혼자 가만히 앉아 있어야 했던 청명은 심심함에 몸부림치다 도관들을 구경하기로 결심하고는 이곳저곳을 떠돌았다. 그러다 마침내 우진궁까지 이르게 된 것이다.

"그냥… 어쩌다가 오게 됐어요."

운혜는 잠시 이상한 듯 고개를 갸웃거렸으나 곧이어 상관없다는 듯 말했다.

"아, 그럼 저는 이만 물러나겠습니다."

운혜가 공손히 읍하고 사라지려고 하자 청명의 마음이 다급해졌다.

"잠깐만요!"

운혜가 걸어가다 말고 몸을 돌려 의아한 듯 청명을 바라보았다.

"저랑 더 있으면 안 돼요? 심심한데."

"심심하시다니요?"

"헤헤, 사실 저는 열두 살 이후로 사람을 만난 적이 없거든요. 그런데 오랜만에 사람을 만나니까 좋아서요."

그랬다. 솔직하게 고백하자면 장문인과의 대화도 나쁘지 않았다. 오랜만에 사람과 대화하니 기뻤던 것도 사실이다. 하지만 오전의 소동을 생각하면 역시 장문인과의 대화는 지루한 축에 속했다.

운혜의 눈에 이채가 떠올랐다.

"열두 살이요?"

"네. 저는 일곱 살 때 사부님을 따라 산중 수련을 떠났다가 등선할 때까지 거기서 살았어요."

"어머! 그럼 뭘 먹구요?"

"벽곡단을 먹다가 다 떨어져서 쑥이랑 물이랑 약초들이랑… 뭐… 그런 것만 먹었어요. 고기도 먹어본 적이 없는걸요, 뭐."

청명이 쑥스러운 듯이 웃었다.

'과연 신선이라더니 어릴 적부터 속세와 떨어진 생활을 해왔구나.'

운혜는 갑자기 청명이 불쌍해 보였다. 자신은 몇몇 사질과 숨어 뱀을 고아먹는 것이 취미였다. 사부님께 걸린 적도 많았지만 사부님은 그 모습을 보고 빼앗아 먹기에 바빴기 때문에 죄책감은 없었다. 그 맛있는 고기를 한 번도 먹지 못했다니…….

"그리고 이건 비밀인데 스승님께서 파랑 마늘을 좀 길러두셨거든요. 그래서 파랑 마늘은 매일매일 먹었어요."

청명이 은근한 어조로 말했다. 도문에서는 향채인 파와 마늘 등 향이 진한 채소를 금하고 있는데 그것을 매일 어겼다고 고백하는 것이다.

운혜는 그 이야기를 듣게 되자 청명이 더 불쌍해 보였다. 자신은 파를 곁들인 멧돼지 구이를 먹어본 적도 있었다.

"저… 저도… 가끔 파를 먹어본 적이 있어요……."

청명이 헤헤 하고 웃었다.

"장문인께 걸리면 혼나지요? 저는 사부님이 열두 살 때 등선해 버려서 혼낼 사람이 없었거든요. 그래서 매일매일 먹었는데……."

운혜가 보기엔 정말 헛된 자랑을 하는 청명이었다. 나는 혼나지 않고 그것을 먹었다고 자랑하는 것이 아이와 같은 치기인데다가 그 수준 차이가 워낙 크게 나는 것이다. 운혜는 침묵할 수밖에 없었다.

하지만 청명은 계속 조잘조잘댔다.

"하지만 말할 사람이 없어서 좀 심심하긴 했어요. 그럴 때는 어떻게 하는지 아세요? 나무를 바라보며 이름을 붙인 다음 말을 걸어보기도 하고, 아니면 벌레를 잡아서 이름을 붙여서 대화해 보기도 하고……. 대답이 없어서 재미없지만요."

청명이 이런저런 이야기를 늘어놓았다. 가장 친한 소나무의 이름은 송

학이라느니 송학의 몸에서 버섯이 자라 몹시 아파 보이기에 자신이 그걸 떼줬다느니, 가장 친한 귀뚜라미가 있었는데 그 귀뚜라미는 일 년도 못 살고 죽어버려 삼 일씩이나 울었다느니 하는 잡다한 이야기였다.

운혜는 홀로 산에 살았을 청명을 생각해 보았다. 친구가 없어 나무에 이름을 붙였을 것이고 벌레를 잡아 키우면서 하루를 보냈을 것이다. 혼낼 사람도 없는데 규율을 어긴다는 짜릿함에 파를 길러 먹었을 것이고, 정히 심심할 때는 재미없는 경전을 읽으며 생각에 잠겼을 것이다.

열두 살이라는 어린 나이에 부모형제 없이, 심지어 사부도 없이 홀로 살았다는 사실에 운혜는 괜히 눈물이 날 것 같았다.

"저… 저는……."

"그래도요, 사부님이 재미있는 놀이를 가르쳐 줘서 괜찮았어요."

"그게 뭔가요?"

운혜가 눈물을 참으며 말했다.

청명이 돌을 들어 바닥에 놓고 검지와 엄지로 그것을 튕긴 다음 돌이 놓여 있던 자리부터 굴러간 자리까지 선을 죽 그었다.

"이렇게 한 다음에 요렇게 해서요, 세 번 만에 삼각형을 만들면 되는 놀이예요. 저는 지금도 이것만 하면 심심하지 않아요."

운혜가 여섯 살 때 졸업한 땅따먹기 놀이를 즐겁게 시연해 보이는 청명이었다.

운혜는 웬일인지 어린 시절이 생각났다. 자신이 감상적이 되었다는 생각에 운혜는 미소를 지었다.

"사조님, 같이 하실래요?"

"네? 어떻게요?"

"제가 세 번을 하고 사조님이 세 번을 해서 누가 더 큰 땅을 만드는지 시합하는 거지요."

"네?"

청명은 쉽사리 이해를 못했지만 운혜가 몇 번 더 설명을 해주자 금방 놀이 방법을 깨달았다.

곧이어 둘의 경쟁이 이어졌다.

"운혜 사손, 그건 반칙이에요! 분명히 선이 다 이어지지 않았다구요!"

"어떻게요! 분명히 저 선까지 돌이 굴러갔잖아요!"

"아니에요! 돌이 선에서 새끼 손톱만큼이나 떨어져 있는데 자꾸 거짓 말하실래요? 이번엔 운혜 사손은 삼각형을 만들지 못했다구요!"

"시끄러워요! 내가 이겼어요! 오호홋!"

웬일인지 치사해진 운혜였다. 운혜는 몰래 손가락으로 돌을 밀어 선까지 닿게 했던 것이다. 그리고 마구 우기는데 마음이 상쾌한 것이 웃음이 절로 나왔다.

청명은 분한 마음에 시근덕거리고 있었다.

"치사해요!"

날이 밝도록 둘은 땅따먹기 놀이를 하면서 시간을 보냈다.

1장

제2화 의심하는 마음은 도(道)가 아닌 것을!

태청관에 새벽이 다가오고 있었다. 변함없이 순찰 도사가 묘시를 알리는 타판 소리를 내었고, 잠에서 깬 도사들은 자리에서 일어나 짧게 소세하고 도복을 갖춰 입었다.

태청관의 몇몇 방이 수리 중이라 서로서로 끼어 잤던 도사들은 불쾌한 표정이었다. 잠을 편히 자지 못하면 사람은 불쾌한 법이다.

날이 새도록 땅따먹기 놀이에 열중했던 운혜와 청명 또한 묘시를 알리는 타판 소리를 들었다.

운혜야 도복 차림으로 노숙을 했으니 먼지만 털면 될 일이고, 청명의 도복은 예에 어긋나지 않는 깔끔한 상태였다.

어느새 친해진 둘은 함께 오전 일과를 보러 가기로 했다.

도사들의 아침은 대충 이렇다.

일단 일어나면 물을 마신다. 한 잔을 다 마시지 못하면 규율에 어긋난다. 물을 마시고 나면 소세하고 도복을 입은 다음 궁(宮)에 모인다. 이때 에는 금언해야 하는데 말을 하는 것은 규율에 어긋난다.

태청관의 경우 우진궁에 모이게 된다. 우진궁에 모이면 서로 열을 맞춰 사열하고 제일 앞줄부터 삼청전(三淸殿) 옥청 원시천존(玉淸 元始天尊)과 상청 영보천존(上淸 靈寶天尊), 태청 도덕천존(太淸 道德天尊)의 상이 놓여 있는 곳)으로 들어가 삼궤구고―무릎을 꿇고 세 번 절하기를 세 번 하는 것―를 한다.

운혜와 청명은 우진궁 뒤에서 눈치를 보다가 사람들이 모이자 재빨리 열 안으로 들어갔다. 새치기다.

주위의 도사들이 눈썹을 꿈틀대며 항의했으나 어차피 말도 못할 것, 무시하기로 했다.

청명을 알아본 도사들은 눈썹을 꿈틀거리긴커녕 공손해졌다. 신선께서 자신들과 함께 있으니 공손해하는 것이 당연한 것일지도 모른다.

하지만 어릴 때부터 규율을 하나도 모른 채로 살아온 기괴한 신선이었다. 당연히 도사들의 아침이 어떤지 모른다.

"운혜 사손, 배고파요. 밥은 안 먹어요?"

"……."

운혜가 당황하여 손사래를 쳤다. 양손을 허공으로 휘젓다가 입을 막는 시늉을 한다.

청명은 조용히 하라는 소린 줄 알고 입을 다물었다.

[아, 운혜 사손, 말하면 안 돼요?]

운혜는 깜짝 놀랐다. 귀에서 들린 소리가 아니었다. 그렇다고 전음도 아니다. 진기의 움직임이 느껴지지 않았으니 확실하다. 청명 사조의 말이 마음속에서 그냥 떠올랐다.

운혜는 자신이 청명 사조의 말을 상상해 냈다고 생각하고는 조용히 침묵했다.

[배고파요, 운혜 사손. 이건 제가 한 말이니까 상상했다고 하지 마요.]

운혜가 멍하니 청명을 바라보았다. 서, 설마 사조님은 마음에 떠오른 생각을 읽은 것일까? 어디, 다른 생각은…….

'장문인 콧수염은 왼쪽이 더 길다.'

[와! 그래요? 똑같아 보이던데?]

운혜는 할 말을 잃었다. 신선이 하는 일이니 범상치 않은 것은 어쩔 수 없다. 하지만 마음을 읽은 것은 불쾌했다.

'마음을 읽지 마세요! 그러면 안 돼요!'

냉정한 어투에 청명은 지레 놀랐다.

[네? 네, 알았어요. 화내지 마요.]

청명은 의기소침해져서는 고개를 숙였다. 이런 것은 평범한 인간이 하는 행동이 아닌가 보다. 말을 하면 안 된다니 조용히 있어야 하는데 도대체 밥은 언제 줄까?

운혜 역시 고개를 숙인 것은 마찬가지였다. 생각을 읽힌다는 것은 불쾌한 일이다. 머리 속에는 남에게 보이고 싶지 않은 상상도 있는 법. 그것을 누군가가 속속들이 안다면 당연히 불쾌할 것이다. 하지만 불쾌함과 동시에 사조님께 화를 냈다는 사실이 미안해졌다.

운혜는 흘끗 청명을 바라보았다. 청명은 주위에서 하는 것을 조심스레 보고 어설프게 따라하는 중이었다. 시선을 느꼈는지 청명이 운혜를 바라보고는 미소를 지었다. 운혜도 마주 웃어주었다.

삼궤구고가 끝나면 도사들은 조만공과경(早晚功課經:신선이 되기 위한 선행들을 적은 경전)을 읽는다. 약 반 각 동안 경전을 읊조린 후 도사들은 다시 사열하여 서로 마주 보고 길게 읍한 다음 식사를 하러 간다. 이때까지도 말을 해서는 안 된다. 식당에 도착하면 도사들은 자리에 맞춰 앉은 다음 물을 한 잔 마신다. 마시지 않는 것은 규율에 어긋난다. 그 다음에야 식사를 할 수 있는 것이다.

청명은 삼궤구고를 무사히 끝내고는 기쁜 미소를 지었다. 말을 할 수 있을 줄 알았기 때문이다. 하지만 운혜가 여전히 입을 막는 시늉을 하자 크게 실망했는지 울상이 되어버렸다.

곧이어 운혜와 도사들이 경전을 읽기 시작하자 아주 예전에 읽었던 공과경을 기억해 낸 청명은 그것이 몹시 지루했음을 상기하고는 꾸벅꾸벅 졸기 시작했다. 운혜가 그 모습을 훔쳐보며 미소를 지었다.

마침내 경전을 다 읽고 식당에 도착했을 때다. 청명은 다시 한 번 소리내어 말해보려 했으나 역시 운혜가 입을 막는 시늉을 했다.

청명은 이제 어찌 되었든 괜찮다는 표정으로 밥을 기다리기 시작했다. 크게 기대하고 있는지 얼굴에는 홍조가 띠어 있었다. 주위의 사람들을 따라 물을 한 잔 따라 꿀꺽꿀꺽 마신 청명은 자신에게 다가온 밥을 보았다.

청명은 좌절했다. 인간 세상에 내려올 때는 꼭 맛있는 걸 먹고 싶었다. 마음이 세상과 통해 있어 세상 일을 알려고만 하면 바로 알 수 있는 청명이다. 당연히 세상에 맛있는 음식이 얼마나 많은지 잘 알고 있다. 하지만 도관의 밥은 고작해야 멀건 죽과 간단한 소채가 전부였다.

간소한 식단에 대단히 실망했지만 배가 고팠던 청명은 주섬주섬 젓가락을 들어 그것들을 입가로 가져갔다.

식사가 끝나면 점심까지는 연무하거나 경전을 공부하거나 연단을 공부한다. 대체로 사승 관계가 명확한 무당에서는 사부가 제자에게 공부를 가르치기도 했다.

운혜도 스승인 현무 진인을 찾아가야 할 시간이 되었다.

"저는 이제부터……."

"이제 말해도 되나요?"

청명이 신나는 목소리로 물었다. 운혜는 살포시 미소를 지으며 고개를 끄덕였다.

"말해도 된다."

청명은 몸을 들썩이면서 즐거워했다. 수십 년 동안이나 말을 하지 못했다가 어제 잠깐 대화를 나눈 것이 벌써부터 못내 그리웠던 것이다.

하지만 운혜가 곧 말을 끊었다.

"저는 이제부터 사부께 가보아야 한답니다."

"말해도 된다!"

아랑곳 않고 즐거워하는 청명이었다. 운혜가 다시 한 번 큰 목소리로 외쳤다.

"저는 이제부터 사부님께 가보아야 된답니다!!"

그제야 운혜의 말을 알아차린 청명이 당황한 표정으로 말했다.

"네? 사부님께요? 운혜 사손, 그럼 저는요?"

"음, 사조님은 신선이니까 어떻게 하셔도 괜찮아요."

"하지만 저는 할 일이 없는걸요."

청명이 시무룩한 목소리로 말했다.

"음, 그럼 장문인을 뵙는 것은 어떠세요?"

"네? 음, 평범한 무당 제자는 장문인을 자주 뵙나요?"

"아, 물론 그건 아니에요. 보통은 장문인 뵙기가 하늘의 별 따기랍니다."

"그럼 저는 안 갈래요."

운혜는 잠시 고민했다. 하지만 장문 사백이나 사부님 외에 신선을 받아줄 사람이 어디 있겠는가! 이미 평범한 무당 제자가 되기는 글렀다.

잠시 생각하던 운혜는 청명의 말 속에서 '평범' 이라는 어울리지 않는

단어를 발견했다.

"그런데 평범이라니요?"

"에… 원시천존께서 제게 인간 세상에 대해 배워오라는 명을 내리셨 거든요. 제게 평범하게 살라고 말씀하셨어요."

운혜는 고개를 갸웃거렸다.

"저… 도사들은 평범하지 않은데요?"

"네? 도사들은 평범하지 않아요?"

"그럼요. 보통 평범한 사람들은 농사를 짓거나, 장사를 하거나, 객점 에서 점소이를 하거나, 나무를 베거나 하죠."

청명이 잠시 고민하다 말했다.

"…도사는 인간이 아닌가요?"

운혜가 다시 고민했다. 도사도 물론 인간이 맞았다. 하지만 평범한 인 간이라고 말하기엔 좀 이상한 감이 있다. 아무래도 검을 들고 강호를 횡 행하거나 신선의 도를 닦는 사람이 평범할 리가 있겠는가.

"인간은 맞지만 평범한 건 아닌 것 같아서요."

청명이 말했다.

"음, 인간이 사는 데도 여러 가지 방법이 있었구나. 나무도 베고, 농사 도 짓고, 도사도 되고, 점소이도 되고. 그럼 뭐가 평범한 거지?"

"글쎄요. 농사천하지대본(農事天下之大本)이라 했으니 농사짓는 게 가 장 평범한 것이 아닐까요?"

"그럴까요?"

운혜는 점점 시간이 늦어지는 것을 느꼈다. 사부의 장난기에 지각한 사실이 추가되면 그날은 괴로운 날이 된다. 서두를 필요를 느꼈다.

"저, 사조님, 저는 이만 가봐야겠습니다."

"저는 어떻게 하구요?"

청명이 시무룩해져 말했다. 말하고서 생각해 보니 여러 가지 생각이 든다. 이제 뭘 한단 말인가? 당장 할 일이 없는 것은 둘째치고 사람의 부류에도 여러 부류가 있으니 그 일들을 다 해보려면 앞으로도 고달프게 생겼다. 이런 부류의 사람도 경험해 봐야 하고 저런 부류의 사람도 경험해 봐야 한다. 하지만 평범해야 하니 어떤 부류의 사람을 경험해 보든지 일이 어렵게 됐다. 당장 도사만 해도 평범한 도사가 무엇인지 알 수 없게 되지 않았는가?

"저기… 평범한 도사들은 지금 뭘 해요?"

운혜가 다시 입을 열었다. 그래도 원시천존의 명을 받았다고 하니 제대로 대답해 줘야 한다.

"도사들은 평범하지 않다니까요!"

"도사들도 인간이잖아요."

운혜는 그제야 청명의 말을 알아들었다. 생각해 보니 자신은 '평범함'이라는 단어에 중점을 두고 이야기를 이해하고 있었다. 즉, 인간을 하나로 보고 그중에 도사가 특별하다 말했는데 사조님은 '인간'에 중점을 두고 말하고 있는 것이다. 사조님은 인간을 여러 부류로 놓고 그중 도사란 부류는 어떻게 해야 평범하냐고 묻는 것이다. 관점의 차이란 이처럼 무섭다. '평범한' 인간이냐, 평범한 '인간'이냐.

운혜는 머리가 복잡해짐을 느꼈다.

"음… 지금쯤 사부를 모시는 제자는 사부께 가르침을 받고, 아직 사부를 모시지 못했으면 연무장에서 무공 훈련을 하거나 경전을 공부하지요, 사조님."

"아, 그럼 그쪽으로 가면 되겠네요!"

운혜가 미소를 지었다.

"가시는 길은 아세요?"

"아니요. 전혀 몰라요."

"여기가 태청관의 주방이니까 아까 올라갔던 우진궁으로 걸어 올라가신 다음에 궁에서 좌측 산길로 걸어 올라가시면 돼요."

"아, 고마워요, 운혜 사손. 그럼 있다가 봐요!"

청명은 자신에게도 할 일이 있다는 기쁨 때문인지 조금의 머뭇거림도 없이 바람처럼 사라졌다.

'나와 떨어지기를 싫어하는 줄 알았는데…….'

잠시 청명의 뒷모습을 바라보던 운혜가 미소를 지었다.

곧 운혜는 몸을 돌려 사부의 숙소로 걸어 올라가기 시작했다. 머리 속에는 조금 전 사조님과 나눈 대화를 떠올리고 있었다. 인간은 하나일까, 여러 부류일까? 어떤 것이 평범하고 어떤 것이 특별할까?

상념은 꼬리에 꼬리를 물고 이어졌다.

생각해 보니 사조님은 자신에게 존댓말을 쓰는 것을 전혀 어색해하지 않았다. 당연히 말을 내려야 하는데 어째서 계속 올리셨을까? 나는 왜 그것을 느끼지 못했을까? 왜 말리지 못했을까? 그리고 언제부터 내가 이렇게 고분고분해졌지? 사조님과 있을 때는 말투가 차분해지고 침착해졌다. 세상에! 앞으로 날 말괄량이라고 부르는 놈은 눈알을 콕 찔러줄 테다! 그리고… 지각이다!

운혜는 상념의 끝에서 지각이라는 사실을 깨닫고는 유운신법을 펼쳐 달려가기 시작했다. 구름처럼 표홀한 움직임만 남기고 운혜가 사라졌다.

하지만 운혜가 깨닫지 못한 것이 두 가지 있었다. 청명과 함께 있을 때 졸음이 오지 않았다는 것, 그리고 몸이 조금이나마 춥게 느껴졌다는 것을 말이다.

*　　　*　　　*

무당의 도관은 넓다. 때문에 각각의 도관들은 따로 유기적으로 움직이게 되어 있는데 연무장 또한 각 도관마다 따로 준비되어 있었다. 각 도관을 책임지는 진인들은 장문인의 명을 받고 그 책임자가 각 도관의 제자들에게 명을 내리는 식의 체계가 잡혀 있는 것이다.

하지만 이곳 천주봉에는 금전과 태화궁, 우진궁과 자소궁 등 문파의 중추가 위치해 있어 장문인이 직접 책임자가 된다. 당연히 연무도 그 직전제자가 맡게 되어 있다.

제자들에게 기본공(基本功)을 가르치는 책임은 장문인인 현평 진인의 제자 운풍자가 맡고 있었다. 운풍자는 말수가 적고 과묵한데다, 무당제일검을 노리는 최고의 검수로 태극혜검을 사사받으리라 짐작되는 인물 중 일순위였다.

"모든 제자들은 마보를 취하라!"

근엄한 목소리로 운풍자가 말했다.

다른 곳이라면 속가제자라든가 아니면 도동들이 모여 있을 테지만 이곳은 문파의 심장부인지라 정식 제자들이 모여 있다. 대부분이 사승 관계를 맺고 있지만 운풍자에게 기초 무공을 배우는 것이다.

"마보, 반 시진 후 태극권으로 몸을 푼다."

이른바 준비 운동이다. 이때까지만 해도 운풍자는 근엄한 표정으로 버틸 수 있었다. 저기 달려오는 사조가 아니었다면 말이다.

"자, 잠, 잠시만요! 헉헉! 잠시만요! 헉!"

청명은 운혜와 헤어진 뒤 계속 달렸기 때문에 숨이 거칠었다. 너무 숨이 차 '잠시만요' 다음에는 말을 잇지 못하겠다.

"숨부터 돌리시지요."

"네! 헉헉……!"

차분한 목소리로 운풍자가 말했다.

어젯밤 사조를 상청궁으로 안내하고 온 그에게 장문 사부께서 말씀하시길, '청명 사백께서는 본 파의 기인이거니와 그 사실이 명확하게 확인된 바, 제자는 사백을 대할 때 예의를 갖추라'고 하셨다. 조만간 총회합 때 사조의 소개가 끝나면 정식으로 제자들과 인연을 맺게 될 것이다.

물론 일반 제자들은 벌써부터 그를 신선 사조라고 부르며 경외하고 있었지만 운풍자 자신은 조금 의심을 품고 있던 차다. 하지만 티를 낼 수는 없는 일. 운풍자는 근엄하게 말했다.

"제자들은 들으라! 사조께서 오셨으니 마보를 풀고 예를 갖추라!"

"무당파 십구대 제자들이 태사조를 뵙습니다!"

무릎을 꿇고 엎드리며 도사들이 이구동성으로 외쳤다. 장문인의 제자인 운풍 사숙께서 저리 말씀하시니 장문인께서도 태사조를 인정하신 것이 틀림없다. 무당에 신선이 탄생한 것이다!

도사들은 흥분된 마음을 가라앉혔다. 검선이 연무하러 오셨으니 경거망동할 수는 없었다.

"아, 네… 저는 십육대 제자인 청명입니다. 만나서 반갑습니다."

청명이 고개를 숙이자 도사들이 민망해했다. 태사조 되시는 분께서 머리를 숙이다니…….

"사조께서는 머리를 숙일 필요가 없습니다. 저 아이들은 사손의 제자들이니 고개를 숙이셨다간 도리어 저들이 중죄를 저지른 게 됩니다."

"아, 그래요? 그럼 머리를 숙이지 않을게요."

청명이 맑은 목소리로 말했다. 운풍자가 표정 하나 없는 얼굴로 청명을 바라보았다.

"사조께서는 어떤 가르침이 있어 제자를 찾으신 겁니까?"

"저도 무공을 배우려고요!"

청명이 신이 난 얼굴로 말했다. 나도 보통 사람들처럼 할 일이 있다!

"저는 보통의 도사들이 하는 대로 무공을 익혀야 한답니다!"

그 말에 운풍자가 처음으로 표정을 지었다. 아주 약간, 아주 야약간 미간을 꿈틀거렸다.

"무공을… 저희에게 가르쳐 주시는 게 아닙니까?"

"네? 저는 무공을 모르는걸요."

"무공을… 모르신다고 하셨습니까?"

"네, 전 무공을 몰라요."

순진무구한 얼굴로 해맑게 말하는 청명이었다.

운풍자의 눈에 이채가 떠올랐다. 무당의 제자라면 모든 무공은 모를지라도 태극권은 알아야 한다. 일반 도사들도 그것을 익히는 까닭이다. 무공을 모르는 일반 도사가 오랫동안 좌정하고 수련하면 엉덩이가 짓무르거나 척추의 뼈가 휘는 현상이 있는데 그를 방지하기 위해 장삼봉 조사께서 만드신 것이 태극권이다. 그런데 무공을 모른다니……. 의심이 조금 더 깊어졌다.

"하오시면… 어떻게 신선이……?"

"경전을 읽다가요. 사부님께서 태상노군[老子]께서 직접 저술하신 경전을 주셨거든요. 그것을 읽고 깨달음을 얻어 등선했어요."

말도 안 된다. 차라리 연단을 하여 불로불사의 선단을 먹고 신선이 되었다면 고개를 끄덕였을 것이다. 경전을 참오하다 깨달음을 얻었다? 있을 수 있는 일이나 극히 드물다. 행함으로 도를 얻는 것이 참 도라 했거늘 어찌 읽는 것만으로 깨달음을 얻는단 말인가?

하지만 운풍자는 청명이 그 일부에 속한다는 사실을 모르고 있었다. 경전을 읽고 산마루에 앉아 늘상 나무와 바람과 안개를 바라보며 참오하였다는 사실도 모르고 있었다.

때로는 행함보다 궁리함이 더 나을 때가 있는 것이다.

"음… 그러하시면… 무공을 익혀야 하신다면 이곳에서 연무하시는 것도 좋을 겁니다. 그럼 저쪽에 제자들과 함께 서시지요."

"아, 네."

운풍자와 청명의 이야기를 주워들은 도사들은 이미 실망할 대로 실망한 후였다. 물론 태사조께서 깨달음을 얻어 신선이 되셨으니 좋기야 했지만 아무래도 검선(劍仙)이 아닌 탓이다.

그 실망은 황우자가 제일 심했다.

'에잇! 화산파의 멍청이한테 자랑할 수가 없게 됐잖아!'

몰래 청명을 흘겨보며 황우자가 생각했다.

'무공을 배우지 않고 신선이 되다니……. 쳇, 기왕이면 좀 배우고 신선이 되면 좋잖아! 에이, 글렀네.'

[미안해요.]

황우자는 심장이 멎을 듯이 놀랐다. 마음에 '미안해요' 라는 말이 새겨진 것이다. 얼른 태사조를 바라보니 태사조께서 자신을 바라보며 멋쩍게 웃고 있다. 황우자는 얼른 시선을 내리깔았다.

'서, 설마 마음을……?'

황우자는 설마 '마음을 훔쳐본 것일까' 하고 생각하다가 그것마저 읽힐까 저어되어 바로 청명의 눈치를 보았다. 하지만 청명은 다른 곳을 보고 있었다.

'그럴 리가 없지. 나도 참, 이상한 생각을 떠올렸구나. 그래도 사조님인데 불경한 생각을 했다.'

하지만 청명은 황우자가 화를 낼까 봐 모른 척하고 있을 뿐이었다. 분명히 '미안해요' 라고 말하긴 했다.

운풍자가 말했다.

“보통의 제자들은 자신의 무공 수위를 보여주고 나서 다른 무공을 수련합니다. 사조께서도 평범한 수련을 하길 원하신다면 제게 배우신 바를 펼치셔야 합니다.”

운풍자는 만약 태극권도 못한다면 그를 본격적으로 의심해 볼 참이었다. 하지만 청명은 수월히 응낙했다.

“아아주우 예전에 태극권을 배운 적이 있어요. 사부님이 가르쳐 주셨거든요. 그것밖에 못하는데… 그거라도 할까요?”

‘아주’ 를 강조하며 청명이 말했다.

청명은 처음부터 운풍자의 마음에서 의심을 읽었다. 하지만 별로 괘념치 않았다. 그런 의심과 의혹은 도를 닦는 데 도움이 되지 않는다. 그저 자신은 자신의 할 도리를 다하면 되는 것이다.

“예, 사조. 그럼.”

운풍자의 안내대로 청명이 중앙으로 나가 마보를 취했다.

그 모습을 찬찬히 바라보던 운풍자가 오늘의 두 번째 표정을 지었다. 눈썹이 약간 찌푸려졌다.

‘기세가… 없다.’

청명의 기수식에는 기세가 없었다.

무공을 배웠든 배우지 않았든 내기가 없는 사람은 없다. 사람이라면 진원지기가 있고 선천지기가 있는 법. 무공을 익혀 기세를 감춘다 해도 완벽하게 기세를 감출 수는 없다. 흔히 인기척이라 말하는 것이 그것이다.

살수들은 훈련으로 그것을 감춘다고 하지만 무공이 높은 사람은 감춘 인기척도 느낄 수 있다. 하지만 청명에게서는 기세가 없었다. 그런 경우는 흔히 말하듯 무공이 경지에 올랐거나…….

‘아니면 사람이 아닌 것이다.’

운풍자가 보다 신중해진 눈으로 청명을 바라봤다.

청명이 태극권의 투로를 밟았다.

왼쪽 발을 축으로 오른발로 원을 그린다. 손목이 부드럽게 회전하며 양팔은 태극의 문양을 그린다. 기세가 없어서 그럴까? 청명의 태극권은 신비로웠다. 곧이어 마보를 풀고 왼쪽 다리를 뻗으며 오른팔로 원을 그린다. 양 손목은 부드럽게… 부드럽게…….

'부드럽지 않잖아!'

황우자가 생각했다. 저건 장난도 아니고 완전히 엉망이다. 초기의 투로가 그럴듯해 잠시 시선을 빼앗겼지만 그 뒤의 투로는 엉망이다. 팔은 흐느적흐느적, 다리도 흐느적흐느적. 부드러운 게 아니라 무슨 연체동물 같다. 팔이 뻗는 것은 이곳저곳 찌르는 듯해 보기에도 추해 보였다.

'혹시… 저기에 뭔가 굉장한 무리(武理)가 섞여 있진 않을까?'

황우자는 눈을 가늘게 뜨고 청명의 기묘한 춤을 바라보았다. 하지만 역시 얻을 게 없다.

'내 무공이 경지에 오르지 못해서 그런가? 음, 뭐, 저게 진짜 태극권일 수도 있지.'

그런 생각 끝에 주위를 돌아보니 주변의 도사들도 그런 생각으로 청명의 태극권을 뜯어보고 있는 눈치다. 황우자는 피식 웃었다.

'니들도 나와 같은 생각을 하고 있겠지? 하핫!'

하지만 황우자의 갸륵한 짐작은 완벽하게 틀렸다. 무리(武理) 같은 것은 아예 없었다.

태극권은 배운 후 꾸준히 연마하면 몸을 건강하게 해주지만 그것은 언제나 좌정하는 도사의 경우다. 청명의 스승인 일현 진인은 좌정하고 깨달음을 얻으나 누워서 깨달음을 얻으나 똑같다고 말했다. 청명은 탈각(脫殼)했을 때도 방만하게 누운 자세로 육신을 벗었다.

'아아, 이게 아닌데? 어떻게 하는 거였더라? 왼쪽인가? 오른쪽인가?'

청명은 잠시 동안 더 태극권을 시연했다.

'그만둘까? 아아, 창피하다.'

청명은 드디어 포기하기로 마음먹었다.

"저, 운풍 사손, 나는 못하겠어요."

"…예."

운풍자는 청명의 태극권을 보고 더 많은 의혹을 가슴에 안아야 했다. 저게 과연 무당의 태극권이 맞는가! 하지만 의심은 조금 있다 해야 할 처지였다. 어쨌든 수련하러 오셨으니 슬슬 수련을 시작해야 했다.

"저… 패검하지 않고 오셨으니 수련용 목검을 따로 쥐셔야 할 것 같습니다만……. 가서 목검을 고르십시오."

운풍자가 좌측의 검대를 가리키며 말했다. 검대에는 송문고검 두 자루와 목검 여덟 자루가 꽂혀 있었다.

'원래 저 정도면… 마보 세 시진, 달리기 서른 회, 그 이후에 태극권 연습 세 시진 감인데…….'

운풍자는 살짝 눈살을 찌푸렸다. 오늘 지은 세 번째 표정이다. 냉정한 무공 사부인 자신의 입장에서 저런 초보는 체력 훈련부터 다시 해야 했다. 하지만 일단은 사조님인지라 그냥 검을 들게 하기로 했다. 다른 제자들 앞에서 마냥 마보만 취하게 하고 있을 수는 없는 노릇이니까.

청명은 검대에 가까이 다가가 목검들을 바라보았다.

"음… 저… 아무 거나 골라도 되나요, 운풍 사손?"

"네, 물론입니다."

"음… 그럼… 이거요."

정말 잘 골랐다. 중검(重劍)을 배울 때 쓰는 철심 박힌 자단 목검이다. 청명은 만족의 의미로 고개를 몇 번 끄덕거리고는 검을 쥐고 들어올렸다. 하지만 너무 무거워서 잘 들리지 않는다.

"으으으웃! 으웃! 으웃!"

청명은 양손으로 검을 뽑으려고 애썼다. 아주 조금씩 검이 검대에서 뽑혀져 올라왔다.

도사들은 멀뚱멀뚱 그 모습을 바라보고 있었다. 사실 어제의 소동을 기억하는 도사들은 조금 실망한 상태였다. 학을 타고 날아온 반로환동의 고수가 검을 들고 강호를 횡행하는 것을 상상했던 것이다.

하지만 기대가 충족되지 않았다고 해서 청명을 미워하거나 하지는 않았다. 보통 제멋대로 기대하고 제멋대로 실망해 버리곤 하는 것이 사람인데 웬일인지 청명은 밉지 않으니 신기한 일이었다.

마침내 청명이 검을 다 뽑았다. 그리고는 검을 제대로 들지도 못하고 질질 끌며 운풍자에게 다가왔다.

"흐에에, 운풍 사손, 이거 너무 무거워요."

"그 정도는 들으셔야 합니다."

운풍자가 냉정하게 말했다. 사조라서 어느 정도 봐줄 수는 있으나 한 번 고른 무기를 제멋대로 바꾸는 것은 무인의 자존심에 용납할 수 없었다.

"운풍 사손, 하지만 너무 무거운걸요."

청명이 울상을 지으며 칭얼댔다. 하지만 운풍자는 그 말을 무시하며 냉정하게 제자들을 바라보았다.

"모두들 배분의 순서대로 열을 맞추어라! 줄을 다 맞추었으면 구궁검의 기수식을 취한다!"

배분이 높은 사람이 앞에, 낮은 사람은 뒤에 선다. 더 많이 배운 사람을 앞에 세워 뒤의 사람이 보고 배울 수 있게 하는 것이다. 평소라면 훌륭한 수련법이 되었겠지만 오늘은 그런 배치가 좋지 않은 날이었나 보다. 청명이 제일 앞에 서버리게 됐다.

도사들이 열을 맞춰 자리를 잡아가는 동안 청명은 검이 무겁다고 칭얼대면서도 눈치껏 자리를 찾아 제일 앞에 섰다. 열을 맞추고 나니 제법 자기도 사람들과 잘 어울리는 것 같다.

잠시 헤헤거리며 웃던 청명은 몹시 기대한다는 눈길로 운풍자를 바라보며 순진무구한 목소리로 물었다.

"운풍 사손, 구궁검이 뭐지요?"

"…삼재검법의 기수식을 취하라!"

뒤편의 도사들이 키득거렸다. 냉정하기로 소문난 운풍자가 저렇게 쉽게 말을 바꾸는 것을 보다니 역시 사조는 위대하신 분이었다.

"사조님께서는 저를 보시고 그대로 흉내 내시면 됩니다."

"아, 네. 알았어요, 사손."

운풍자가 검을 들어 위에서 아래로 내리그었다. 천(天)의 초식이다. 그 다음에는 가로로 검을 베어나갔다. 지(地)의 초식이다. 마지막으로 검을 대각선으로 베어나간다. 인(人)의 초식이다.

물론 삼재검법에는 이것보다 많은 여러 가지 검로(劍路)가 있다. 모두 기본 공격술에 충실한 검로지만 그중에서도 가장 기본이 이 세 가지 동작이다. 검을 사용하는 가장 기본적인 동작인 것이다.

세 동작 다음으로 찌르기를 시범 보이면서 운풍자는 마무리를 지었다.

청명이 그 모습을 바라보고 고개를 끄덕였다.

"와아! 쉽군요! 금방 할 수 있겠어요!"

"네, 사조께서도 이 무공은 연마하실 수 있으실 겁니다."

과연 그럴까?

"이이익!"

양손으로 힘있게 검을 쥔 청명이 검을 들어올렸다. 하지만 검이 너무 무거웠다. 팔이 바들바들 떨리고, 따라서 검도 부들거린다.

부들부들거리면서 올라간 검은 머리 위로 올라가기도 전에 곧 쾌속한 속도로 내려갔다. 팔에 힘이 다해 검을 내린 것이다.

하지만 아주 빠른 속도로 검이 내려왔으니 천의 초식에는 충실한 셈이었다.

"와아! 됐다!"

청명은 스스로가 뿌듯한지 눈을 동그랗게 뜨고 검을 내려다보았다. 왠지 기분이 좋아졌다.

"어디 보자. 두 번째는 옆으로… 으이이이잇!"

기묘한 기합 소리를 내며 청명이 검을 들어올렸다. 가슴께로 검을 곧게 뻗는데 이번에도 역시 부들부들거린다. 게다가 얼마 움직이지도 않았는데 손에 땀이 차 오르고 있었다. 아무래도 좀 닦고 다시 해야 할 듯하다.

"저… 잠시 땀 좀 닦고 해도 될까요?"

당연히 안 된다. 하지만 운풍자는 그렇게 말할 수 없었다.

"그, 그러십시오."

청명이 검을 놓고는 손에 찬 땀을 도복에 닦았다.

그 모습을 바라보던 운풍자는 오늘의 표정 변화 중 가장 다채로운 표정을 지었다. 소스라치게 놀란 나머지 눈을 크게 뜨고 입을 약간 벌린 것이다. 그것은 도사들도 마찬가지였다.

검은 청명의 가슴께에서 일(一) 자로 떠 있었다.

"저… 저… 저거……."

"황선자(黃扇子)야, 너도 보았느냐?"

"저… 떠… 있었지요, 황우 사형?"

"응. 내가 본 건 그랬어. 격공섭물(隔空攝物)일까?"

“그럴까… 요……?”

근력도 없고 내공도 없어 보이는 사조님이 검을 공중에 띄워놓고 도복에 땀을 닦고 있었다.

황우자가 말했다.

“나… 생각해 보니까 아까 사조님께서 나한테 전음을 쓰신 거 같아.”

황선자가 ‘우와’ 하고 감탄하는 듯한 표정으로 황우자를 바라보았다.

“진짜요?”

“응…….”

“그럼 무공을 할 줄 아시는 거로군요?”

“그런가 봐…….”

황우자는 자세한 설명은 하지 않았다. 뒷말은 그저 생각으로 남겨놓기로 한 것이다.

‘그래, 전음이었을 거야, 아마.’

사람들이야 어찌 되었든 청명은 땀을 다 닦고 다시 검을 쥐었다. 그리고 다시 부들부들 떨리는 검을 들고 옆으로 베어나가기 시작했다. 기묘한 기합을 넣으면서.

“으에엣— 으잇!”

장내의 모두는 말을 잃었다.

*　　　*　　　*

운혜는 졸음이 쏟아지는 것을 느꼈다. 사조님과 함께 있을 때는 이렇지 않았는데 지금은 왠지 피곤이 몰려온다. 그냥 드러누워 자버리고 싶었으나 눈앞의 현무 진인을 생각하면 도저히 그럴 수가 없다.

“험, 험, 그러니까 네 말은 어제 오전의 그 난리 이후로 오늘에 이르기까지 쭉 잠만 잤다 이것이렸다?"

"그렇다니까요. 세 번이나 말했잖아요."

운혜가 퉁명스럽게 말했다. 하지만 현무 진인은 능글맞게 웃으면서 다시 똑같은 질문을 던졌다.

"에이, 미녀는 잠꾸러기라더만 넌 미녀가 아니잖느냐? 진짜 하루종일 잤다고?"

"…미녀가 아닌 건 알지만 그래도 그걸 노골적으로 말하는 건 심하잖아요!"

현무 진인이 경박해 보이는 웃음을 터뜨렸다.

"하핫! 잘 알고 있구나! 넌 미녀는 아니지!"

"어제는 뾰로퉁한 것도 귀엽다고 장차 천하제일미가 될 것이라고 해놓구서."

"그거야 빈말이지. 네가 칼을 날리고 있었잖느냐."

"오늘도 날려 버릴까 보다."

"……."

현무 진인이 조용히 입을 다물었다. 현무 진인은 농담을 하며 웃고 있었지만 눈빛은 심각해진 상태였다. 가만히 생각해 보니 지금 운혜의 나이는 묘령에 가깝다.

본래 묘령의 운혜에게 나타나는 증상들은 십이 세 때부터 일어나야 했던 것이다. 무당의 장로들은 개정대법으로 그 일이 일찍 터지는 것을 막아낼 수 있었는데 그 시도 역시 불완전해 십오 세까지만 막아내어도 대성공이라고 했었다.

묘령까지 무사히 자라기에 대견하게 여겼건만…….

"하긴 그만큼만 해도 감사할 일이지."

현무 진인이 읊조렸다.

"네? 뭐라고 하셨어요?"

"아, 아니다. 여하튼 어제 푹 잤다고? 허헛, 한창 자랄 때는 원래 잠이 쏟아지는 법이지."

"그러게요. 정말 미녀가 되려나? 지금도 졸려요."

현무 진인이 짐짓 자랑스레 말했다.

"나는 네 나이 때 오 일간 깨지 않고 잠만 잔 적도 있었지! 그래서 이렇게 피부가 좋은 것이 아니냐!"

운혜가 피식 웃었다. 현무 진인의 피부는 전형적인 늙은이의 피부다.

"피부가 좋긴, 쭈글쭈글한 피부가 좋기도 하겠다."

"무어라?"

"아니에요. 됐어요."

쭈글쭈글한 피부가 좋기도 했던 현무 진인은 분노했다. 하지만 워낙 조용히 말한 데다가 금방 아니라고 부정하니 뭐라고 할 말이 없다.

그때 운혜가 뭔가가 생각난 듯 '아!' 하고 탄성을 지르고는 현무 진인에게 말했다.

"참, 어제 장문 사백께는 다녀오셨어요?"

"응. 네가 없어서 나만 혼났지만 무사히 넘겼……."

말을 하다 말고 현무 진인이 소리를 질렀다.

"네 이놈! 나만 꾸중 듣지 않았느냐! 둘이 저질러 놓고 나만 왔다고 사형의 잔소리가 두 배가 되었단 말이다!"

현무 진인은 생각만 해도 화가 나는 듯 탐스럽게 자란 흰 수염을 부들부들 떨었다.

"뭐, 둘이 혼날 거 하나만 혼났으니 잘됐네요."

"그게 아니야! 이 나이에 면벽까지 할 뻔했어!"

"그러고 보니 면벽은 안 하셨네요?"

"본래라면 해야 되지만 배분이 좀 되니까… 아, 그리고 너도 벌은 안 받게 됐다. 나한테 검을 날린 것은 무공 훈련으로써 절대 기사멸조가 아니라고 잘 해명했느니라."

현무 진인이 자랑스럽게 말했다. 하지만 운혜는 자신이 벌을 듣지 않을 것을 잘 알고 있었다.

왠일인지 어린 시절부터 같은 죄를 저질러도 자신은 꾸중을 듣지 않았다. 기껏해야 한 끼 식사를 못하거나 마보를 반 시진 한다든가 하는, 벌이라는 이름이 붙긴 했지만 눈 한 번 깜짝하면 지나갈 만한 사소한 벌만 받았다.

생각해 보니 그 사실을 깨달았을 때부터 말괄량이가 된 것 같다. 어린 시절, 뱀을 고아 먹은 것을 들키고도 꿀밤 두 대로 사건이 마무리된 적이 있었다. 그때 자신을 부럽게 바라보던 운형 사제가 다음날 똑같은 죄로 걸렸는데 그는 꿀밤 두 대를 기대했겠지만 실제로는 면벽 칠 일을 받았다.

"음, 음, 잘됐네. 꾸중도 없고."

잘됐다고 몇 번을 중얼거린 운혜가 졸린 눈으로 뒷머리를 긁었다. 무언가를 곰곰이 생각하는 눈치다. 그리고 조심스레 현무 진인을 바라보았다.

"사부님……."

현무 진인은 긴장했다. 설마 자신의 몸 상태를 알아버린 것이 아닐까?

"저기… 혹시요……."

"응? 무엇이냐? 말해보거라."

운혜가 민망한 목소리로 말했다.

"저… 한 시진만 잘게요."

현무 진인은 안심했다. 아직은 모르는구나. 그럼 그렇지. 무슨 용빼는

재주가 있다고 벌써 알았으려구.

"그래? 졸리면 자야지. 다음부터는 내게 말하지 않고 자도 된다. 네가 내공이 부족하길 하냐, 초식이 부족하길 하냐. 하핫!"

현무 진인이 호탕하게 웃으며 말했다. 하지만 흰 수염을 바람에 휘날리는 신선 같은 모습으로 '하핫!' 하면서 웃으니 왠지 경박해 보인다.

"…사부님, 참 멋져 보여요."

"응? 내가 좀 그렇지? 제자를 이렇게 편히 대해주는 사부는 나밖에 없을 것이니라."

생각해 보니 저것이 자는 것을 허락해 줬다고 아부하는 듯하다. 현무 진인이 눈을 가늘게 떴다.

"아부냐?"

"아니요. 그럴 리가요. 그럼 저 자러 갈게요."

운혜가 손사래를 치며 말을 돌렸다.

현무 진인이 '아부 같은데?' 라고 중얼거렸지만 운혜는 조용히 읍하고는 기지개를 켜면서 걸어가 버렸다.

현무 진인이 뒤에서 말을 걸었다.

"운혜야, 춥진 않느냐?"

운혜가 의아한 듯 몸을 돌려 현무 진인을 바라보며 물었다.

"네? 왜요?"

"그냥. 여자는 몸이 냉하면 안 좋다고 하더라."

운혜는 피식 웃었다.

"춥진 않아요. 덥지도 않고."

말을 마친 운혜가 몸을 돌려 걸음을 옮겼다.

운혜가 태청관으로 걸어갈 때까지 현무 진인은 그 모습을 지켜만 보고 있었다.

＊　　　＊　　　＊

　연무장은 아직도 충격의 도가니에 빠져 있었다. 분명히 무공이 없다 했다. 하늘 같은 사조—혹은 태사조—의 말을 무시할 수는 없는 노릇. 하지만 그 말대로 따지자면 검을 허공에 띄운 것은 말이 되지 않는다. 저것이 무공이 아니라면 신선의 선술(仙術)일까?

　모두의 머리 속에 가득했던 질문을 입 밖으로 꺼낸 건 운풍자였다.

　"사조님, 혹시 그것은… 선술입니까?"

　그때까지도 무거운 검을 들고 낑낑대던 청명이 잠깐 신음을 내뱉더니 검을 내려놓았다. 그리고 의아한 표정으로 운풍자를 바라보았다.

　"운풍 사손, 선술이라니요?"

　"방금 검을… 허공에 띄운 것 말입니다."

　청명이 대수롭지 않다는 듯 웃었다.

　"아, 그거요? 별거 아녜요. 너무 무거워서 땅에 내려놓고 땀을 닦기가 싫어서요. 그러면 처음부터 다시 들어올려야 되잖아요. 그래서 그냥 잠깐 공중에 둔 거예요."

　별게 아니긴. 굉장한 별거다.

　제자들이 모두 침묵한 가운데 검을 공중에 띄운 것이 잘못인가 보다 하고 생각한 청명이 조심스레 말했다.

　"저기… 원래 그렇게 하면 안 되나요?"

　그 모습을 바라보던 운풍자가 다시 말했다.

　"다시 보여주실 수 있으십니까?"

　"네? 뭘요?"

　"아까 검을 공중에 띄우신 것 말입니다."

"아아……!"

청명이 여전히 조심스러운 표정으로 운풍자를 바라보았다.

"그저… 신기해서 말입니다."

청명은 '그게 신기한가?' 하는 표정으로 잠시 침묵했다. 그리곤 곰곰이 생각하는 듯하더니 활짝 웃으면서 말했다. 눈동자가 순진무구하게 빛났다.

"아, 보통 이런 걸 잘 못하나요?"

그 눈길을 받은 운풍자는 잠시 저런 순진한 눈망울을 의심한다는 것이 죄가 되진 않을까 생각했지만 만약의 경우에 대비해야 했다. 저것은 정말 선술인가? 만약 아니라면 무공을 숨기고 무당에 잠입했다는 의심을 피할 수 없으리라.

"네, 그렇습니다. 보통은… 못하지요."

격공섭물을 보통 사람이 한다면 이곳이 바로 선계일 것이다. 당연히 보통 그런 건 아예 못한다.

"그럼 다시 보여줄게요."

청명이 검을 다시 공중에 띄우려고 들어올렸다. 변함없이 오지게 무겁다.

"이… 이잇! 우, 운풍 사손, 이거 무거운데… 꼭 이걸로 해야 돼요?"

운풍자가 도사들을 바라보며 말했다.

"누가 사조님께 검을 빌려 드리도록. 가벼운 걸로."

황우자가 나섰다.

"태사조님, 제 검을 쓰시지요."

청명이 '고마워요' 하고 인사한 다음 검을 들어올렸다. 팔에 근력이 하나도 없는지 보통의 송문검도 무거워한다. 하지만 무거워하는 것일 뿐 청명은 아까보다 수월하게 검을 들어올린 다음 공중에 놓고 손을 뗐다.

역시 검은 일(一) 자로 떠 있었다.

"이거 봐요, 증사손. 저 잘했지요?"

청명이 황우자를 바라보며 말했다. 마치 아이와 같은 치기 어린 표정으로 자신의 행동을 자랑하는 것이다. 눈에서 초롱초롱한 빛이 쏟아져 나온다.

황우자는 잠시 청명을 향해 웃어준 다음 운풍자를 바라보았다.

'혹시 사조께서 상승의 진기를 사용한 것일까?'

황우자가 바라본 운풍자의 얼굴이 굳어 있었다.

'사숙께서도 느끼지 못하셨나 보군.'

운풍자가 말했다.

"그럼 혹시… 그 검을 제 등 뒤로 보내실 수 있으시겠습니까?"

이기어검(以氣馭劍)!

검을 허공에 띄워 손을 대지 않고 자유자재로 사용하는 전설 속의 경지를 말하는 것이다.

청명이 해맑게 웃으며 말했다.

"그럼요. 할 수 있어요. 잘 봐요."

황우자는 청명이 검을 손으로 가리키며 '날아가라!' 하는 모습을 상상했다. 하지만 그 상상과는 달리 청명은 그저 검을 바라보았을 뿐이다. 그런데 검이 사라졌다.

"으으음……."

운풍자가 침음성을 내뱉었다. 검의 예기가 바로 등 뒤에서 느껴진다. 놀랍게도 검은 사라졌다가 자신의 등 뒤에 나타난 것이다.

도사들은 실망이 싹 사라지며 흥분이 그 자리를 대신하는 것을 느꼈다. 아닌 줄 알았는데 검선이 맞다.

"검선……."

황우자가 신음처럼 읊조렸다. 곧 뿌듯함이 가슴 가득 차 오르는 것이 느껴진다. 자신의 아우이자 화산파의 바보는 이제 할 말을 잃게 됐다.

그때, 누군가가 청명에게 물었다. 황우자가 바라보니 자신의 사제인 황선자다.

"혹시 호풍환우(呼風喚雨)는 할 수 있으세요?"

그 말을 들은 주변의 도사들이 한마음 한뜻으로 황선자를 바라보며 생각했다.

'잘했어!'

생각지도 못한 질문이었는데 듣고 보니 과연 그럴 수도 있을까 하는 생각이 들었다. 그런 질문을 다 하다니, 참 기특한 녀석이다.

이번에도 도사들이 한마음 한뜻으로 청명을 바라보았다. 하지만 청명은 약간 곤란한 표정이었다.

"저……."

"모, 못하시나요?"

황선자가 긴장된다는 듯 침을 꿀꺽 삼키더니 말했다.

"호풍환우가 뭐지요?"

청명이 부끄럽다는 듯 얼굴을 붉혔다. 말을 못 알아들은 것은 아니지만 이것도 무공 같은 것의 이름일까 봐 다시 물어본 것이다.

황선자가 긴장된 목소리로 말했다.

"마, 말 그대로 비를 부르고 바람을 부르는 건데요……."

청명이 그제야 해맑게 웃었다.

"아아, 네. 그런 거요? 그런 거라면 할 수 있지요."

좌중의 모든 도사들은 충격을 받았다. 전설 속의 이야기가 사실이구나! 평생 우려먹어도 질리지 않을 구경거리가 생겼다.

"보여주십시오."

뒤에서 그 모습을 바라보던 운풍자가 냉정한 목소리로 말했다. 만일 저 이야기대로 정말로 호풍환우한다면 사조든 아니든 간에 신선임은 확실한 것이리라. 그렇다면 더 의심할 이유가 없다.

운풍자가 이런저런 생각을 하는 사이 안개 낀 무당산에 먹구름이 몰려들었다. 운풍자는 청명을 바라보았지만 청명은 별다른 행동 없이 그저 미소를 짓고는 하늘을 바라보았을 뿐이다.

도사들도 청명을 따라 하늘을 바라보았다. 먹구름이 몰려오더니 비를 뿌린다. 동시에 바람도 불었다.

"비, 비다!"

"저, 정말 부른 거야? 이걸?"

좌중에 다시 한 번 소란이 일었다. 하지만 운풍자는 어두운 하늘 아래에서 비를 맞으며 침묵하고 있었다.

"……."

운풍자가 청명을 바라보았다. 청명도 자신을 바라보고 있었다. 그 눈에는 아무 빛도 없었다. 순진해 보이던 초롱초롱함도, 연무를 방해했을 때처럼 미안함이 느껴지는 빛깔도 없었다.

운풍자는 처음으로 자신의 행동에 후회가 들었다. 왜 나는 저분을 믿지 못했을까?

의심하는 것이 당연하다. 모두가 믿어도 적어도 나는 한 번이라도 의심해야 한다고 생각했었다. 모두를 위해서, 모두가 속을까 봐 경계했던 것이다. 수상했으니까. 내자불선(來者不善)이니까. 의심할 만도 했다. 하지만 지금은 마음에 아직 도를 품지 못해 의심을 당연하다 생각했던 것이 아닐까 싶었다.

사람이 사람을 믿지 못하는 일은 당연한 일이 아니다. 슬픈 일이다. 당연히 의심을 하다니! 나는 도대체 무엇을 공부한 것인가!

운풍자가 처음으로 무릎을 꿇었다.

"무당파 제십팔대 제자 운풍이… 사조님을 뵈옵니다."

내리는 비를 맞으며 청명이 운풍자를 보고 미소 지었다.

그날의 연무는 엉망이 되고 말았다. 도사들은 연무는커녕 비도 피하지 않고 맞으면서 흥분의 도가니에 빠졌고 운풍자는 청명에게 무릎을 꿇고 예를 표한 직후 장문인에게 가버렸다.

청명은 신경도 쓰지 않는 일이었지만 운풍자는 스스로의 의심과 의혹, 믿음에 관해 생각하다가 사조께서 사조임을 믿지 못하고 의심했던 것에 죄책감을 느낀 것이다.

결국 장문인께 죄를 고하러 직접 찾아가 버렸다.

운풍자가 사라지고 남은 제자들은 대무당의 제자답게 스스로를 채찍질하며 연무에 몰입하기는커녕 태사조를 둘러싸고 흥분을 풀어내기에 바빴다.

"태사조님! 태사조님! 어떻게 하면 신선이 될 수 있나요? 아니지. 무공을 배우지 않고 어떻게 이기어검을 사용할 수 있습니까?"

"태사조님, 대단하십니다!"

"강호에 나가시는 것은 어때요? 훌륭한 강호인이 되실 수 있어요!"

"태사조님, 때가 되면 언제 한 번 더 보여주세요. 호풍환우한다는걸요. 기왕이면 제 동생 앞에서 보여주면 더 좋고요."

마지막 말은 황우자의 말이었다.

청명은 증사손들에게 둘러싸여 그만 정신이 혼미해질 지경에 이르고 말았다.

'너무 어지러워. 한 명씩 말해주면 좋겠는데.'

하지만 생각해 보니 좋은 일이었다. 그동안 할 말이 있어도 들어줄 사람을 찾지 못해 말을 잃고 살았는데 신선이 되고 보니 말의 홍수 속에서 살게 되었다. 과연 신선이란 좋은 것이다.

청명이 웃으며 말했다.

"네. 언제 시간이 된다면 동생 앞에서 한 번 더 보여줄게요."

"감사합니다, 태사조님! 정말 감사합니다!"

황우자가 뛸 듯이 기뻐했다. 영약 같은 걸 먹어봤자 문파에서 이렇게 차이가 나니 동생은 할 말이 있어도 못하리라.

청명이 황우자가 기뻐하는 것을 보고 웃으며 말했다.

"그런데 직접 보여주서도 되잖아요?"

"네?"

황우자가 얼빠진 얼굴로 청명을 바라보았다. 직접 보여줄 수 있을지도 모른다, 한 백오십여 년 후에. 자신이 신선이 된다는 조건 하에 말이다. 지금은 당연히 할 수 없다.

"에이, 제가 그걸 어떻게 합니까? 태사조님쯤 되니까 하실 수 있는 거지요."

"우하핫! 황우자가 호풍환우할 때가 되면 저는 천지창조를 할 수 있을 걸요?"

어느 황자배 도사의 농담에 주위가 모두 웃음으로 가득 찼다. 하지만 청명은 갑자기 심각해진 모양이다.

"아, 저… 보통 사람은… 그걸 할 수 없나요?"

이야기를 듣고 보니 슬슬 걱정이 들기 시작했다. 만약 보통 사람이 할 수 없는 일을 자신이 행한 것이라면 자신은 벌써부터 원시천존의 명을 어긴 셈이 된다. 평범하게 살아야 하는데……. 특별함을 보여선 안 되는데…….

"당연히 할 수 없지요! 신선님이시니 할 수 있는 겁니다!"

황우자가 흥분된 어조로 말했다. 하지만 그 말은 청명에게는 치명타였다. 아니, 그럼 정말 보통 사람이 아니게 되어버린 거잖아!

"헛! 정말로 보통은 바람을 부를 수 없나요?"

"그럼요. 보통은 할 수 없지요."

청명은 그만 크게 놀라고 말았다.

"저기… 황우 증사손, 미안해요."

"네?"

황우자가 멍청하게 청명을 바라보았다.

"저, 약속을 지킬 수 없게 되었어요. 그 약속은 취소할게요."

"무슨 소린지……?"

청명이 약간은 서글픈 표정으로 말했다. 그런 청명의 분위기를 파악한 도사들은 하나둘씩 입을 다물고 있었다.

"황우 증사손의 동생에게는 다음에, 다음에 보여줄게요. 지금은 할 수 없어요."

청명이 의기소침해져서 말했다. 그리고 곧 주위를 둘러보며 하나하나씩 눈을 마주쳐 가며 인사를 했다.

"저… 황우 증사손, 황선 증사손, 그리고 또… 여하튼… 저는 가볼게요."

아직 이름을 모르는 도사들이 많았다. 그냥 한꺼번에 인사를 하기로 한 청명은 도사들을 바라보며 길게 읍한 다음 몸을 돌리고 걸어갔다. 빗속을 뚫고 가는 청명의 모습이 왠지 쓸쓸해 보였다.

"저기… 이 비는……."

황우자가 사라지는 청명을 바라보며 조그맣게 중얼거리자 황우자의 목소리를 들은 청명이 걸어가다 말고 하늘을 바라보았다.

청명이 하늘을 바라보는 시기에 맞춰 비가 멈추더니 먹구름이 서서히 떠나갔다. 다시 해가 비추고 안개가 끼었다.

다시 한 번 펼쳐지는 신선의 호풍환우에 모두들 감탄사를 내뱉었다.

"아아… 다시 해가……!"

"이건… 정말… 정말로……!"

하지만 도사들의 감탄을 뒤로하고 걸어가는 청명은 머리라도 쥐어뜯고 싶은 심정이었다.

'아앗! 큰일이다! 비를 그치게 해버렸어! 또 평범하지 않게 됐다!'

청명의 마음을 아는지 모르는지 해는 말끔하게 떠서 청명을 내려다보고 있었다.

1장

제3화 순음지체(純陰之體)

청명이 호풍환우와 평범한 인간과의 관계를 가지고 고민하고 있을 때 운남성(雲南省) 외곽에 위치한 염마산(炎魔山)에서는 다른 일들이 벌어지고 있었다. 유황 냄새가 가득한 그곳 염마산은 바로 마교(魔敎)의 본산이 위치한 곳이었다.

마교(魔敎)!

그 이름은 당금 강호인에게는 악몽과도 같은 이름이었다. 아직도 강호인들은 이십오 년 전의 혈사를 잊지 못했다.

그때에 멸문당한 문파의 제자들은 문파를 재건하며 절치부심 복수의 기회를 노리고 있었고, 그때에 살해당한 피해자의 가족들은 분루를 삼키며 가슴에 한을 쌓아가고 있었다.

하지만 마교에서도 그 피해는 적지 않았다.

마교의 교주인 파월천마(破月天魔) 갈문혁(蝎文爀)이 성승(聖僧) 공진대사(孔眞大師)와 함께 양패구상했고, 부교주 마중마(魔中魔) 설현귀(雪

玄鬼)도 정파의 연합 공격에 밀려 사망하고 말았다.

심지어 십이당주 중 네 명의 당주를 제외한 모든 당주가 사망했으니 멸문의 화를 입었다고 해도 과언이 아닌 큰 피해를 입은 곳이 바로 마교였다.

어찌 그 피해뿐일까.

무공이라고는 일초 반식도 모르는 순수한 교도들은 마교라는 이름 아래 사냥당하듯 척살당했고, 십만대산의 바로 코앞까지 정파의 세력들이 물밀듯이 밀려들어 와 아낙들과 아이들은 삶의 터전을 버리고 슬픔 속에서 피난을 떠나야 했다.

도대체 정(正)이 무엇이관데! 마(魔)가 무엇이관데!

양쪽 모두의 피해는 너무나 컸다.

마교 본당(本堂).

긴 회랑에 십이 인이 부복하고 있었다. 회랑 상석에는 태사의가 놓여 있었는데 흑마(黑魔) 서중희(曙重喜)가 근엄한 표정으로 그곳에 앉아 있었다. 당금 마교의 교주인 그는 갈문혁의 무위를 뛰어넘었다 평가받는 역대 최강의 교주다. 하지만 그 무위만큼이나 잔인한 손속 때문에 마교도조차 그를 두려워하였다.

긴 회랑의 상석에 위치한 태사의 옆에서 간사하게 생긴 중년인이 크게 외쳤다.

"보고하라!"

긴 회랑의 좌우에 시립해 있던 마교의 열두 당주가 긴장된 눈으로 서중희를 바라보았다. 서중희의 한마디에 자신들의 생사가 갈릴 수도 있음이니 그 말 하나하나를 놓쳐서는 안 된다.

하지만 서중희가 아니라 태사의 옆의 교수(敎首)가 두려움에 벌벌 떨며 서중희의 말을 대신 전할 뿐이다.

제일 먼저 비화당주(秘花堂主) 마현희(馬弦姫)가 앞으로 나가 오체투지하고 머리를 땅에 세 번 박았다. 어떤 사내라도 현혹시킬 수 있을 만한 아름다운 여인의 몸을 한 비화당주는 그야말로 서시가 부럽지 않은 미녀지만 서중희에 대한 두려움에 떨고 있던 다른 당주들은 그녀를 무심히 바라보기만 했다.

"비화당주 마현희가 교주를 배알하오이다."

"……."

서중희가 아무 말 없이 고개를 끄덕였다. 두려움에 떨며 서중희를 바라보던 비화당주가 잠시 침을 꿀꺽 삼키고는 보고를 시작했다.

"보고를… 시작하겠습니다."

다시 한 번 서중희가 고개를 끄덕였다.

"제일(第一), 음화신녀(陰和神女) 갈희연(蝎喜緣)의 행방."

낭랑한 목소리로 비화당주가 말했다.

당주들의 시선이 비화당주에게 날아가 꽂혔다. 아니, 교주께서 비밀리에 직접 내린 명이라기에 무슨 명인가 했더니 바로 저런 것이었구나! 알고 보니 교주는 음화신녀를 찾고 있었다.

"일(一), 하남성 정주(河南省 鄭州), 무림맹의 금역(禁歷), 무림맹주 남궁현우(南宮賢優)의 모옥. 확인 실패."

서중희의 눈에서 안광이 형형하게 빛났다.

"이(二), 안휘성(安徽省) 합비(合肥) 남궁세가(南宮勢家). 확인. 갈희연… 무(無)."

비화당주가 다시 침을 꿀꺽 삼켰다.

"삼(三), 호북성(湖北省) 균현(均縣) 무당산(武當山). 확인… 실패."

"그렇다면?"

처음으로 서중희의 목소리가 회랑을 울렸다.

비화당주는 무미건조한 목소리로 말하는 서중희의 심중을 확인할 수 없었다. 그것이 더 두려웠다. 저런 무미건조한 얼굴로 사형을 언도할지도 모르는 것이다.

"가능성이 가장 높은 세 장소 가운데 한 장소를 확인했습니다. 곧 나머지 두 장소를 확인할 수 있을 것입니다."

비화당주가 떨리는 목소리로 말했다.

사실 합비에 잠입하는 것도 쉬운 일이 아니었다. 차라리 가서 난동을 부리는 게 쉬웠을 것이다. 하지만 벌써부터 마교의 이름을 세상에 알릴 수는 없는 노릇. 이번의 잠입은 그 어느 때보다도 어려울 수밖에 없었다. 아마 남궁세가에서는 자신들이 다녀갔다는 것도 모르고 있으리라.

비화당주가 상념에서 깨어났다. 지금 마주한 문제는 그따위 것이 아니다. 바로 저 앞에서 형형한 안광을 빛내고 있는 교주가 문제인 것이다.

"속하를 벌하여 주십시오!"

비화당주가 땅에 엎드려 머리를 쿵쿵 찧었다. 서중희가 그 모습을 물끄러미 보다가 말했다.

"한 달."

"…존명!"

비화당주가 머리를 찧던 것을 멈추고 말했다. 저것은 분명 나머지 두 곳을 확인하는 데 한 달의 기한을 더 준다는 소리일 것이다. 조금 안심이 되었다.

"다음."

여전히 무미건조한 목소리로 서중희가 말했다.

비화당주가 서둘러 제자리로 돌아가자 회랑에 도열하고 있던 무리 중 볼품없이 늙은 노인이 걸어가 무릎을 꿇고 땅에 머리를 세 번 찧었다.

"염화당주(炎火堂主) 귀곡자(鬼曲子)가 교주를 배알하오이다."

다시 서중희가 고개를 끄덕였다. 염마당주는 조금 더 자신있는 목소리로 보고를 시작했다.

"제이(第二), 소집령. 일(一), 본산의 남아 십칠 명, 본산의 여아 이십육 명 소집. 이(二), 중원의 남아 백이십이 명, 여아 백사십칠 명 소집."

서중희가 피식 실소를 지었다.

"소집이 아닐 텐데?"

늙은 노인이 헐헐 웃음을 지었다.

"…송구하오이다, 교주. 헐헐."

늙은 노인은 미소를 짓고 있었지만 속은 타 들어가고 있었다. 사실 이번에 새로 들일 제자들을 모집하는 데 서중희의 이름은 너무나 무겁게 작용했다. 염마산의 본당이 염라전이 되었다는 소문이 팽배하게 나돌아 모두들 자식들을 꽁꽁 감춘 것이다.

중원의 아이들 역시 마찬가지였다. 최근에도 과거처럼 고아나 양민의 자식들을 모았지만, 많은 수의 아이가 모이지 않아 결국에는 납치를 시도하고 있었다. 어떻게 알았는지 교주는 그것을 꼬집고 있다.

"그만. 염화당주의 노력은 잘 알았어. 그리고……."

서중희가 무미건조한 몸짓으로 턱을 괴고는 턱짓으로 염화당주를 가리켰다.

"네가 호북으로 가. 가서 비화당을 도와줘. 음화신녀가 있는지 알아봐야 되니까."

"존명!"

염화당주의 얼굴이 일그러졌다. 이제 호북까지 먼 길을 떠나야만 한다. 어쩌면 목숨이 위험할 수도 있다. 누가 뭐래도 무당파는 당금 천하제일검파이니 무당의 도사들에게 잘못 걸렸다가는 밥숟갈을 놓아야 할지도 모른다.

서중희가 말했다.

"다음."

"환희불(歡喜佛)을 불러 올려라!"

서중희의 눈치를 보며 태사의 옆의 교수가 소리를 질렀다.

당주들이 회랑 끝의 거대한 문을 바라보았다. 곧 문이 소리없이 열리고 뚱뚱한 스님이 나타났다. 얼굴에 살이 덕지덕지 붙고 눈이 작은 스님이 앞으로 걸어와 서중희 앞에 부복했다.

"아미타불, 속하를 부르셨소이까?"

"아미타불이라고 하지 마. 어울리지 않는다."

서중희가 보기만 해도 눈꼴 시리다는 듯이 말했다. 환희불이라 불린 중의 얼굴이 파리해졌다.

"더 보고 있기도 싫군. 가서 무림맹주를 암살하고 와. 괜찮으면 그 아들 목까지 따와."

"…존명!"

"나가봐."

서중희가 손을 휘휘 저었다. 환희불이 파리한 얼굴로 뒷걸음질쳐 빠져나갔다.

"저 자식은 살아 돌아와도 죽여. 그 일은 석마당주가 해."

근육질의 거한 석마당주가 웃으며 부복했다. 사실 환희불은 실제로 특명을 받아 떠나는 것이 아니었다. 마교의 여자들조차 간살하는 그의 행동을 못마땅해한 교주가 죽음을 맞을 수밖에 없는 명을 내린 것이다. 그저 자결하라고 말해도 될 것을 명분이 없어 이렇게 복잡한 과정을 거치게 되었다.

서중희가 무미건조한 목소리로 말했다.

"오늘은 이만 한다. 모두들 나가보도록."

교주가 손을 휘휘 내저었다.

"미륵 현세! 광명 천하!"

당주들이 그 자리에서 부복하며 구호를 외치고는 회랑을 빠져나갔다.

"멍청이들."

서중희가 중얼거렸다. 아무리 말해도 저 멍청한 녀석들은 자신의 말을 알아듣지 못한다. 음화신녀를 잡아오지도, 마교의 무인이 될 동량들을 구해오지도 못했다.

'간단한 심부름도 못하는 녀석들.'

서중희가 한숨을 내쉬었다. 몸에서 양강지기가 끓어오른다. 당주들이 없으니 마음껏 발산해도 괜찮으리라.

서중희의 몸에서 열기가 솟아올랐다.

'음화신녀 갈희연……'

어느새 서중희의 몸에서 불꽃이 피어오르고 있었다. 옷이 조금씩 타들어가고 눌어붙는다. 옷이 타는 냄새가 회랑을 뒤덮었다.

'찾아야 한다.'

서중희가 손을 들어 폈다. 손바닥에서 불꽃이 화르륵 타오른다. 서중희가 주먹을 쥐자 불꽃이 사그라들었다.

'꼭.'

서중희의 눈에서 불길이 솟아올랐다.

당주들은 회랑 밖으로 나서자마자 한숨을 내쉬었다.

"으하! 죽는 줄 알았네! 제길, 교주 눈길만 봐도 오줌이 찔끔찔끔 새어나오니 내 간이 이렇게 작은 줄은 몰랐소이다!"

우락부락하게 생긴 근육질의 사내가 큰 목소리로 말했다. 키가 구 척이 넘어 보이는 것이 거인과 같은 형색이다. 눈썹이 치켜 올라간 것이 청명이 선계에서 보았던 천군을 닮기도 했다.

"이보게, 석마당주(石魔堂主), 자네만 그런 것이 아니야. 이러다가 내가 내 명에 못 죽겠구먼."

청수해 보이는 중년인이 따라 말을 이었다. 마치 문사와도 같은 모습이나 얼굴에 핏기가 없는 창백한 얼굴이었다. 바로 지화당주(知火堂主) 영진(永進)이었다.

"그러게 교주님이 너무 강해도 문제라니까요. 저러면 도전이고 뭐고 할 것 없이 내치는 대로 죽게 생겼잖습니까!"

"…그나마 다행이에요."

비화당주 마현희가 말했다. 그녀 역시 긴장했는지 전신이 땀에 젖어 있었다.

풍만한 여인의 몸이 땀에 젖어 있자 음탕한 상상이 절로 일어나는지 석마당주 조성욱(趙晟頊)이 웃음을 터뜨렸다.

"흐흐흐. 그게 뭐가 다행이란 말이오? 본좌가 하마터면 그대를 안아보지도 못하고 세상을 떠날 뻔했거늘."

비화당주가 석마당주를 흘겨보았다.

"시끄러워요. 제가 다행이라는 것은 환희불을 처단한 방식 때문이에요."

"헐헐, 역시 그렇지? 교주가 그래도 막무가내는 아니니 다행이야. 아니 그런가?"

염화당주 귀곡자가 말했다. 사실 교주는 그냥 환희불을 죽여도 아무 상관 없을 것이다. 이곳 염마산에선 교주가 만인지상(萬人之上)의 위치에 있으니 교도 하나쯤 죽인다고 해서 달라질 것이 있겠는가! 거기다가 이미 교주는 염라대왕과도 비무한다는 소문이 돌 만큼 무서운 인물로 알려져 있다.

하지만 교주는 남의 손을 빌려 환희불을 죽이려 하고 있었다. 환희불이 교묘하게도 증거를 남기지 않아 즉결 처분을 하지 못하는 것이다. 그러고 보니 교주는 의외로 규율과 율법에 엄격한 면이 있는 것 같다. 개차반으로 내키는 대로 교도들을 참살할 것 같지는 않다.

"그래요. 다행이지요. 그리고 그것 때문에 저는… 교주님이 더 무서워졌어요."

"……."

모든 당주들이 입을 다물었다. 사실 그렇다. 저런 강력한 무공에 지도력, 거기다가 교도들의 신임까지 얻는다면 당금 천하는 그야말로 교주의 천하가 될 것이다. 그렇다면 자신들의 미래는 어둡다.

"까짓, 좋잖아! 우리 백련교가 그동안 중원의 개잡종들에게 당한 것이 얼마야! 교주가 그걸 다 복수해 준다면 나는 내 목을 따라고 해도 따서 바치겠소!"

석마당주가 가슴을 탕탕 치며 말했다. 마교는 그동안 너무 많은 박해를 받았다.

마교의 본래 이름은 마교가 아니었다. 본래의 이름은 백련교(白蓮教). 미륵신앙을 토대로 한 순수한 종교였다.

남송(南宋) 초에 대교주 모자원(茅子元)을 모시고 처음 종교를 열었을 때만 해도 백련교도들은 모두 희망을 가지고 있었다. 언젠가 세상을 구원해 줄 미륵불이 현신할 것이며, 미륵불은 만인의 평등을 바탕으로 세속을 정화해 줄 것이니 우리는 모두 평등하고 오직 미륵 아래 모일지라!

백련교도들은 세상의 구원을 위해서 그 영역을 넓혀 나갔다. 신분의 차이에 따라 박해받던 순진한 백성들은 평등한 세상이 열린다는 소리에 너도 나도 백련교에 가입했지만 이렇게 될 줄 어찌 알았으랴. 송 말(宋

末), 불교에서 백련교를 사이한 종교(邪敎)로 분류했던 것이다. 그리고 평등을 부르짖는 그들의 종교가 눈에 거슬렸던 당시의 정권 역시 백련교를 탄압하기 시작했다.

결국 백련교는 송나라 때에 박해를 받아 몰락 지경에 이르렀고, 원나라가 세워졌을 때는 그래도 자기들의 국가라고 반원복송(反元復宋)을 외치며 다니다가 원 정부에게서 다시 한 번 박해를 받았다.

원이 몰락할 때 이번에야말로 새 시대가 열릴 줄 알았건만 명의 주원장은 그 힘만을 이용하고는 백련교도 주살령을 내리기에 이르렀다.

결국 백련교도들은 마교라는 이름에 몰려 십만대산에까지 도망치기에 이르렀으니 살아남은 사람들은 모두 가슴에 독기를 품게 되었다. 더 강해지자! 더 강해져서 우리의 종교를 인정받자!

그 유명한 마교도들의 서열 다툼도 그 때문에 생겨난 규칙이었다. 더 강한 자가 더 높은 위치에 앉게 된다. 그리고 약한 자는 강한 자의 보호 속에서 안전하게 삶과 종교 생활을 영위할 수 있으리라. 마교도들은 이 제도에 만족감을 표했다. 이십구 년 전, 전대 교주인 갈중위가 그 아들인 갈문혁에게 패했을 때도, 흑마 서중희가 마교의 교주로 등극할 때에도 마교도들은 아무런 반발도 보이지 않았다.

당주들이 침묵했다. 생각해 보면 교주가 정말 백련교의 오랜 한을 풀어줄지도 모르는 일이다. 침묵을 뚫고 지화당주가 말했다.

"교주께서 중원에 호된 맛을 보여주시면 그것도 좋겠지만 그것은 추후의 일. 사실 지금 가장 중요한 것은 음화신녀를 찾는 일이외다."

석마당주가 의아한 눈으로 지화당주를 보며 말했다.

"…하지만 그것은 교주에게 날개를 달아주는 것일 텐데?"

"만약 그렇다고 해도 꼭 찾아야 하오."

지화당주가 깊은 눈으로 염화당주를 바라보며 말했다. 염화당주는 시선을 돌리고 웃을 뿐이다.

"헐헐……!"

그 모습을 바라보던 석마당주가 답답한지 가슴을 탕탕 쳤다.

"아니, 도대체 음화신녀가 뭐기에 이렇게 호들갑이오, 호들갑은!"

어느새 음화신녀에 대한 기억을 잊어버린 석마당주는 '그까짓 것!' 이라고 생각하고 있었다. 비화당주의 입가에 비웃음이 떠올랐다.

"…바보 같으니."

비화당주가 피식 실소하며 석마당주를 바라보았다. 석마당주는 분노했다.

"뭐라? 본좌에게 바보라는 소리를 한 사람은 이립—삼십 세— 이후로 없었다!"

서른 살이 되기 전까지는 많았다. 아마 석마당주에게 지금과 같은 고강한 무공이 없었다면 틀림없이 계속 바보라는 소리를 들었을 것이다.

비화당주가 다시 한 번 무시 해 주려고 입을 열 때 지화당주가 말했다.

"음화신녀는 특별한 대법으로 만들어진 신체의 여성을 말하는 것이오."

석마당주가 지화당주에게 고개를 휙 돌리더니 말했다.

"그건 나도 알아! 아는 걸 지껄이다니 너도 바보구나!"

"……."

더 설명해 봤자 입만 아플 것 같다. 지화당주가 염화당주를 바라보았다.

"헐헐! 왜 나를 보나, 자네는?"

"염화당주께서 설명하시지요."

"난 서둘러 염마산을 떠나야 되는데?"

염화당주가 뭐가 그리 재밌는지 헐헐 웃음을 지었다.

“씨끄러워, 영감! 얼른 설명해!”

석마당주가 소리를 질렀다. 염화당주의 서열이 석마당주보다 높으니 엄연한 하극상이다.

“뭐라?”

염화당주가 눈을 치켜떴다. 석마당주도 지지 않고 염화당주를 노려보았다. 성질대로 하자면 목을 틀어쥐어서라도 이야기를 들어야 하겠지만 상대의 서열이 높으니 그럴 수 없는 것이 한이다.

가만히 석마당주를 보던 염화당주가 한숨을 내쉬었다. 한 대 때릴 기세로 서 있는 것을 보니 화가 많이 났나 보다. 자신만 음화신녀에 대해 모른다는 사실에 화가 난 것이다. 사실 모든 당주들은 음화신녀에 대해 들을 만큼 들어왔거늘 저 녀석은 들어도 들어도 알지 못한다.

“음화신녀가 무엇이냐면…….”

염화당주가 말했다.

*　　　　*　　　　*

“선천적으로 음기(陰氣)가 강한 여성을 골라 임신시킨 후 음기가 강한 영약이나 빙정(氷精) 등을 복용시키네. 그러면 배 속의 아기가 음기로 인해 여아로 변하게 되고, 아이를 품은 지 팔 개월이 되었을 때 차가운 냉골에서 개정대법을 펼치면 여아는 순음지체(純陰之體)가 된다네. 물론 인위적인 것이라 십중팔구 실패할 확률이 높네만.”

“…….”

현평 진인이 침중한 눈길로 사제 현성 진인을 바라보았다.

마교의 당주들이 음화신녀에 대해 대화하고 있을 무렵 무당산에서도 순음지체에 대한 이야기가 오가고 있었던 것이다.

현평 진인의 옆에는 운풍자가 무표정한 얼굴로 서 있었다.

"순음지체의 효능은 아이가 여덟 살쯤 되었을 때부터 드러나기 시작한다네. 음기로 인해 몸이 차가워지고 부족한 양기로 인해 졸음이 쏟아지는 현상이 일어나지. 열두 살이 넘으면 스무 살 때까지 수면만을 취하다가… 결국엔 죽게 된다네."

현성 진인의 이야기를 경청하던 운풍자가 말했다.

"그렇군요. 그런 체질이 실제로 존재할 줄은 몰랐습니다."

무표정한 얼굴로 서 있는 운풍자였지만 오랜 세월 운풍자를 봐온 현성 진인과 현평 진인은 그 눈에서 의혹을 읽을 수 있었다. 운풍자는 그게 작금의 현실과 무슨 관계가 있는지 궁금해하고 있었다.

현성 진인이 말했다.

"순음지체의 아이는 무당에 있네."

흠칫.

무표정으로 서 있던 운풍자가 처음으로 반응을 보였다.

"무당에… 그 아이가 있다고 하셨습니까?"

"그렇다네."

운풍자가 차분하게, 그러나 현평 진인이 보기에는 당황한 것이 분명한 목소리로 물었다.

"누군지 여쭈어도 되겠습니까, 사숙?"

현성 진인이 운풍자를 바라보며 말했다.

"사질도 짐작하고 있을 텐데……?"

운풍자가 천천히 고개를 숙였다. 현성 진인이 말을 이어나갔다.

"십팔 년 전 무림맹에 한 명의 여자가 찾아왔다네. 임신한 사람이었어. 아이를 낳고 곧 죽었네만 그 아이를 낳기 직전에 그녀는 충격적인 정보를 알려주었다네."

“…뭐라고 했습니까?”

“마교에서 만들어진 순음지체를 자신이 품고 있으며, 마교주는 그 아이를 이용해서 무공을 완성하려 한다는 이야기였지.”

조용히 고개를 숙이고 있던 운풍자가 고개를 들었다.

“갈문혁의 무공은… 완성된 게 아니었습니까?”

“……”

현성 진인은 입을 다물었다. 그리고는 고개를 돌려 현평 진인을 바라보았다.

현평 진인이 사제에게 고개를 끄덕이며 말했다.

“괜찮을 걸세. 내가 말하지.”

“……”

현성 진인이 조용히 시립했다. 현평 진인이 말을 받아 이어나갔다.

“공진 성승(孔眞聖僧)께서 파월천마와 비무를 벌이셨을 당시였네. 비무는 성승의 승리로 끝났고, 강호에는 성승의 무공이 하늘에 달했다고 알려졌지만 사실은 파월천마의 몸에 심각한 이상 징후가 있었다네.”

“그것이… 무엇입니까?”

현평 진인이 차를 들어 입가로 가져갔다.

“파월천마가 익힌 파천화련공(破天火煉功)이 사실 양강지기만을 기르는 마공이었던 게지. 그것도… 음기를 축출하고 전신을 양기로만 채우는 무공.”

“전신을 양기로만 채운다……?”

운풍자가 의아한 듯이 현평 진인을 바라보며 중얼거렸다.

“하나 그렇게 된다면 필시 조화가 깨지게 될 것, 그리 된다면 육신의 붕괴가……”

운풍자의 말을 끊고 현평 진인이 말했다.

"그래, 육신이 붕괴하게 되지."

"……."

본래 무공은 음기와 양기의 조화를 이루는 방식으로 성장한다.

강호에서는 흔히 속성의 연공법을 마공으로, 만성의 연공법을 정공으로 분류하고는 하는데 이처럼 조화를 깨뜨리는 무공도 마공으로 분류된다.

어쩌면 속성의 연공법이 더 나을지도 모른다. 조화를 깨뜨리고 음기, 혹은 양기만을 키운다면 육신의 부조화로 인해 끔찍한 죽음을 맞게 된다.

운풍자가 조용히 침묵하고 있자 현평 진인이 계속해서 말했다.

"무림맹의 수뇌부들은 고심했단다. 그 아이의 비밀이 너무 크니 처리가 곤란한 상황이었던 게지."

"……."

"몇몇 인사들은 아이를 죽이자고 했었다. 앞으로 마교주의 무공에 이용당할 화근거리가 될 것, 미리부터 그 싹을 제거하자는 거였어."

순음지체의 아이가 태어났을 당시 점창파의 장문인과 당가의 가주는 아이를 죽여야 한다고 주장했다. 많은 무림지사(武林之士)들이 그 의견에 동감했고, 그 속에는 현평 진인도 있었다.

비록 살인을 해야 하는 일이지만 불가에서 말하듯 내가 아니면 누가 지옥에 갈까! 자신이 희생하여 천하를 구할 수 있다면 아이도 좋아할 것이다. 아이는 무림에 화를 불러올 불행의 씨앗이었다.

하지만 살인에 앞서 현평 진인의 머리 속에 이해할 수 없는 생각이 떠올랐다.

'먼저… 아이의 얼굴을 봐야겠다.'

왜였을까? 왜 얼굴을 보고 싶었을까? 이유는 모르겠다. 그때 자신은 아이의 얼굴을 봐야 한다고 생각했다. 그리고 뜻대로 아이를 마주할 수 있었다.

갓난아이의 눈동자가 자신을 바라보고 있었다. 너무도 순진한 눈동자였다. 그리고는 까르륵 웃으며 자신의 수염을 잡아채었다.

현평 진인은 복잡한 심사가 담긴 눈빛으로 아이를 바라보았지만 아이는 다시 한 번 웃음을 터뜨릴 뿐이다. 보통 갓난아이는 주위의 환경에 민감해 분위기가 심상치 않으면 울며불며 자지러지는데 이 아이는 웃는다. 자신을 죽이려는 사람에게조차 웃어주었다.

현평 진인은 더 이상 아이를 죽이자고 말하지 못했다.

결국 현평 진인은 그 아이를 무당의 제자로 삼기로 결정했고, 긴 시간에 걸쳐 무림맹의 무림지사들을 설득했다.

그 아이가 바로 운혜…….

별일이 없다 해도 이 년 안에 죽어버릴 슬픈 운명의 아이, 주위에 웃음을 주던 아이, 자신을 죽이려는 사람에게 웃어 보이던 아이였다.

"그렇다면 앞으로 운혜를 어찌하실 생각이십니까?"

이야기를 전해 들은 운풍자가 말했다.

"무당의 품에 두어야겠지."

"그렇다면……?"

"그래, 내가 오늘 이 이야기를 꺼낸 것도 그 때문이니라. 네가 강호를 좀 다녀와야겠다."

현평 진인이 무거운 심사를 달래며 입을 열었다.

"네가 무림맹에 가서 마교를 조사해야겠다."

조용히 시립하고 서 있던 운풍자가 고개를 끄덕였다.

"제자에게 맡겨주십시오."

"목숨이 달린 일이니 제자는 조심하라."

"심려치 마십시오."

말을 마친 현평 진인은 조용히 운풍자를 주시했다. 무표정한 운풍자의 얼굴이 자신을 바라보는 것이 보였다.

현평 진인은 굳은 얼굴로 다시 입을 열었다.

"다만… 어떤 정보를 얻든지 무당에……."

"……."

말을 늘이던 현평 진인이 천천히, 그러나 명확하게 말을 맺었다.

"무당에 먼저 알리거라."

현평 진인의 말에 무표정하게 서 있던 운풍자의 눈이 미미하게 흔들렸다. 하지만 운풍자는 묵묵히 고개를 끄덕일 뿐이었다.

"명을 받듭니다."

"흐음……."

현평 진인은 고개를 끄덕이며 한숨을 내쉬었다. 사실 운풍자에게 이 모든 사실을 자세히 이야기해 줄 필요는 없었다. 무림맹에서 마교를 조사하고 있으니 아무 말 없이 그 조사에 합류하라는 명을 내려도 무방한 것이다.

하지만 운풍자는 마교의 정보를 무림맹보다 무당에 먼저 알려야 했다. 무림맹의 인사들이 어떤 정보를 듣느냐에 따라 운혜의 생사가 갈릴지도 모르기 때문에…….

상념에 빠져 있던 현평 진인이 무거운 음성으로 입을 열었다.

"…이만 나가보거라."

"……."

운풍자가 조용히 읍하고 태화궁을 빠져나가자 그의 뒷모습을 바라보며 현평 진인이 수염을 쓰다듬었다.

"…총회합 준비는 잘 되어가나, 사제?"

"예. 벌써 모든 도관에 연락을 마쳤고, 지금도 한 명씩 진인들이 도착하고 있습니다."

현성 진인이 찻잔을 입가로 가져갔다.

"그렇다면 도관은?"

"자소궁에 준비를 마쳤습니다."

현평 진인이 고개를 끄덕였다. 총회합이 열리는 것은 무려 칠십여 년 만이다. 너무 오랜 시간이 지난 후에 열리는 총회합인지라 준비할 것이 많았다. 더군다나 이번의 총회합은 운혜의 사안을 논하게 될 것. 사인의 심각함이 보통이 아니다. 또 청명 사백도 소개해 드려야 한다.

현평 진인은 잠시 미소를 지었다. 지루한 얼굴로 자신을 바라보며 얼른 대화를 끝내줬으면 하던 사백의 얼굴이 떠오른 것이다. 대화 상대 앞에서 지루하단 감정을 드러냈으니 불쾌할 만도 하련만 청명 사백의 모습은 생각하면 할수록 즐거웠다.

현평 진인이 미소를 지으며 말했다.

"사제는 사백을 뵈었는가?"

현성 진인이 말했다.

"예. 호기심에 멀찍이서 뵈었지요. 실제로 예를 갖추지는 못했습니다."

"예끼, 못난 사람. 자네는 응당 찾아가 뵈었어야 했네. 어찌 사백을 놓고 멀리서 쳐다보기만 했단 말인가?"

현평 진인이 짐짓 엄한 목소리로 말했다. 그 모습을 보고 현성 진인이 미소를 지고는 고개를 숙여 읍했다.

"죄송합니다, 장문인. 잠시 후에 찾아뵙고 인사를 올리겠습니다."

"허허, 그리하게."

현평 진인이 인자하게 웃었다. 하지만 현성 진인은 굳은 표정으로 현평 진인을 바라보며 말을 이었다.

"한데……."

현평 진인의 눈썹이 꿈틀거렸다.

"한데?"

'사제가 사백을 놓고 참으로 사백이 맞는지 의심하는 것은 아니겠지?'

현평 진인은 운풍자가 한때 사조를 의심했음을 잘 알고 있었다. 그리고 마침내 연무장에서 그 의심을 떨쳐 버린 것도 알고 있었다. 한데 사제조차 저렇게 수상스럽다는 듯 말꼬리를 늘일 줄은 몰랐다.

"혹여 사제도 사백이 의심되는가?"

현평 진인의 얼굴이 굳어 있었다. 현성 진인은 서둘러 고개를 저으며 말했다.

"아닙니다, 장문 사형. 저는 그저……."

"그저?"

"사백께서 어제오늘 운혜와 함께 있었다는 것이 저어되었을 뿐입니다. 사백께서 말씀하시길 자신은 운혜와 함께 세상을 떠돌 인연이라고 하지 않으셨습니까?"

현성 진인은 어제 있었던 장문인과 청명의 대화를 전해 들어 알고 있었다. 그 이야기를 꺼내는 것이다.

"……."

현평 진인이 생각했다. 운혜는 무당의 밖으로 나가서는 안 된다. 만약 나간다면 자신이 직접 동행해도 모자란 감이 있다. 그런데 무공도 모르는 사백과 함께 세상을 떠돌다니! 역시 안 될 말이었다.

그러나 사백은 운혜를 세상으로 데리고 나간다고 했다.

"…으음… 이런……."

“예, 제가 고민하던 것이 바로 그것입니다. 운혜는 무당을 떠날 수 없고, 사백께서는 무당을 떠나셔야 하니 그 둘을 가까이 두지 않는 것이 나을 듯싶습니다.”

“그렇구먼. 생각해 보니 문제일세.”

현평 진인이 생각하기에도 이건 간단한 문제가 아니었다. 사백은 신선이니 그 뜻이 범인과 같을 리가 없다. 인연이 있다 하였으니 필시 무당 밖까지 운혜를 데리고 나갈 것인데 그런 일이 생겨서는 아니 되는 것이다. 보통의 제자라면 장문령부로 명을 내리면 되겠지만 신선에게까지 그럴 수는 없다.

그런 현평 진인의 심사를 읽었는지 현성 진인이 말했다.

“사백께 감히 말씀드리기 뭐하니 운혜를 불러 따로 타이르시지요.”

“음… 그리해야 할 것 같구먼. 일단 총회합 때까지는 두고 보세나.”

“알겠습니다, 장문 진인.”

현성 진인이 고개를 숙여 읍했다. 그리고는 뭔가가 떠올랐는지 현평 진인에게 말했다.

“그리고 오늘입니다, 장문 사형.”

“무엇이 말인가?”

“운혜에게 마지막 개정대법을 시행하는 것 말입니다.”

현평 진인이 침음성을 내뱉었다.

“알겠네, 사제.”

현평 진인이 차를 들어 입가로 가져갔다.

*　　　　*　　　　*

현평 진인이 현성 진인과 대화하고 있을 무렵 청명은 돌로 된 긴 계단

길을 걸어 내려가고 있었다.

청명은 원시천존의 명을 어겼다는 사실에 한참 동안 고민했지만 아무리 생각해도 답이 나오지 않자 곧 모든 것을 잊어버리기로 한 참이었다. 어차피 한번 어긴 것, 이미 흘러내린 비를 주워 담을 수도 없는 노릇이다. 혹여 원시천존께서 분노해 벼락이라도 내리지 않을까 싶었지만 하늘을 보아하니 그럴 것 같지는 않았다. 다만 앞으로 조심하자고 생각하며 청명은 운혜를 보러가기로 했다.

잠시 뒤 청명은 운혜를 찾으려고 해도 도저히 찾을 수 없다는 것을 깨달았다. 어디에 숨어 자고 있는지 짐작이 가지 않는 것이다. 주위를 돌아다니는 도사들에게 물어보고 싶었지만 처음 만난 도사가 자신을 보고 놀라서 경기를 일으키는 바람에—신선이다!— 물어보는 것이 그만 무서워졌다.

청명은 잠시 고민하다가 마음을 비우고 무당산을 둘러보기로 했다. 신선이 되기 전에 만물이 나와 다르지 않음[萬物一如]의 이치를 깨달았던 청명은 그때부터 자리에 앉아 세상을 바라볼 수 있게 되었다. 세상이 나와 다르지 않으니 시선을 내려 팔을 보는 것과, 마음을 보내어 세상을 보는 것의 차이도 없다.

청명이 돌계단을 내려가다 말고 자리에 앉았다. 가부좌를 틀고 근엄하게 반개(半開)한 눈으로 명상에 들면 좋겠지만 청명은 어린 시절부터 온갖 방만한 자세로 명상을 해왔던 인물이다.

청명은 가부좌가 아니라 쭈그려 앉아 무릎을 모으고선 무릎 사이에 머리를 처박는 것으로 자세를 잡았다.

곧, 청명의 마음이 육신을 벗어나 무당산을 떠돌기 시작했다.

오랜만에 육신을 떠났으니 모처럼 하늘을 날아보는 것도 기분 좋을 것이리라. 청명의 모습을 한 마음이 하늘로 떠올랐다.

땅 밑에 무당산의 정경이 보였다. 부드럽게 곡선을 이루며 수많은 봉우리가 하늘로 치솟아 있다. 봉우리 사이사이에는 길[路]이, 길의 중간중간에는 도관(道館)이 놓여 있었다.

호기심이 동한 청명은 운혜를 찾으러 가던 사실도 잊고 봉우리를 세어보기 시작했다. 하나하나 봉우리를 세어보며 놀던 청명은 그것들이 모두 칠십이 개라는 사실을 확인했다.

할 일이 없어진 청명이 '이제 뭘 하지?' 하고 생각하면서 놀 거리를 찾을 무렵 갑작스레 본래의 목적이 떠올랐다.

'아앗! 나는 운혜 사손을 찾으러 나온 거였는데!'

한참 후에야 자신의 본래 목적을 깨달은 청명의 마음이 당황한 표정으로 하늘을 누비기 시작했다.

청명의 마음이 사라졌다.

그리고 청명의 육신이 있는 곳에 황우자가 나타났다.

황우자는 흥분된 마음으로 돌계단을 걷고 있었다. 비록 화산파의 동생에게 신선님을 보여줄 수는 없게 되었지만 그래도 오늘은 눈에 넘치는 호사스런 구경을 했다.

이 사실을 운형 사숙에게 자랑하기로 한 황우자가 즐거운 마음으로 돌계단을 내려올 때 저만치서 쭈그려 앉아 잠을 자는 듯한 소년 도사가 보였다.

'어떤 정신 나간 놈이 길에서 잠을 자는 게야!'

황우자는 누군가가 사부의 가르침을 피해 숨어서 낮잠을 잔다고 생각하고는 몰래 깨우려고 살금살금 소년 도사에게 다가갔다.

잠에 깊이 빠졌는지 황우자가 다가왔을 때에도 소년은 잠을 자고 있었다.

황우자는 얄궂은 미소를 지으며 소년 도사의 얼굴을 확인했다. 청명의 얼굴이 보인다.

'어이쿠, 태사조님이시다!'

자신보다 배분이 낮은 도사인 줄 알고 깜짝 놀라게 해주려 했던 황우자는 도리어 제가 깜짝 놀라 자리에서 일어났다.

잠깐 당혹스러운 얼굴로 서 있던 황우자가 유심히 청명을 바라보았다. 아무리 봐도 잠을 자는 것만 같다.

'깨워야 하나?'

황우자는 깨울까 말까로 잠시 고민했지만 신선님이 하시는 행동을 자신이 방해할 수는 없었다. 황우자는 그냥 모른 척하고 가던 길이나 가기로 했다.

마음을 편히 먹기로 한 황우자가 몸을 돌려 돌계단을 내려가려는 찰나였다. 청명 태사조의 몸이 뭔가 이상한 것 같았다.

황우자는 몸을 돌려 다시 청명을 바라보았다. 청명은 죽은 듯이 자고 있었다. 숨도 쉬지 않고.

'가슴에… 기복이 없다.'

황우자는 청명의 가슴에서 기복이 느껴지지 않는다는 사실을 깨달았다. 보통 숨을 쉬고 뱉을 때 가슴이 들썩거리는데 청명의 몸에서 그런 징조가 하나도 보이지 않은 것이다.

황우자는 재빨리 청명에게 달려갔다.

"태, 태사조님!"

황우자는 청명의 코에 손가락을 들이댔다. 콧바람이 느껴지지 않는다.

'수, 수, 숨을 쉬지 않는다!'

당황한 황우자는 재빨리 주위를 둘러보았다. 아무도 없다. 황우자는 어찌할 바를 모르고 허둥대다가 문득 맥이 뛰는가 봐야겠다는 생각을 떠올렸다.

황우자는 조심스럽게 손을 뻗어 청명의 맥을 쥐려 했다. 하지만 그때 운형자의 목소리가 들려왔다.

"여어, 황우자야! 네 녀석이 또 농땡이를 피우는가 보구나!"

황우자가 맥을 쥐려다 말고 운형자를 보았다. 평소엔 징글징글하던 것이 오늘은 눈물이 날 만큼 반갑다. 황우자가 다급한 목소리로 말했다.

"사숙! 사숙! 태사조께서 숨을 쉬지 않아요!"

청명을 바로 알아보지 못한 운형자가 잠시 머뭇거렸다.

'저 자식이 미쳤나? 제 놈보다 어려 보이는 사람을 보고 태사조라니……. 사조… 사조님?

운형자가 곧 바람처럼 달려오기 시작했다. 바로 어제 내려온 태사조가 소년의 모습이었단 걸 잠깐 동안 기억해 내지 못한 자신을 저주하며 운형자가 재빨리 청명의 맥문(脈門)을 쥐었다. 잠시 눈을 감고 맥문을 짚던 운형자가 다급한 어조로 소리를 질렀다.

"맥이 없다! 일단 업고 태화궁으로 달려가!"

황우자가 재빨리 청명을 들쳐 업었다. 그리고 유운신법(流雲身法)을 펼쳐 태화궁으로 달려가기 시작했다. 운형자는 황우자보다 빠르게 태화궁으로 달려가는 중이었다.

얼마나 달렸을까?

바람 같은 속도로 달려가던 운형자가 마침내 태화궁에 다다랐다. 태화궁에는 운자배 도인 몇몇이 서 있었다.

"무슨 일이냐?"

"우, 우, 운정(雲正) 사형! 사, 사, 사조께… 서… 숨을 멈… 헉헉… 멈추셨습니다!"

운정자는 무슨 소린지 하나도 알아들을 수 없었다. 지나치게 헉헉거린다.

“천천히 말해. 하나도 못 알아듣겠다.”

“사, 사, 사조께서… 에라, 나도 몰라!”

다급하게 말한 운형이 숨을 들이키며 가슴 깊이 내기를 끌어 모았다. 운형의 속셈을 알아차린 운정자의 눈동자가 커졌다.

운형자가 내공을 실어 소리쳤다.

“사조께서 숨을 멈추셨습니다!!”

내기가 실린 소리가 울려 퍼졌건만 태화궁 안은 여전히 고요했다. 하지만 잠시의 시간이 지나자 우당탕 소리가 들리더니 현평 진인과 현성 진인이 뛰쳐나왔다.

“뭣이?!”

운형자가 장문인께 읍했다.

“무당파 제십팔대 제자 운형이…….”

“되었다!”

현평 진인이 운형자의 말을 끊으며 다급하게 청명에게로 다가갔다. 서둘러 맥문을 쥐어보니 과연 청명 사백께서는 숨을 쉬지 않고 있었다.

*　　　*　　　*

청명은 자신의 몸이 어디서 뭘 하고 있는지는 안중에도 없었다. 지금은 오로지 운혜를 먼저 찾는 것이 급선무였다.

가만히 기운을 살펴보니 태청관에서 운혜 사손의 기운이 느껴진다. 태청관 전체에 음기가 가득한 것이다.

‘저기가 추워 보이네. 하여튼 운혜 사손이 있는 곳은 춥다니까.’

곧 음기 속으로 청명의 마음이 파고들었다.

청명은 태청관의 방 이곳저곳을 훑어보았다. 세 번째 방에서 운혜가 엎어져 자고 있다. 청명은 운혜의 몸을 흔들어 깨웠다.

"운혜 사손! 운혜 사손! 일어나요!"

'으, 으음……'

운혜가 천천히 잠에서 깨어났다. 하지만 아직 잠의 잔재가 남아 있는지 완벽하게 잠에서 깨어나지는 못했다.

청명이 다시 한 번 운혜의 몸을 흔들었다.

"잠꾸러기 운혜 사손, 일어나요! 운혜 사손!"

"으음……."

어디선가 사조의 목소리가 들리는 듯하다. 운혜가 눈을 떴다.

"……!"

"일어났어요? 많이 졸려요, 운혜 사손?"

사조께서 뭐라고 말하는 것이 들렸다. 잠에서 갓 깨어난 운혜가 멍한 눈으로 말소리가 들리는 곳을 바라보았다. 그리고는 잠이 확 달아나는 것을 느꼈다.

운혜가 바라본 곳에서는 투명한 모습의 청명이 자신을 바라보고 있었다. 진짜 사조가 조잘조잘거리는 것이라면 언제든지 들어줄 수 있지만 투명한 사조가 조잘조잘거리니 아직 잠에서 덜 깨었나 싶다.

운혜는 눈을 감고 고개를 좌우로 절레절레 저은 다음 다시 청명을 바라보았다. 여전히 투명하다.

"운혜 사손은 잠꾸러긴가 봐요. 매일 잠만 자면 안 되는데. 저는 운혜 사손이 자는 동안 보통 사람처럼 연무를 했답니다."

"…저기, 사조님."

청명이 신이 난 듯 말했다. 운혜가 자신을 부르는 것은 아예 느끼지 못했는지 흥분된 몸짓으로 팔을 휘저으며 떠들고 있었다.

“오늘은 삼재검법이라는 것을 했어요, 운혜 사손. 운풍 사손이 친절하게 가르쳐 줬거든요. 이제 저도 할 줄 알아요.”

청명이 손으로 검을 쥔 시늉을 하더니 종에서 횡으로, 대각선으로 검을 내리긋는 시늉을 했다.

“이거 봐요. 이게 천의 초식이고 이게 인의 초식인데… 저, 잘하지요? 헤헤.”

청명의 행동보다 청명의 몸 상태가 더 궁금했던 운혜가 굳은 표정으로 말했다.

“저기, 사조님, 몸이… 투명하신데요?”

한참 신이 나 떠들던 청명이 자신의 몸을 내려다보았다. 그리고는 깜짝 놀랐는지 비명을 질렀다.

“아앗! 큰일이다! 운혜 사손, 제가 몸을 놓고 왔어요!”

‘…몸을 놓고 왔다고?’

운혜가 잠시 멍하니 청명을 바라보았다. 청명은 다급한 몸짓으로 호들갑을 떨고 있었다.

“내가 몸을 어디다 뒀지? 운혜 사손, 혹시 내가 몸을 어디다 뒀는지 알아요?”

알 리가 없다.

운혜가 고개를 도리도리 젓자 청명이 울상을 지었다.

“나가서 찾아보고 올게요!”

청명의 투명한 몸이 더 투명해졌다. 그러더니 종내에는 아무것도 없었다는 듯이 사라져 버린다.

운혜는 어리둥절한 눈으로 주위를 살펴보았다.

‘꿈인가?’

주위에는 여전히 아무것도 없다. 운혜는 다시 잠이 쏟아지는 것을 느끼며 침상에 누웠다.

'꿈인가 보다……. 사람이 몸을 놓고 다닐 리가 없지.'

사람이 몸을 놓고 다닐 리가 있다. 비록 신선이지만 어쨌든 육신은 인간인 청명이 몸을 놓고 돌아다녔으니 틀림없다.

청명은 재빨리 하늘로 올라가 몸을 찾아보았다.

*   *   *

현평 진인이 청명의 맥을 잡고 눈을 감았다.

"으으음……."

"사형, 사백께서는 어떻습니까?"

현성 진인이 말했다. 몹시 다급하여 맘 같아서는 자신이 직접 맥을 짚고 싶건만 장문 사형이 있으니 그마저도 쉽지 않다.

"맥이 없네. 숨도 쉬지 않아. 한데……."

현평 진인의 말을 끊고 황우자가 말했다. 주변의 도사들도 모두 당황한 눈치다.

"돌계단에서부터 지금까지 쉬지 않고 뛰어왔습니다, 장문 진인! 태사조께서는 호풍환우도 하실 수 있고 이기어검도 하실 수 있는데 이렇게 갑자기 급사하실 리가 없습니다! 살려주십시오!"

황우자가 당장이라도 울어버릴 듯한 표정으로 말했다. 꼭 살려내라고 강짜를 부리는 폼을 보니 짧은 시간 내에 어지간히 청명이 좋아졌나 보다.

현평 진인이 아랑곳 않고 말을 이어나갔다.

"한데 몸이 따듯하구나."

"……?"

운형자와 황우자, 그리고 주변의 운자배 도사들 모두가 황당한 듯이 현평 진인을 바라보았다.

모두가 현평 진인을 의아하게 바라보는 가운데 현평 진인이 갑자기 너털웃음을 터뜨렸다.

"허허헛, 신선이 하는 일은 범인이 알 수 없다더니!"

"그게 무슨 말입니까, 장문 사백!"

현평 진인의 등 뒤에서 발을 동동 구르던 운형자가 다급한 목소리로 말했다. 신선이 내려온 지 하루 만에 죽어버렸는데 웃다니! 장문인의 배포가 참으로 크다.

그때, 갑자기 청명이 눈을 떴다.

"누가 제 몸을 옮겼나요?"

"…헛?!"

황우자와 운형자는 물론 현성 진인과 대충은 짐작하고 있던 현평 진인까지 깜짝 놀랐다. 사람의 품에 안겨 있던 병자, 특히 죽었으리라 생각했던 사람이 눈을 뜰 때는 보통 '으음' 하는 신음과 함께 일어나는 법이다. 사실 꼭 그러라는 법도 없는데 모두들 그런 고정관념에 빠져 있었나 보다.

하지만 청명은 잠시 눈을 감았다가 뜬 것처럼 발딱 눈을 떠버렸다.

"저… 제가……."

황우자가 당황스러운 어조로 말했다. 사실 살아났으니 기쁨을 느껴야 되는데 어쩐지 느껴지는 것은 당혹과 함께 민망함뿐이다. 몸을 옮긴 것이 중죄인가 보다.

"아, 황우 증사손이 한 건가요?"

당황한 얼굴로 서 있는 황우자를 바라본 청명은 잠시 한숨을 쉰 다음 차분하게 말했다.

“에휴! 저… 황우 증사손, 다음부터는 제가 몸을 버려두고 떠나면 그대로 두세요. 돌아올 때 찾기가 힘들거든요.”

“네? 네…….”

도통 무슨 소린지 알 수가 없다. 몸을 버릴 수도 있나? 황우자는 떨떠름한 표정으로 고개를 끄덕였다.

그 모습을 바라보던 현평 진인이 홍소를 터뜨렸다. 현평 진인이 처음 청명을 안았을 때에는 몸이 따듯했고, 맥을 쥐었을 때는 맥이 없다가 손을 떼고 나서는 인기척이 느껴졌다. 즉, 말 그대로 죽었다가 살아난 것인데, 그 사실이 의미하는 것은 양신이 육신을 어느 때고 떠날 수 있단 뜻이다. 아마 필요에 따라 육신을 버릴 수도 있으리라.

“사백께서 그저 명상에 드신 것뿐인데 너희들이 호들갑을 떨었구나. 허허헛.”

말을 끝내고선 다시 홍소를 터뜨린다.

현성 진인은 의아한 표정으로 사형과 사백을 번갈아 보더니 그제야 안심이 되는 듯 한숨을 내쉬며 말했다.

“허어… 이놈! 운형자야, 내 수명이 십 년은 단축된 것 같다.”

“…사부, 죄송합니다.”

운형자와 황우자가 민망한 눈으로 현성 진인을 바라보았다.

현성 진인이 부드럽게 미소를 지었다. 하지만 눈을 보니 ‘요놈들 때문에 십 년 감수했네’ 라고 말하는 듯하다. 민망해진 운형자가 황우자를 날카로운 눈으로 쏘아보았다.

‘네 녀석 때문에 이게 뭐야!’

‘……’

황우자가 멋쩍게 운형자의 눈길을 피했다. 눈길을 피하다 바라보니 청명 사조께서 몸을 여기저기 살펴보고 있다. 그 모습이 마치 홈집이라도 났을까 싶어 훑어보는 장사치 같아 웃음이 나왔다.

사실 정확한 추측이었다. 청명은 잠시 몸을 두고 나간 사이에 흠집이라도 나진 않았나 걱정이 되었던 것이다. 하지만 보니 아무 상처도 없다.

미소를 지으며 청명을 바라보던 현평 진인이 말했다.

"사백, 괜찮으시면 저와 한담이나 나누시지요."

"네?"

청명이 몸을 이리저리 만져 보다 말고 의아한 시선으로 현평 진인을 바라보았다.

"그저 대화나 하자는 말입니다."

청명이 현평 진인의 얼굴을 바라보았다. 만면에 미소가 가득한 것이 뭔가 기분 좋은 일이 있나 보다. 좋은 기분을 깨버릴 수는 없으니 꼼짝없이 장문인과 대화를 나누게 생겼다.

'아아, 이런. 운혜 사손을 그냥 두고 나왔는데. 가서 운혜 사손이랑 놀고 싶은데…….'

청명이 울상을 지었다. 운혜와 어제처럼 땅따먹기를 하고 싶었다. 하지만 체념해야 할 듯하다.

"네, 장문 사질. 대화를 나눠요."

의기소침한 말투로 청명이 말했다.

"그럼 이쪽으로 드시지요."

차분한 목소리로 현평 진인이 말하고는 청명과 함께 태화궁 안으로 들어갔다.

웅성대며 남아 있던 운자배 도사들은 운형자와 황우자를 보고 허탈하게 웃었다.

"야, 황우야, 산 사조를 죽었다고 말하다니 그거 기사멸조다?"

"황우자야, 호들갑 떠는 모습이 아주 어울리더라. 너는 이제 경기검(驚

氣劍)이라고 별호를 붙여라. 괜히 나까지 놀랐지 않느냐!"

"……."

황우자의 얼굴이 붉어졌다.

주위의 운자배 도사들은 낄낄대고 웃으면서 본래의 자리로 돌아갔다.

운형자가 황우자를 쏘아보며 말했다.

"이 자식! 너 때문에!"

"아이쿠! 죄송합니다, 운형 사숙!"

무서운 사숙의 눈초리에 황우자가 재빨리 신법을 펼쳐 도망쳤다. 그 뒤를 운형자가 쫓았다.

"거기 서! 이게 뭐냐, 너 때문에! 거기 안 서!"

"아, 죄송하다니까요! 그리고 사숙도 저와 같은 착각을 했잖습니까!"

"이게 어디서!"

태화궁의 소란이 짙어지고 있었다.

*　　　　*　　　　*

"사백, 예전에 했던 말씀을 다시 해주실 수 있겠습니까?"

태화궁에 위치한 자신의 방으로 들어온 현평 진인이 말했다. 작은 탁자에는 도동이 가져다준 용정차가 놓여 있었다. 보통 황제나 마신다는 상급의 차이지만 무당에 대한 황제의 신임이 깊으니 구하기가 어려운 것은 아니다.

현평 진인이 차를 들어 입가로 가져갔다.

"무슨 말이오?"

청명이 의아한 눈으로 청명 진인을 바라보며 말했다.

"어제 제게 해주셨던 말씀 말입니다. 운혜 사질과 인연이 있다고……."

"아, 그거요? 그거라면 운풍 사손과도 있는걸요!"

청명이 신나서 말했다.

"운풍 사손이 저에게 삼재검도 가르쳐 줬답니다!"

"허허헛!"

현평 진인이 난감한 표정으로 웃었다.

하지만 현평 진인의 심사를 모르는 청명은 한껏 흥이 나서는 운혜에게 보여주었던 행동을 해 보였다. 몹시 신이 난 듯한 사백을 보니 차마 '저는 육십 년 전에 배웠던 무공입니다'라고 말하지 못하겠다. 현평 진인은 웃으며 그 모습을 바라보았다.

"이것이 천의 초식이고요, 이것이 인의 초식이랍니다."

손을 검을 쥔 듯이 그러모아 쥔 청명이 팔을 종횡으로 흔들어댔다.

"그리고 이게 지의 초식이랍니다."

틀렸다. 먼저의 것이 지의 초식이고 뒤의 것이 인의 초식이다. 하지만 현평 진인은 잘못을 꼬집지 않고 그저 웃기만 했다.

"허허허! 잘하시는군요, 사백. 무공을 배우셨다면 천하제일이 되셨을 겝니다."

"그런가요?"

무공 시범을 다 보인 청명이 뒷머리를 긁으며 멋쩍게 웃었다. 그래도 못내 자랑스러운 듯 얼굴에 흥분이 드러나 있었다.

손자가 있다면 이런 기분일까? 비록 자신보다 나이가 두 배 가까이 많은 사백이었지만 얼굴도 행동도 소년과 같으니 마치 손자를 보는 느낌이다. 물론 혼인도 하지 않았으니 손자가 있을 리가 없지만.

하지만 하던 이야기는 계속해야 했다.

"허헛! 운풍과도 인연이 있었군요, 사백. 하지만 그때는 분명 운혜 사질과 인연이 있다고 말씀하셨지요?"

"네, 같이 세상을 떠돌아야 해요. 운풍 사손도 같이요."

"……."

아니길 바랐건만 정말 운혜를 무당 밖으로 끌고 갈 모양이다. 현평 진인의 얼굴이 굳어졌다. 게다가 운풍자도 데리고 나간단다.

"사백께서는… 혹여 본인의 희망을 말씀하시는 겝니까?"

만약 이 모든 것이 청명의 희망이라면……. 진짜로 인연이 있는 것이 아니라 인연이 있었으면 좋겠다고 생각하는 것이라면……. 현평 진인은 잠시 기대를 가져보았다.

"아니요. 그것은 제 희망이 아니라 그렇게 될 거예요. 운혜 사손은 저와 함께 세상에 나갈 인연인걸요."

청명이 해맑게 웃으며 말했다. 어제오늘 운혜와 함께 있었다니 역시 정이 든 모양이다.

그 모습을 바라보며 현평 진인이 말했다.

"하지만 운혜는 나갈 수 없습니다."

"네?"

"본래 운혜는 무당 밖으로 떠날 수 없답니다."

"예? 왜요?"

청명이 의아한 듯 물었다. 설마 내가 인연을 잘못 안 것일까? 하지만 운혜는 분명히 자신과 함께 세상을 떠돌 인연이었다. 다시 생각해 보고 생각해 봐도 그 사실은 변함이 없었다. 하지만 장문 사질은 굳게 단정짓듯 말하고 있었다, 운혜를 데려갈 수 없다고. 장문인의 명이니 무당의 제자인 자신은 그것을 거부할 수 없다. 신선이 되었으니 세속의 인연이 끊겨야 하건만 인간 세상을 배워오라는 원시천존의 명이 세속의 인연을 다시 이어버렸다.

"하지만… 운혜 사손은……."

"그렇게만 알아주십시오, 사백."

현평 진인이 굳은 얼굴로 말했다.

청명이 의아한 듯, 그리고 서운한 듯 말을 잃고 버벅대자 그제야 현평 진인이 굳은 표정을 풀었다.

"허어, 우리 도문의 중대사가 운혜의 손에 달려 있답니다. 아니, 강호의 운명이 달려 있다 해도 과언이 아니지요."

"…네? 강호의 운명이오?"

청명이 어리둥절하여 물었다.

현평 진인이 한숨을 내쉬었다. 강호라는 것에 대한 올바른 개념도 서 있지 않으니 말해봐야 소 귀에 경 읽기다.

"그저 데려가지 않으시겠다 말씀하시면 됩니다."

현평 진인이 미소를 지었다. 청명이 서운한 표정을 짓고 있었지만 저것은 아마 체념의 표정이리라.

하지만 다음 청명의 말에 현평 진인은 그만 깜짝 놀라고 말았다.

"하지만 운혜 사손은 여기 있으면 죽는대요. 저랑 가야 돼요."

"…예?"

"운혜 사손은 몸이 차가워진 채로 잠만 자다가 다른 사람에게 잡혀가서 죽게 돼요. 저랑 나가야 살 수 있단 말예요."

청명이 울상을 지으며 말했다. 사람은 언젠가는 죽는 것이니 운혜가 죽는다고 해도 본래 아쉬울 것은 없다. 하지만 아직 죽음이 찾아올 때도 아닌데 죽는다는 것은 역시 서글픈 일이다. 생각해 보니 괜히 눈물이 나올 것 같다. 운혜 사손이 죽으면 자신은 같이 놀 사람이 없어 외롭게 인간 세상을 떠돌아야 할지도 모른다.

"데려가야 되는데……."

"…지금 잠만 자다가 다른 사람에게 잡혀간다고 하셨습니까?"

"네."

현평 진인은 충격을 느꼈다. 머지않아 운혜를 노리고 마교의 인물들이 찾아올 것이다. 거기다가 벌써부터 순음지체의 효능이 발휘되고 있었다. 현무 사제는 운혜가 잠이 늘었고 추위를 느끼지 못하게 되었다고 했는데 그것은 분명히 순음지체의 효능이다. 그런 시기에 들려온 사백의 말은 현평 진인에게는 마치 예언처럼 들렸다.

"…조, 좀 더 자세히 말씀해 주십시오, 사백."

현평 진인이 다급하게 말했다.

"저… 자세한 건 저도 몰라요. 하여튼 운혜 사손이 죽는단 말이에요!"

청명이 울상이 되어선 말했다.

"자, 자세한 건……."

"모른다니까요!"

저러다가 정말로 울 것 같다. 하지만 현평 진인은 사백에게 자세한 것을 들어야만 했다.

"마지막으로 한 번만 더 물어보겠습니다, 사백."

"…네."

"운혜가… 무당에 있으면 죽는다는 것입니까?"

"네."

"자세한 것은 모르시구요?"

"네."

"……."

현평 진인이 눈살을 찌푸렸다. 사백께서는 신선이시니 아마 틀린 말은 하지 않으실 게다. 그렇다면 정말 아무것도 모르는 운혜를 세상으로 내보내야 한다는 것인가!

현평 진인이 말했다.

"혹여… 사백과 함께 나간다면… 운혜는 살 수 있습니까?"

청명이 말했다.

"잘 몰라요. 하지만 본래의 수명대로는 살 수 있어요. 제가 선계에 돌아갈 때까지 운혜 사손은 함께 있는걸요."

무언가 미래를 보았던 것일까? 단편적인 것이긴 하지만 사백께서는 명확한 사실을 말하는 듯 보였다.

현평 진인이 신음성을 흘렸다.

'무당에 있으면 운혜는…….'

운혜는 아무 일이 없다 해도 이 년이면 죽는다. 하지만 그 이 년의 시간이라도 선물해 주고 싶다. 무당의 품이 도움이 안 된다니 정말 세상으로 보내야 할 듯하다.

"으으음……."

"저, 정말 운혜 사손을 데려가면 안 되나요?"

청명이 울상을 짓고는 말했다.

"…음, 내일 총회합이 있을 예정입니다. 사백께서는 오늘 저와 함께 이곳에 계시지요."

"…네? 운혜 사손은……."

"그리고 내일 총회합 때 그 말씀을 다시 해주시면 됩니다. 그러면 아마… 운혜를 무당 밖으로 데리고 나갈 수 있을지도 모릅니다."

"와아! 정말요?"

청명이 기쁜 듯이 웃으며 말했다. 그리고는 신이 나서는 말했다.

"내일 이야기만 하면 데리고 나갈 수 있다구요?"

"…아니, 그럴지도 모른다는 이야깁니다."

하지만 청명에게 그것은 허락으로 들렸는가 보다. 청명은 곧 자리에서 일어나 장문인실을 뛰어다니며 환호성을 질렀다.

"이야! 나는 운혜 사손과 세상에 나갈 수 있다! 운혜 사손과 세상에 나갈 수 있다!"

"허허… 허헛……."

현평 진인의 마음도 편해졌다. 생각해 보니 사백이야말로 운혜를 지키기에 적당할지 모른다. 앞날을 저렇듯 훤히 알고 있으니 운혜가 어떤 위험에 처할까. 더군다나 만약 무당에 운혜가 있다는 정보가 세상에 알려져도 이미 운혜는 밖으로 나간 뒤일 것이다. 어쩌면 적들은 더 더욱 운혜를 찾아내지 못할지도 모른다. 그렇게 생각하면 무당의 품에서 운혜를 놓아 보내는 것도 나쁘지는 않을 것 같다.

'운풍도 인연자라 했으니… 운풍을 무림맹으로 보낼 것이 아니라 사백과 함께 보내야겠구나.'

현평 진인은 내일 있을 총회합에서 다른 진인들을 설득할 방법을 생각해 내기 시작했다. 비록 신선의 말만을 믿은 도박과도 같은 결정이지만 현평 진인은 스스로의 결단을 믿었다. 아마도 사백은 운혜를 잘 지켜주리라.

환호하는 청명에게 현평 진인이 말했다.

"하나 그렇다고 하셔도 오늘은 운혜를 만나서는 아니 됩니다. 사백은 이곳에서 저와 함께 계셔야 할 겝니다."

"어? 왜요?"

금세 시무룩해진 청명이었다.

"예, 제 사제가… 운혜와 할 일이 있답니다."

"사질이 저 대신 운혜 사손과 노는 건가요?"

현평 진인이 너털웃음을 터뜨렸다. 운혜의 몸이 모두 깨어나기 전에 미봉책으로 개정대법을 시행할 것이다. 사제가 그 역할을 잘해줄 것이다.

“예, 대신 노는 것이지요.”

“…저도 가면 안 되나요?”

“안 됩니다.”

청명이 울상을 지었다.

결국 청명은 장문인에게 붙들려 태화궁에서 잠을 자게 되었다. 처음에는 또 지루한 이야기를 꺼낼까 덜컥 겁이 났지만 의외로 장문인은 너그럽고 인자했다.

청명은 그 사실을 깨닫고는 즐거워졌다. 장문인이 마치 사부처럼 옅게 미소를 띠고 자신을 바라보니 마음에 달콤한 위안이 된다. 청명은 모처럼 어리광을 부려보았다.

“…그래서 저는 파를 매일매일 먹었답니다. 사부님이 등선하시고 혼낼 사람이 없어서 걱정 않고 먹었어요. 헤헤…….”

“허허, 그러셨군요.”

현평 진인이 미소를 지었다. 아직 선경에 들지 못했다면 엄히 꾸짖을 일이나 깨달음이 있는 사람이 규율을 어긴 것이라면 쾌히 용서할 수 있었다. 사백처럼 신선의 경지에 이르면 파를 먹어도, 쌀을 먹어도 큰 차이가 없다.

하지만 다음 이야기가 장문인의 심기를 크게 헝클어뜨리고야 말았다.

“운혜 사손은 뱀도 먹어… 합!”

청명이 놀란 눈으로 입을 틀어막았다. 생각해 보니 그런 말들은 심각한 실수였다. 대부분의 도문이 그렇듯이 무당도 규율의 엄격함이 살아 있는 곳. 그런 곳에서 당당하게 규율을 어겼다는 사실을 말했으니 장문인이 멱살을 잡고 파를 토해내라고 말해도 할 말이 없게 되었다. 심지어 자신은 운혜의 이야기까지 꺼낼 뻔했다.

"……"

현평 진인이 눈을 가늘게 뜨고 청명을 노려보았다. 분명히 자신이 듣기로는 '운혜 사손은 뱀도 먹어'에서 그쳤던 것 같다. 제자의 잘못은 사부의 잘못인 법. 현평 진인은 분노가 끓어오르는 것을 느꼈다.

'현무 이놈!'

자세한 이야기를 들어봐야겠다고 생각한 현평 진인이 울컥거리는 심사를 가라앉혔다. 그리고 청명을 바라보며 부드럽게 미소를 지은 다음, 즉 효과적으로 청명을 홀린 다음 천천히 물었다. 오늘의 경험으로 이 귀여운 사백을 다루는 방법을 잘 알게 된 현평 진인이었다.

청명은 황홀한 표정으로 사부를 연상케 하는 늙은 사질을 바라보았다.

"더 말씀해 주시겠습니까?"

청명이 생각하기에 저렇게 부드럽게 말하는 사람은 어지간해선 화를 내지 않을 것 같았다. 그러니 운혜의 이야기를 해주어도 좋으리라.

"…네."

청명이 생긋 웃어 보이고는 말했다.

"운혜 사손은 뱀을 먹어본 적도 있었구요, 멧돼지를 먹어본 적도 있었대요. 사부님께 걸렸지만 사부님은 뺏어먹기 바빠서 혼내지 않았대요. 저도 멧돼지가 먹고 싶어요."

'파를 곁들여서요'라고 조그맣게 중얼거리며 청명이 현평 진인의 눈치를 보았다. 아직도 웃고 있는 모습을 보니 마음이 놓였다. 역시 혼내지는 않으실 거야.

"허허허, 그랬군요. 언젠가 사백께서도 멧돼지를 먹어보실 기회가 있을 겝니다."

하지만 웃고 있는 현평 진인의 눈에서는 불길이 타오르고 있었다. 현무, 이놈!

"이만 주무시지요, 사백. 이곳에서 주무실 수 있도록 침상을 내어드리겠습니다."

"예? 저는 아무 데서나 자도 괜찮은데……. 장문 사질은 어떻게 하시려구요?"

청명이 늙은 모습의 현평 진인을 바라보며 몹시 근심스럽다는 표정을 지었다. 저런 늙은 몸에 한데서 잤다가는 몸이 상할지도 모른다.

"저는 괜찮답니다, 사백."

"하지만 저는 등선하기 전에도 바닥에서 늘 잤었는걸요. 저는 정말 아무 데서나 자도 괜찮은데."

현평 진인이 미소를 지었다.

"저는 할 일이 있습니다, 사백. 그래서 침상을 양보하는 것이니 사백께서는 저어하지 마시고 편히 쉬시지요."

청명은 그제야 안심하고 꾸물꾸물 침상으로 기어들어 갔다.

"안녕히 주무셔요, 장문 사질."

"예, 사백께서도 편히 쉬십시오."

해가 저물었다.

*　　　　*　　　　*

청명이 잠에 빠져들자 현평 진인은 조용히 몸을 돌려 태화궁을 빠져나갔다.

태청관으로 향하는 어두운 소로에 들어선 현평 진인은 멀리 서 있는 어두운 인영(人影)을 발견했다. 가까이 가보니 사제 현무 진인이다.

"사제……."

"오늘이군요."

현무 진인이 무거운 목소리로 말했다. 오늘이 운혜에게 마지막 개정대법을 펼치는 날이다. 더 펼칠 수만 있다면 운혜의 생명을 조금이라도 늘릴 수 있겠지만 앞으로는 기회가 없다. 다시 개정대법을 펼친다면 운혜의 몸은 부조화로 붕괴되고 마니 결국 이번의 개정대법을 끝으로 운혜의 목숨은 하늘에 맡길 수밖에 없는 것이다.

현평 진인이 현무 진인을 바라보았다. 무거운 얼굴을 보니 현평 진인의 마음도 무거워졌다.

"괜찮을 걸세, 사제."

현평 진인이 씁쓸한 미소를 지으며 말했다. 현무 진인이 고개를 숙였다.

"그럴까요? 제가 거둔 제자는 운혜 하나뿐인데… 그 아이를 잃는다면 앞으로 잠을 이루지 못할 겝니다."

"괜찮을 걸세. 그 아이는 그리 쉽게 떠날 아이가 아니야. 이번을 끝으로 비록 개정대법을 펼치지는 못한다지만 만년화리(萬年火鯉)의 내단이 있으니 큰 문제는 없을 것이야."

현평 진인의 말에 미소 지으면서도 현무 진인은 불길한 생각을 떨쳐 버릴 수 없었다.

'만년화리의 내단까지 복용하고 난 뒤에는 어찌하시렵니까? 아니, 그 이전에 마교의 무리들에게 운혜가 잘못되면 어찌하시렵니까?

현평 진인이 현무 진인의 어깨를 두드렸다.

"날 믿게. 사백께서 말씀하시길 운혜는 세상 밖으로 나가면 천수를 누린다더군."

"예?"

"사백께서 뭔가 묘안이 있나 보이."

현무 진인이 당황하여 말했다. 운혜를 세상 밖으로……?

"아니, 장문 사형! 그게 무슨 말입니까? 운혜를 내보낸다구요?!"

"그리 말했네."

"아니 됩니다! 운혜를 노리는 마귀들이 버젓이 활보하고 있는 마당에 운혜를 내보낸다니요! 운혜를 죽이시려는 겝니까?!"

현무 진인이 소리를 질렀다. 끔찍한 상상이 절로 떠오른다. 장문 사형은 운혜를 더 이상 감당하지 못하는 것일 게다. 그렇다면 결국 마교의 도당들에게 빼앗기기 전에 운혜를 죽여야 하는데, 차마 제 손으로 죽이지 못하니 강호로 내보내는 것이다. 아마 살수라도 준비해 두었겠지.

현무 진인은 그렇게 놔둘 수만은 없다고 생각했다.

"불가(不可)합니다! 운혜는 제 제자입니다!"

"…흥분하지 말게."

현평 진인이 쓴웃음을 입에 달았다.

"사백께서 뭐라 하셨는지 아는가?"

"……?"

현무 진인이 의아한 듯 현평 진인을 바라보았다.

"사백께서 말씀하시길 운혜는 무당에 있으면 필사(必死)라 하셨네. 몸이 얼어붙고 수면 시간이 길어지다가 결국엔 마교의 도당들에게 잡혀간다고 하셨지."

"…그럼?"

"세상 밖으로 나가면 본래의 수명을 누린다고 하셨네."

"정말입니까?!"

현무 진인의 눈이 커졌다. 저것이 사실이라면 당장 사백을 만나서 자세한 이야기를 들어야 한다. 이러고 있을 때가 아니다.

"제가 직접 청명 사백께 가보아야겠습니다!"

현무 진인이 다급한 표정으로 말하고는 몸을 날리려 했다. 현평 진인이 사제의 어깨를 잡았다.

"그만 하게. 사백께서도 그 이상은 모르신다네."

"그래도 이게 아닙니다! 어떻게든 자세히 들었어야지요!"

현무 진인이 거칠게 몸을 흔들어 현평 진인의 손을 떼어냈다. 하지만 현평 진인이 다시 현무 진인의 어깨를 잡았다.

"진정하게!"

현무 진인이 억울한 듯 현평 진인을 바라보았다. 흥분했는지 숨이 거칠어졌다.

"진정하게. 사백께서도 더 이상은 알 수 없다 하셨네."

"…살 수 있는만큼은… 산다 하신 것이 확실합니까……?"

"그렇다네."

현평 진인이 한숨을 내쉬었다. 사제를 안쓰럽게 바라보며 현평 진인이 말했다.

"사백께서 운혜와 인연이 있다 하시니 운혜의 운명이 여기서 끝나지는 않을 모양일세."

"……."

현무 진인이 입을 다물더니 고개를 끄덕였다.

"그럼요. 운혜는 벌써 죽을 아이가 아닙니다."

"그래, 그렇지. 그 아이는 저승사자와 싸워서라도 살아남을 걸세."

현평 진인이 웃음을 지었다. 생각해 보니 운혜는 자는데 살기를 흘렸다고 사부에게 검을 날리는 인물이다. 누가 보면 버릇이 없다 할 테지만 사제도 자신도 크게 괘념치 않았다. 더 생각해 보면 어린 시절부터 운혜는 사고뭉치였다.

"그래, 그런 아이지."

"그렇지요! 그 녀석은 제 수염을 뽑으면서 자랐고, 제게 검을 날리며 무공을 익힌 아입니다! 여기서 죽을 리가 없습니다!"

현무 진인이 큰 목소리로 말했다. 숫제 자신에게 하는 말 같다. 현평 진인이 미소를 지었다.

"그래, 죽지 않을 걸세."

'죽지… 않아야지.'

십팔 년 전, 아기였던 운혜의 미소를 떠올린 현평 진인이 씁쓸하게 중얼거렸다. 그리고 사제를 보며 말했다.

"그만 가세. 운혜를 보아야 하지 않나."

현평 진인이 상청궁으로 향했다.

＊　　　　＊　　　　＊

상청궁 앞에는 무당의 청검대가 철통같이 경비를 서고 있었다. 만약의 경우를 대비해 상청궁을 호위하고 있는 것이다.

청검대 속에는 운풍자도 있었다.

안에 어떤 일이 벌어지고 있는지 알고 있는 운풍자는 여느 때보다 날카로운 눈길로 주위를 훑어보고 있었다. 하지만 청검대의 도사들은 조금씩 해이해진 듯하다. 장문인의 명을 받아 이곳에 서 있지만 이유를 모르니 경각심이 들지 않는 것이다.

그때 저 멀리서 현평 진인과 현무 진인이 걸어 올라왔다. 운풍자는 고개를 숙여 읍했다.

"제자 운풍이 사부님을 뵈옵니다."

"그래, 수고가 많구나."

현평 진인이 운풍자의 어깨를 탁탁 두드렸다.

하지만 현무 진인은 운풍자에게는 눈길 한 번 주지 않았다. 그저 굳은 얼굴로 묵묵히 걸을 뿐이다.

현평 진인이 상청궁으로 들어가는 현무 진인의 등을 씁쓸하게 바라보며 말했다.

"너도 들어오거라."

"예."

현평 진인의 뒤를 따라 걸으며 운풍자가 대답했다.

상청궁 안에는 작은 침상이 놓여 있었다. 침상 위에는 운혜가 벌거벗고 누워 있었는데 전신이 침으로 뒤덮여 있었다. 심지어 사혈이라 알려진 백회혈(百會穴)과 명문혈(命門穴)에도 침이 꽂혀 있다.

운혜는 고통도 모르는지 눈을 감고 자고 있을 뿐이다.

현성 진인이 긴장한 듯한 표정으로 침을 들고 제문혈(臍門穴)에 꽂았다. 운혜의 몸이 움찔거렸다.

"……."

모두들 긴장한 모습으로 현성 진인을 바라보았다.

현성 진인은 의술에 밝은 도사였다. 아픈 제자들을 고쳐 줌은 물론 개정대법을 시행할 만큼 실력이 좋았다. 하지만 그에게도 이번의 일은 어려웠다.

현성 진인이 침을 들어 하나씩 뽑았다. 용천혈(湧泉穴)에서부터 시작해 빼곡히 꽂힌 침을 뽑고 마지막으로는 백회혈에 있는 침을 뽑았다.

현성 진인이 심각한 눈으로 손을 바라보았다. 침을 잡은 손이 차갑게 얼어 새파랗게 변해 있었다.

곧 현성 진인이 자리에서 일어나 허리를 펴고 한숨을 내쉬더니 장문인을 보고는 인사를 했다.

"장문 사형 오셨습니까."

"그래, 운혜의 상태는 어떠한가?"

현평 진인이 굳은 얼굴로 현성 진인에게 말했다. 그 옆에는 더 딱딱한 표정으로 현무 진인이 서 있었다.

"생각보다 훨씬 쉽게 일이 끝났습니다. 음기가 적잖이 해소된 것이 애초 계획했던 이 년보다 더 많은 시간을 벌 수 있을 것 같습니다."

"…수고했네."

현평 진인이 고개를 끄덕였다.

현성 진인은 어색한 미소를 지으며 손을 뒤로 감추었다. 손이 얼어 있단 걸 사형에게 보여봤자 좋을 것이 없다.

"그럼 자네는 계속 운혜를 보고 있게. 내일 총회합에는 참석하지 않아도 좋네."

"그리하겠습니다, 장문 사형."

수염을 쓰다듬으며 고개를 끄덕인 현평 진인이 운풍자를 바라보며 말했다.

"그리고 운풍은 듣거라."

"예."

무표정하게 운혜를 바라보고 있던 운풍자가 현평 진인을 바라보며 길게 읍했다.

현평 진인은 읍하는 운풍자의 손에서 땀방울을 발견했다.

'허허, 저놈도 걱정이 많았던 게로구나.'

현평 진인은 미미하게 미소를 지었다. 운풍은 언제 봐도 듬직한 제자였다. 모든 사정을 다 알고 있기도 하고, 더해서 청명 사백과도 인연이 있는 아이다. 게다가 운혜를 귀히 여기는 마음이 자신과 다르지 않으니 어쩌면 이 모든 것이 하늘의 안배일지도 모른다.

현평 진인은 조용히 입을 열었다.

"제자에게 내렸던 명을 철회한다. 제자는 이제부터 청명 사백을 모시어라. 특별한 명이 없는 한 계속 사백을 모셔야 할 것이다."

"……."

운풍자는 아무 말 없이 다시 읍했다. 여전히 무표정한 얼굴이었지만 운풍자의 눈동자는 흔들리고 있었다. 본래 자신은 운혜의 정보가 세상에 퍼지는 것을 막기 위해 무림맹에 가야 한다. 하지만 난데없이 사조를 모시라니, 도저히 사부의 뜻을 알 수 없었다.

그런 운풍자의 심사를 짐작한 현평 진인이 미소를 지으며 고개를 끄덕였다.

"허허허, 뜻이 있으니 제자는 명을 받들라."

현평 진인의 말에 운풍자가 다시 고개를 숙였다.

"제자가 명을 받듭니다."

현평 진인이 고개를 끄덕였다.

현평 진인이 사제와 제자에게 말하는 동안 현무 진인은 조용히 운혜를 주시하고 있었다.

조용히 침묵하고 서 있던 현무 진인은 조금은 탁한 목소리로 입을 열었다.

"운혜가 왜 깨어나지 않나, 사제?"

과거 운혜는 백회혈에 꽂힌 침을 뽑으면 정신을 차렸다. 하지만 오늘은 백회혈의 침을 뽑은 지 오래되었는데도 깨어나지 않는다.

"……."

현무 진인의 말에 대답하려 고개를 돌린 현성 진인의 얼굴이 굳어갔다. 현무 진인의 눈에서 왠지 광기가 엿보이는 듯했다.

"…이번에는 예상 밖의 일이 많았습니다, 둘째 사형. 하지만 오래지 않아 깨어날 것이니 걱정 마십시오."

"…설명하게."

현무 진인이 무거운 목소리로 말했다. 현성 진인이 고개를 끄덕였다.

"운혜의 몸은 예상외로 양호했습니다. 음기가 가득 차고 양기가 빠져나가야 하건만 반대로 음기가 쇠하고 양기가 솟고 있었습니다. 아직은 미약한 수준이라 부조화는 어쩌지 못했습니다만 예상외로 좋은 결과를 얻었습니다."

청명의 덕분이었다. 청명의 선기(仙氣)가 운혜의 음기를 누르고 양기를 북돋운 것이다. 조화로운 기운 덕택에 운혜는 청명과 있을 때는 졸지 않았다.

현무 진인이 뭔가 미심쩍은 듯 다시 질문했다.

"그런데 왜 침만 놓은 거지, 사제? 침을 놓은 후에 양기를 이끌어내야 하지 않나?"

"지금 양기를 이끌어내었다간 운혜의 몸이 위험합니다. 평소라면 침을 놓은 후 바로 양기를 인도해야 하지만 오늘은 이미 양기가 솟아 있어 괜히 잘못 유도했다가는 지금의 현상을 깰 위험이 있습니다. 침으로 혈을 잡아두었으니 자연적으로 음기가 쇠퇴할 것이외다."

현무 진인이 그제야 안심을 했는지 한숨을 내쉬었다. 그리고는 운혜를 바라보니 과연 얼굴에 혈색이 도는 것이 훨씬 좋아 보인다. 현무 진인은 마음이 조금이나마 놓이는 것을 느꼈다.

"수고했네, 사제. 괜히 험악하게 굴어 미안하네."

둘째 사형의 심기를 알아차린 현성 진인이 웃음을 지으며 말했다.

"허허헛, 사형께서는 그 불같은 성질이 문제입니다. 제가 어련히 잘하려고요."

"미안하다 했지 않나! 그만 하게!"

화난 듯 말했지만 표정을 보아하니 기분이 좋아 보인다. 현성 진인이 다시 웃음을 지었다.

"예전부터 그러했지요. 사형께서 몰래 개구리를 잡아먹고는 사부에게 들키자 제게 비무를 신청하지 않으셨습니까. 제가 고해바쳤다고 착각하고서는요."

"…아직도 기억하고 있냐?"

이제는 점잖은 말투마저 잃어버린 현무 진인이었다. 본래의 성격이 돌아온 걸 보니 적잖이 여유를 찾은 모양이다.

현평 진인은 두 사제의 투닥거림을 보고 미소를 지었다. 그러고 보니 현무 사제에게 해야 할 말이 있었다. 분위기가 무거워 미처 하지 못했지만 지금은 그 이야기를 하는 것이 현무 진인의 마음을 더 편하게 해줄 것이다. 현무 진인에게는 일상과도 같은 분위기가 필요하다.

"그러고 보니 사백께서 하신 말씀이 또 있었다네."

"뭡니까?!"

깜짝 놀란 현무 진인이 다급하게 말했다. 혹여 운혜의 이야기일까 긴장이 되었다.

"자네가 운혜와 더불어 멧돼지를 먹었다고 하더군."

"……."

사실 파도 곁들여 먹었다. 문득 옛 생각이 떠오른 현무 진인이 어색하게 미소 지었다.

"아니, 사형, 그게 몇 년 전 이야긴데 어찌 아시고……."

"면벽 십사 일."

"아이구, 사형! 이 나이에 면벽을 했다간 등이 굽습니다! 면벽만은 제발 좀 봐주시지요!"

현평 진인이 미소를 지었다.

“맨입으로?”

“제가 몰래 모아둔 백사주(白蛇酒)를 드리겠습니다!”

현평 진인의 얼굴에서 미소가 사라졌다.

“…자네, 뱀도 잡았나?”

‘헛!’

엎친 데 덮쳤다. 현무 진인이 다시 한 번 어색하게 웃었다.

“아니, 지나가는데 죽은 뱀이 있지 뭡니까! 그냥 썩히기가 아까워서……. 정말 죽어 있었다니까요!”

“면벽 이십일 일.”

“아이구, 사형! 안 됩니다! 등이 곱는다니까요!”

현평 진인이 미소를 지었다. 역시 사제는 이럴 때가 제일 사제답다. 사형이 자신을 배려해 준다고 생각했는지 더 더욱 반응을 크게 보이고 있다. 오늘은 사제의 분위기를 맞춰주어야 할 듯하다.

“좋다. 네가 백사주를 내놓겠다니 나도 특별히 감해주지. 마보 두 시진.”

“사형, 사형도 백사주를 먹으면 아니 되잖습니까?”

현무 진인의 말에 현평 진인이 멋쩍은 듯 고개를 돌리며 중얼거렸다.

“…그럼 마보 한 시진.”

“좋습니다!”

현무 진인이 호기롭게 말했다. 비록 늙어 근력은 없지만 내공이 있으니 한 시진 동안 서 있었다 생각하면 그만이다.

하지만 다음에 이어진 현평 진인의 말에 현무 진인의 얼굴은 형편없이 구겨져 버리고 말았다.

“내공없이 해야 할 것이네.”

“어이구, 사형!”

“더 이상 말하면 한 시진씩 늘어날 것일세.”

“……..”

현무 진인의 말을 끊고 현평 진인이 말했다. 죽겠다고 엄살을 피우는 사제의 얼굴을 보니 모처럼 마음이 편해졌다.

정겨운 사형제의 대화 속에서 밤이 깊어갔다.

1장

제4화 총회합

다음 날, 자소궁은 평소처럼 고요한 아침을 맞이할 수 없었다. 도동들은 이곳저곳을 빗질한다고 난리를 피웠고, 도사들도 이날만큼은 연무를 멈추고 자소궁을 경비했다. 소란이 깊어지고 마침내 오시(未時)가 되어서야 소란이 끝났다.

하지만 이번엔 다른 의미로 자소궁이 소란스러워졌다. 각 도관에 콕 틀어박혀 나오지 않던 진인들이 멀쩡히 세상을 돌아다니고 있는 것이다.

죽었으리라 생각했던 노진인(老眞人)도 보였고, 다시는 깨지 않겠다던 은거를 깨고 나온 진인도 보였다. 도사들은 다시 보기 힘들 것이라고 생각했던 진인들을 보자 수군수군대며 흥분했다. 장터처럼 소란스러운 분위기는 아니었지만 조용한 무당의 평소 분위기를 생각하면 도인들의 소란이 얼마나 큰지 짐작할 수 있었다.

술시(戌時)가 되자 사람들은 모두들 침묵했다. 드디어 무당의 총회합이 시작되었다.

자소궁(紫宵宮) 본전(本殿).

원시천존과 태상노군, 영보천존이 놓인 삼청전(三淸殿) 앞에 장삼봉 조사의 상이 놓여 있었다. 조사들의 상 앞에는 장문인이 앉아 본전을 둘러보고 있었는데 회의의 중대함과는 어울리지 않는 미소를 만면에 짓고 있었다. 본전에는 양옆으로 진인들이 사열하여 서 있었다.

현평 진인은 오늘의 총회합에서 운혜의 이야기를 꺼낼 작정이 아니었다. 운혜의 이야기는 비사(秘事)로 아는 사람이 극히 드물다. 혹여 무당에 정말 상상하기 싫은 경우지만 세작이라도 들어와 있다면 운혜의 운명은 그야말로 바람 앞에서 춤추는 촛불이 되어버린다.

때문에 현평 진인은 몇몇의 도사들에게만 운혜의 사실을 알렸는데 그 도사들 중 일부는 천주봉을 떠나 다른 도관을 관리하고 있었다. 그들만을 따로 불러 무당의 중대사를 논하고 싶지만 그렇게 되면 다른 도인들의 반발이 있을 것이다. 무엇보다 혹시 있을지도 모르는 세작이 의심을 품게 될지도 모른다.

그래서 현평 진인은 그들을 불러 모으기 위해 총회합을 준비했다. 지금의 것은 일반적으로 세상에 알려질 무당파의 총회합이지만 다음에 열릴 회합은 문파의 수뇌부만이 모인 진짜 총회합이 될 것이다. 그를 위해서 지금은 웃음을 보여야 했다. 다른 진인들의 마음에 안정을 줄 수 있도록.

평소와는 다르게 화려한 금관(金冠)과 금포(金袍)를 차려입은 현평 진인이 은은히 미소 띤 얼굴로 장문령부인 자반죽간을 들고 서로 부딪쳤다.

딱— 딱—

"지금부터 총회합을 실시하겠소."

사열하여 서 있던 진인들이 고개를 숙여 읍했다. 그리고는 자리에 앉는데 오랜만에 보는 얼굴이 많아서인지 서로들 안부 인사를 나누느라 바쁘다.

"허허, 현수 진인(玄洙眞人)께서도 오셨군요. 이거 오늘의 회의에는 많은 사람이 보이는구려. 무량수불……."

"아, 현청 진인(玄清眞人)께서도 안녕하셨습니까? 저는 하도 보이질 않아 우화등선하신 줄 알았답니다!"

수군거리는 중에서도 우화등선이란 소리가 현평 진인의 귀를 파고들었다. 사실 우화등선한 사람이 여기 나올 예정이긴 하다. 다들 입소문을 들어 알고 있겠지만 막상 보면 놀라게 될 것임에 분명하다. 현평 진인은 그 모습을 상상하며 웃음을 지었다.

"본래 총회합을 결정한 것은 본 파에 대한 황제 폐하의 신임에 보답하는 방도에 대해 논의하고자 한 것이외다!"

현평 진인이 말했다. 제법 큰 소리로 말했더니 떠들던 사람들이 모두 고개를 돌려 현평 진인을 바라본다.

"비록 당금 황후 마마께오서 불사에 관심이 많으시어 절에서 많은 시간을 보내신다 하나 황제 폐하께오서 우리 무당을 이렇게나 아끼고 계시니 그야말로 무당의 홍복이올시다. 특히 이번엔 장삼봉 조사께 통미현화 진인(通彌玄和眞人)의 칭호를 제수하시었소!"

장삼봉은 무당파를 떠나 신선이 된 후에도 황제의 신임을 받았는데 그 신임이 얼마나 대단한지 대를 이어 새로운 칭호를 제수받고는 했다. 이번에도 삼봉 조사께 새로운 칭호가 제수된 것이니 무당에 대한 황제의 신임이 결코 작지 않다.

그 말에 기분이 좋아진 여러 진인들이 껄껄 웃으며 말했다.

"과연 그렇구려!"

"어허헛, 역시 황상 폐하께오서 무당을 잊으실 리가 없지요!"

현평 진인이 다시 자반죽간을 부딪쳐 소리를 내어 주의를 환기시켰다.

"그리하여 황제 폐하께오서는 우리 무당에 사람을 보내시었다오. 황제 폐하께서는 마음의 심려를 풀어줄 도(道)를 설파할 진인을 찾으시니 이에 관(官)으로 나가실 분을 찾고자 하는 것이외다."

진인들이 고개를 끄덕이며 장문인을 바라보았다. 자반죽간을 다시 한 번 부딪쳤으니 조금은 진지하게 회합에 임해야 할 것이다.

현평 진인이 말했다.

"하지만 중대사를 논하기에 앞서 소개해 드릴 분이 있소이다!"

다시금 진인들이 술렁거렸다. 지금에 나올 인물이야말로 오늘 총회합을 이렇게 북적거리게 만든 장본인이다. 우화등선하여 신선이 된 무당파 최고 배분의 인물이 인세에 강림했다더니 역시 소문이 사실이었다. 진인들이 긴장하는 듯 현평 진인을 바라보았다.

"본 파의 전대 기인께서 신선이 되셨다는 소식은 모두 들으신 줄로 아오. 바로 그분을 뫼신 것이외다."

현평 진인이 얼굴에 미소를 띠고 말했다. 만약 청명의 소개로 사람들이 들뜬다면 그것은 그것 나름대로 좋은 일이다. 나중에 문의 수뇌부만이 모였다는 것을 들키게 되어도 청명에게 호기심을 가진 진인들은 관심을 가지지 않을 것이다.

때문에 청명의 소개는 조금 더 흥미로운 방식으로 준비되었다. 물론 특별한 것을 준비한 것은 아니지만 싫다고 칭얼대는 사백께 금관(金冠)과 금포(金袍)를 입혔다. 그리고 몰래 자소궁 밖에 세워두고는 이렇게 멋들어진 소개를 하는 것이다.

"본 파의 십육대 제자이자 신선이 되신 청명 사백이올시다!"

자소궁의 본전을 가로막고 있던 문이 열렸다. 그 뒤에는 청명이 어색한 미소를 흘리며 서 있었다.

만면에 미소를 짓고 진인들의 놀람을 즐기려 했던 현평 진인이 청명을 보고는 눈썹을 꿈틀거렸다. 청명이 어울리지 않는 복장을 하고 있었던 것이다. 옷 본새보다 훨씬 큰 옷을 입고 불편한 듯 몸을 배배 틀고 있다.

'하필이면 운형자와 황우자에게 청명의 옷을 맡기다니! 나의 실수로다!'

멍청한 녀석들이 사백께 옷 본새보다 훨씬 큰 옷을 찾아다가 입혀놓았다.

사실 운형자와 황우자는 청명의 몸에 맞는 금관과 금포를 구하려고 백방으로 뛰어다녔었다. 하지만 어지간한 금관과 금포는 허우대가 좋은 장문 진인, 혹은 다른 진인들의 것밖에 없었다. 새로 옷을 만들자니 하루라는 시간이 너무 촉박했고 구하자니 큰 옷뿐이다.

결국 운형자와 황우자는 울며 겨자 먹기로 그것은 청명에게 입힐 수밖에 없었다. 하지만 장문 진인이 그 사실을 알 리가 없다.

"운형 이놈……!"

분노한 현평 진인이 중얼거렸다. 중얼거림을 들은 몇몇 진인들이 의아한 눈으로 현평 진인을 바라보자 민망해진 현평 진인이 헛기침을 해 보였다.

"험, 험, 아무것도 아니올시다."

현평 진인이 민망한 미소를 지르며 손을 휘휘 저었다.

한편 청명은 울상을 짓고 있었다. 옷이 자꾸 흘러내리는 것이 불편했다. 만약 운형 사손이 이 옷을 꼭 입어야 한다고 말하지 않았다면 절대로 입지 않았을 것이다. 옷은 화려한 빛이 나는 데다가 또 너무 컸다. 청명은 얼른 벗고 원래의 도복을 입고 싶다고 생각했다.

울상을 짓던 청명은 금포가 어깨를 넘어 자꾸 흘러내리자 어깨를 들썩여 흘러내리는 옷을 막았다. 금관이 너무 커 머리 아래로 내려오는 것이 눈을 가릴 듯했다. 금관을 수습한 청명이 금포를 질질 끌며 본전 안으로 걸어 들어왔다.

이 민망한 등장에 몇몇 진인들은 체통도 잊고 실소를 지었으며 몇몇 진인들은 입가를 실룩댔다.

현수 진인이 말했다.

"푸, 풉! 저, 저분이 정말 우리 사백이 맞소이까?"

청명보다 자신이 민망해진 현평 진인이 표정을 딱딱하게 굳힌 채로 소리를 질렀다.

"현수 사제! 자네가 감히 기사멸조의 죄를 저지르는가!"

현수 진인이 어깨를 움츠렸다.

"죄송합니다, 장문 진인."

현평 진인이 한숨을 내쉬었다. 현수 진인은 현평 진인과 같은 사부를 모시지는 않았지만 배분상 같은 항렬이었다. 문파에 묶여 사제라고 부르기는 하지만 역시 맘에 들지는 않았다.

현평 진인이 한숨을 내쉬는 사이 청명이 현평 진인의 앞까지 걸어왔다. 스스로도 부끄러운 걸 아는지 얼굴이 벌게져 있다. 청명이 현평 진인에게 속삭여 말했다.

"자, 장문 진인, 나가면 안 되나요?"

"예, 안 됩니다. 조금 후에 나갈 수 있으니 기다리시지요."

현평 진인이 청명에게 속삭여 말하고는 좌중을 둘러보며 크게 외쳤다.

"이분은 본 파의 기인이시자 신선이시니 문의 모든 제자들은 이분을 대함에 소홀함이 없어야 할 것이오!"

"무량수불……."

진인들이 머리를 숙여 읍했다. 이제부터 저 소년은 장문인의 사백으로 무당파의 최고 항렬이 되어 제자들과 인연을 맺게 될 것이다.

현평 진인이 다시 한 번 자반죽간을 부딪쳤다.

딱— 딱—

"이제 본 안건으로 넘어가겠소! 의견이 있으신 분은 기탄없이 말하시오!"

총회합이 진행되었다.

현평 진인의 진행에 따라 한두 명의 진인이 의견을 말하기 시작했다. 황궁은 어느 시대나 복마전(伏魔殿)이었으니 아무 진인도 자신이 가겠다고 말하지 않았다. 자칫 황궁에 갔다가는 권력의 암투에 휘말리게 될 수도 있는 것이다. 과거 그런 경우로 죄를 뒤집어썼을 때는 무당도 큰 힘이 되지 못했다. 강호의 양대 산맥이라는 무당조차 제자를 지키지 못했으니 황궁의 힘은 무섭다.

그때 현경 진인(玄鏡眞人)이 손을 번쩍 들고 크게 외쳤다.

"본인은 현청 진인을 강력하게 추천하오! 그분의 도력이 하늘에 닿았으니 능히 황제 폐하의 근심을 덜어드릴 것이외다!"

"뭣이! 그렇게 말하는 현경 네놈이 가!"

"누가 뭐래도 현청 사형이 배분이 높잖습니까! 어디 사제를 보내려고! 형이 원래 희생하는 것을 모르시오?!"

"그렇게 따지면 장문 진인이 가야지!"

"…험, 험……."

현평 진인이 굳은 얼굴로 헛기침을 했다. 자연스럽지 못하고 딱딱하게 굳은 몸짓으로 수염을 쓰다듬는 걸 보니 화가 난 것 같았다.

"죄송하오이다, 장문 진인."

현청 진인이 멋쩍게 말했다.

반면 현경 진인은 미소를 짓고 있었다. 장문인의 미움을 샀으니 아무래도 현청 사형의 미래는 곤란해질 듯하다.

“다시 의견이 있으신 진인께서는 말씀하시오.”

소란이 시작되었다. 진인들이 서로에게 책임을 떠넘기기 시작한 것이다.

＊　　　　＊　　　　＊

진인들의 소란이 시작될 무렵 상청궁(上淸宮)에서는 현성 진인이 차를 들어 입가로 가져가고 있었다.

현성 진인은 어두운 눈으로 탁자 옆에 놓인 침상을 바라보았다. 벌써 하루가 지나가건만 운혜는 깨어나지 않고 있다.

현성 진인의 옆에 서 있던 현무 진인 역시 무거운 얼굴로 운혜를 안쓰럽게 바라보고 있었다.

잠시 운혜를 바라보고 있던 현무 진인이 어두운 목소리로 말했다.

“사제, 운혜는?”

“아직입니다.”

현무 진인이 한숨을 내쉬었다. 상청궁으로 달려오며 적잖은 기대를 했건만 아직이라니 걱정과 동시에 실망이 된다.

“이유가 뭔가, 사제?”

“죄송합니다. 아직은 이유를…….”

현평 진인이 씁쓸한 얼굴로 말했다. 곧 깨어날 거라고 호언장담을 했는데 일이 이렇게 됐으니 사형이 자신을 뭐라 탓해도 할 말이 없다.

현무 진인이 피식 웃으며 말했다.

“하핫! 괜찮아, 사제. 설마 내가 어제처럼 또 그럴까 봐?”

현무 진인이 현성 진인을 바라보며 웃음을 지어 보였다. 웃는 모습이 무당의 도인답지 않게 경박했지만 현성 진인은 개의치 않고 씁쓸하게 미소 지었다.

"정말… 죄송합니다, 사형."

"괜찮아. 운혜는 죽지 않아."

현무 진인이 굳게 말하고는 운혜를 바라보았다. 운혜의 몸은 별 이상이 없었지만 옷과 침상에는 성에가 끼어 있었다.

"사제, 그런데 저거, 저렇게 놔둬도 돼? 뭐라도 해야지."

"…곧 의식을 불러볼 생각입니다."

"어떻게?"

"백회에 침을 꽂고 양기를 뇌로 이끌 생각입니다. 마지막 순간에 양기가 충분히 퍼지지 않았던 것 같습니다."

현성 진인이 설명했다. 본래 어제의 대법에서는 크게 필요치 않다고 생각해 양기를 이끌어내지 않았는데 지금 생각하니 조금 부족한 면이 있었던 것 같다. 양기가 뇌에 침투하지 못해 음기가 가득 차 있으니 의식을 잃은 것이라고 판단한 것이다.

현무 진인은 고개를 끄덕이며 수염을 쓰다듬었다. 침음성이 절로 터져 나온다.

"음……."

그 모습을 보며 현성 진인이 미소 지었다.

"허헛, 사형이 수염을 쓰다듬으니 어째 어색한 느낌입니다?"

"왜?"

"말투고 뭣이고 도인 같은 구석이 하나도 없는데 수염을 쓰다듬으니 어울리지 않잖습니까."

"에라, 이놈아!"

현무 진인이 실소했다. 그리고는 현성 진인을 바라보며 말했다.

"지금쯤 시작해야 되지 않아?"

“예.”

현성 진인은 차분하게, 하지만 말꼬리를 늘여가며 중얼거렸다. 그리고는 침통을 들고 운혜에게 걸어갔다.

운혜를 들어앉힌 현성 진인이 침착하게 말했다.

“지금부터 조용히 하시고 호법을 서주십시오. 이곳에 다른 사람이 들어오면 아니 됩니다.”

“그래.”

현무 진인의 대답을 들은 현성 진인이 침통에서 세침(細鍼)을 꺼내어 운혜의 머리로 가져갔다. 그리고는 부드러운 손길로 백회혈에 세침을 꽂았다.

조심스러운 손길이 운혜의 머리를 오고가자 이번엔 명문혈에 장심을 들이댔다. 현성 진인이 눈을 감고는 입술을 일(一) 자로 굳게 다물었다.

현무 진인은 무겁게 그 모습을 바라보고 있었다.

운혜의 몸에는 예상외로 양기가 흐르고 있었다. 음기에 비해 그 양은 터무니없이 적지만 그래도 백회부터 용천까지 머무르지 않고 흐르는 것이 안정적이었다. 그런데도 왜 의식을 차리지 않는 것일까.

현성 진인이 양기를 뇌로 이끌었다.

그때였다. 순순히 가라앉아 있던 음기가 갑자기 일어나 명문으로 몰려왔다. 깜짝 놀란 현성 진인이 신음성을 흘렸다.

“으으음……..”

조용히 현성 진인을 바라보던 현무 진인이 놀라 현성 진인에게 다가갔다. 지금 말을 걸었다간 현성 진인조차 위험하니 말도 걸 수 없다. 그저 조용히 지켜봐야 하는데 갑갑한 마음만 들 뿐이다.

현성 진인은 당황하여 운혜의 뇌로 향하던 양기를 돌려 음기를 막으려 했다. 하지만 음기는 이미 명문을 타고 장심을 넘어 현성 진인의 몸으로 파고든 후다. 손이 새파랗게 얼어붙었다.

다급해진 현성 진인이 급하게 양기를 수습하고는 손을 떼었다.

"사제!"

현무 진인이 다급하게 외쳤다. 장심을 떼었으니 말을 걸어도 된다.

하지만 현무 진인의 말을 듣지 못했는지 현성 진인은 재빨리 눈을 감고서 가부좌를 틀 뿐이었다.

잠시의 시간이 흘렀다.

갑자기 현성 진인이 크게 기침을 하더니 검은 피를 내뱉었다. 현무 진인이 그 모습을 안쓰럽게 바라보았다.

"사제… 헛!"

검은 피가 땅에 떨어지자마자 차갑게 얼어붙었다. 현성 진인이 잠시 신음을 내뱉더니 곧 현무 진인에게 말했다.

"으으음… 음기를 뱉어낸 것뿐입니다. 저는 괜찮습니다."

"그게 아니야……."

현무 진인은 검은 피가 얼어붙은 것을 보고 놀란 것이 아니었다. 사제를 부축하려던 찰나 갑작스레 냉기가 몸을 파고들어 무심코 운혜를 보았던 것이다. 운혜의 몸에서 음기가 줄기줄기 흘러나오고 있었다.

주위가 빠르게 얼어붙는 것이 이미 냉기가 퍼지고 있는 듯했다.

얼어붙은 운혜의 옷은 물론이요, 침상과 침상이 놓여 있던 벽에도 성에가 끼기 시작했다. 벽이 금세 새하얗게 변했다. 침상이 위치한 바닥도 마찬가지였다. 바닥을 얼어붙게 만든 음기가 현성 진인에게 다가가고 있었다.

"사제!"

"예?"

현무 진인이 다급하게 현성 진인에게 다가가 서둘러 사제를 안고 신형을 뒤로 날렸다.

현성 진인은 서둘러 뒤로 물러나다가 운혜를 보고는 깜짝 놀라 신음성을 내뱉었다.

"허어! 저, 저건……?"

음기가 점점 퍼져 나왔다. 상청궁 전체의 기온이 내려갔다. 현성 진인이 무언가를 깨달은 듯 다급하게 말했다.

"사형, 서둘러 운혜에게 양기를! 지금 음기가 발동(發動)합니다!"

"뭣이?!"

현무 진인이 서둘러 운혜에게 달려갔다. 현무 진인의 옷은 물론이고 수염까지 얼어붙어 갔다.

현무 진인은 침음성을 흘리며 몸에서 양기를 끌어올렸다. 제자로 맞은 운혜가 순음지체라는 것을 알았을 때부터 양기를 키워온 현무 진인이었다. 곧 옷이 녹아 흠뻑 젖어 들어갔다.

"운혜에게 양기를 주입하세요! 백회로는 이끌면 아니 됩니다!"

"가서 장문 진인을 모셔와!"

현무 진인의 말을 듣고도 현성 진인은 움직이지 않고 현무 진인을 바라보고 있었다.

현무 진인이 다시 한 번 다급하게 바라보자 현성 진인은 그제야 몸을 돌려 경공을 펼쳤다.

사제가 나가는 것을 확인한 현무 진인이 늘어져 있는 운혜의 등으로 장심을 가져갔다.

*　　　*　　　*

서로에게 책임을 넘기기 바쁜 진인들의 모습을 바라보던 청명은 자신은 할 일이 없다는 것을 깨달았다. 아무도 자신에게 말을 걸어주지 않았다.

'아아, 심심해.'

청명이 다시 내려오는 금관을 고쳐 쓴 다음 금포 자락을 쥐었다. 잠시 자락을 가지고 이렇게도 해보고 저렇게도 해보며 놀던 청명은 고개를 들어 사람들을 바라보았다.

여전히 사람들은 시끄럽게 떠들 뿐 자신에겐 신경도 쓰지 않는다.

'운혜 사손에게 가보고 싶은데. 저번에 운혜 사손이 재미있는 놀이를 가르쳐 주었으니 만약 가면 충권(蟲拳:가위바위보)을 가르쳐 줄 텐데.'

예전 사부께 충권을 처음 배웠을 때는 가끔 그것을 할 수 있었지만 사부께서 등선하고는 상대가 없어 한 번도 해보지 못했다.

청명은 잠시 히죽 웃고는 몰래 운혜를 보러 가기로 했다. 사람들은 어차피 자신은 신경도 쓰지 않으니 무사히 도망칠 수 있을 것이다.

청명이 살금살금 걸어 본전 입구로 다가갔다. 긴 옷자락이 불편했지만 청명은 다행히 들키지 않고 본전 입구까지 무사히 다가갈 수 있었다.

밖에서 이상한 소리가 들려왔다.

"누구냐?"

"장문 진인을 뵈야 하니 비키거라!"

밖에서 들리는 소리에 청명은 고개를 갸웃했다. 하지만 이미 도망가기로 마음을 먹은 것, 청명은 목적을 이루기 위해 손을 들어 문고리로 가져갔다.

하지만 채 문고리를 잡기도 전에 문이 벌컥 열리고 말았다.

"사형! 운혜가! 어이쿠!"

"으앗!"

청명이 깜짝 놀라 비명을 질렀다.

　상청궁에서 쉬지 않고 달려와 자소궁의 문을 열어젖혔던 현성 진인도 문 앞에 서 있는 청명을 보고는 깜짝 놀라고 말았다.

　그와 동시에 본전이 고요해졌다.

　본래 진인들은 한참 동안 갑론을박을 펼치고 있었는데 갑자기 문이 열리고 큰 소리가 들려왔으니 자연히 그쪽으로 관심이 갔다.

　진인들의 시선을 받은 현성 진인이 어색하게 미소 지으며 진인들에게 읍했다. 읍하면서도 입을 달싹이는 것을 보니 전음을 보내는 모양이다.

　"사형, 운혜가 위험합니다! 둘째 사형이 막고 있으니 서둘러 오셔야 할 듯합니다!"

　현평 진인의 얼굴이 굳어졌다. 무당의 진인들은 어리둥절하여 현성 진인과 현평 진인을 번갈아 바라보고 있었다.

　"일단 청명 사백을 모시고 빠져나가게. 내 곧 자리를 정리할 터이니."

　현성 진인이 고개를 끄덕였다. 그리고 청명을 부르려는 찰나 청명이 '맞다. 운혜 사손을 데리고 가야 하는데' 라고 중얼거리는 것을 들었다.

　곧 청명은 크게 외쳤다.

　"운혜 사손을 데리고 나가게 해주세요!"

　청명의 목소리를 들은 현성 진인과 현무 진인이 깜짝 놀라 청명을 바라보았다. 장내의 진인들도 마찬가지였다.

　"운혜 사손이 위험하대요! 운혜 사손은 여기 있으면 죽어요! 운혜 사손을 데리고 나가야 해요!"

　청명이 울상을 지었다. 생각만 해도 슬펐는지 음성에서 절박함이 느껴졌다.

　절박함은 좌중의 진인들에게 명확히 전달되었다. 몇몇 진인들의 얼굴이 굳었다. 현화 진인(玄樺眞人)의 얼굴도 굳어져 버렸다.

　'아뿔싸! 일이 커지는구나!'

이미 운혜의 일을 알고 있던 현화 진인이 다급히 장문인을 바라보았다. 몇몇 진인의 얼굴을 보니 그들도 자신과 같은 생각을 하고 있는 것이 틀림없었다.

반면 장내의 진인들은 뭔가가 수상쩍다 생각하고 있었다. 운혜가 도대체 누구기에 현성 진인이 저리도 절박하게 말한단 말인가! 그리고 청명 사백께서는 또 왜 저러시는 걸까? 운혜가 도대체 누구기에…….

"빨리 사백을 모시고 이곳을 나가게!"

현평 진인이 다급하게 전음을 날렸다. 그리고는 자반죽간을 부딪쳐 소리를 내고는 크게 외쳤다.

"허허, 사백께서 오랜 기간 동안 홀로 산에서 사시느라 무당의 규율을 모두 잊으셨나 보오! 그래서 이런 자리에서 이야기해야만 제자를 데리고 나갈 수 있는 줄 아신 모양이니 모두들 괘념치 마시길 바라오!"

진인들이 의구심 섞인 시선으로 현평 진인을 바라보았다. 저 변명은 너무 허술했다. 만약 저 말이 사실이라고 해도 현성 사제의 말은 설명할 수 없다.

현평 진인의 전음을 들었음에도 현성 진인은 멍하게 서 있기만 했다. 문득 생각하니 운혜가 위험하다는 소리는 자신이 사형에게 했던 말 같다. 그렇다면 사백께서는 어떻게 전음을 들으신 것일까! 아니, 그게 문제가 아니다. 서둘러 사백을 모시고 나가야 한다. 사백은 다시 뭔가를 말하려는 듯 입을 벌리고 있었다.

다급해진 현성 진인이 재빨리 청명의 입을 막고는 본전을 빠져나갔다. 다행히 진인들은 장문인을 바라보느라 현성 진인의 행동을 보지는 못했다.

현성 진인이 본전을 빠져나가는 것을 본 현평 진인이 눈을 질끈 감았다. 운혜가 다급하다니 서둘러 가보아야 한다. 하지만 지금 자신마저 빠져나간다면 진인들의 의구심은 더 짙어질 것이다. 어찌해야 하는가! 운혜에게 가보아야 할까, 아니면 회합을 진행해야 할까?

잠시 생각하던 현평 진인은 당금 강호에서 운혜가 차지하고 있는 위치를 생각하고서는 결정을 내렸다.

"사실 본도에게는 지병이 있다오. 지금까지 참고 회합을 진행했지만 더 이상 진행이 힘들 것 같소이다. 그래서 회합을 이만 끝마치고자 하오. 기왕 오랜만에 만났으니 진인들은 환담이나 나누시지요. 아, 황궁에는 현수 사제가 가는 것으로 하겠소. 그럼 회합을 마치오이다."

느닷없이 호명된 현수 진인이 비명을 질렀지만 현평 진인은 이미 자반 죽간을 들어 부딪치고 있었다.

현수 진인은 충격을 받았다.

*　　　　*　　　　*

현평 진인이 지병을 핑계로 자소궁을 빠져나갔다.

자소궁 본전에 모여 있던 진인들은 운혜의 이야기로 수군대고 있었다.

"허어… 자네, 운혜라는 도명을 가진 아이가 누군지 아는가?"

"그럼요. 알다마다요. 현무 진인의 제자가 아닙니까."

"그렇지. 그 아이가 맞지? 그런데 그 아이가 뭐 중요한 역할이라도 맡고 있나? 혹시 자네, 뭐 더 아는 것 없어?"

"내가 알고 있소이다!"

현화 진인이 말했다.

현화 진인은 운혜의 이야기를 서둘러 봉합해야겠다고 생각했다. 지금 이 상태대로라면 운혜에 대한 의구심을 가진 진인들이 전 무당에 이 이야기를 늘어놓을 것이다. 그렇게 되면 전 무림이 알게 되는 것도 시간문제다.

"아, 그거 잘됐구려! 도대체 뭔 일이오?"

"운혜는……."

현화 진인이 당황한 듯 말을 늘였다. 본전에 있던 모든 진인들이 현화 진인을 주시했다. 하지만 현화 진인은 운혜의 이야기를 서둘러 막아야겠다는 생각에 다급히 말한 것뿐이다. 그렇다고 운혜의 진실을 늘어놓을 수도 없으니 난감한 노릇이었다.

현화 진인이 눈을 질끈 감은 사이 현청 진인이 말했다.

"아니, 왜 뜸을 들이시오? 답답하구려."

"저도 답답합니다. 아니, 왜 말을 하다 마십니까?"

그에 이어 현경 진인이 말했다. 황궁에 가랄 때는 서로 못 잡아먹어 안달이더니 지금은 사이좋은 사형제처럼 보인다.

현화 진인이 다시 말을 늘였다.

"운혜는… 사실……."

현화 진인은 서둘러 머리를 굴렸다. 잠시 이런저런 변명거리를 생각하던 현화 진인은 곧 좋은 생각을 떠올렸다. 이 말대로라면 현무 진인이 좀 피곤해지겠지만 운혜의 이야기를 막으려면 방법이 없다.

"운혜는 사실 현무 진인의 딸이라오!"

"헛!"

현화 진인의 말에 좌중의 진인들이 입을 다물었다. 그리고는 이내 고개를 돌려 헛기침을 해댔다.

"험, 험……."

"허어, 무당제일검이 어찌……."

현화 진인이 한숨을 쉬었다. 다행히 다들 믿는 눈치다. 현무 진인에게 조금 미안하지만 다 잘되고 나면 잊혀질 것이다.

현화 진인이 한숨을 쉴 때 귀에 현수 진인이 지르는 고함 소리가 들려왔다.

"그게 사실이라면 파문시켜야 하오!"

"뭐라?!"

현화 진인이 재빨리 현수 진인을 노려보았다. 현수 진인도 지지 않고 현화 진인을 노려보더니 다시 말을 이어나갔다.

"어찌 도사가……. 그것도 무당제일검이라는 자가 아이를 낳는단 말이오! 현무 진인은 지금 이순(耳順)을 바라보고 있으니 나이 마흔에 아이를 낳았다는 말인데 그것은 무당제일검으로 활동하던 시기가 아니외까!"

"그 입 다물라!"

현화 진인이 분노한 듯 목소리를 높였다. 겉으로는 분노한 듯 목소리를 높여 소리를 지르고는 있었지만 머리 속에서는 서둘러 변명거리를 만들어내고 있었다.

다시 현수 진인이 말했다.

"규율이 살아 있는 무당이외다! 장문인의 사제라고 피해갈 수는 없소!"

"시끄럽다!"

"이것은 엄연한 파문감이오!"

현화 진인이 재빨리 머리를 굴려 이런저런 변명들을 조합해 냈다.

"내가 설명하지! 본래 현무 진인이 마흔을 바라보고 있을 때 무당을 떠나 산속을 걷다가 춘약에 중독된 여인을 발견했다! 내공으로 춘약을 몰아내려 했으나 이미 중독된 상태가 심해 어쩔 수 없이 몸을 쓰고야 말았지. 무당으로 돌아온 현무 진인은 장문인께 죄를 청했으나 사정을 전해 들은 장문인은 도리어 '네 도가 깊다' 며 무당제일검을 용서하시었다!"

“……..”

현수 진인이 입을 다물었다. 저잣거리에 나도는 이야기책에서 흔히 보던 뻔한 변명이었지만 장문인의 도명이 거론되었으니 그 변명이 결코 가볍지 않다.

현화 진인이 말을 이어나갔다.

“그래도 자책감을 남아 있자 현무 진인은 스스로 청하여 칠 년 면벽에 들었다! 장문인이 용서한 지 오래거늘 네가 어찌 다시 파문을 논하느냐!”

“험, 험……..”

“에잇, 네놈의 꼴도 보기 싫으니 나는 이만 나가보아야겠다!”

현화 진인이 분노한 듯 외쳤다. 사실 운혜의 일을 논하러 바로 현평 진인을 따라가고 싶었지만 핑곗거리가 없어 아직 남아 있던 차다. 그런데 이렇듯 좋은 핑계가 생겼으니 기회를 놓쳐서는 안 되었다.

현화 진인의 말을 듣던 노진인 하나도 화를 냈다.

“그래! 나도 저놈 때문에 나가봐야겠다!”

“험, 나는 몰랐지 않소.”

“에잇, 어디서 의심이야, 의심이! 장문인이 어지간히 알아서 잘했을까봐!”

현수 진인이 민망한 듯 말했지만 노진인은 호통을 치고는 몸을 돌려 자소궁을 나가 버렸다. 현화 진인은 웃음이 터질 것만 같았다. 지금 나간 사람은 무당의 수뇌부로 모든 사정을 다 아는 현설 진인(玄雪眞人)이었기 때문이다.

조금 있으니 아예 대소하고 싶어진다. 몇몇의 진인들이 이런저런 핑곗거리를 대면서 자리를 비우는 것이다. ‘배가 고프니 뭘 좀 먹어야겠군’ 하고 중얼거리는 진인은 현고 진인(玄敲眞人)이었고, ‘나도 화가 나서 못 있겠네! 내가 무당제일검과 얼마나 친한데 저런 소릴!’ 하고 나가는 진인은 현학 진인(玄鶴眞人)이었다.

가장 괴팍하다고 알려진 현중 진인(玄重眞人)은 '저기서 용을 본 것 같아' 라고 말하며 자소궁 밖으로 달려나갔다.

"진인들은 서로 담소나 나누시다가 편히 돌아가십시오. 나는 도저히 저놈이랑은 못 있겠소이다!"

현화 진인 역시 분노한 듯 외치고는 몸을 돌려 자소궁을 빠져나갔다.

*   *   *

현평 진인은 천천히 걷고 있었다. 서둘러 경공을 펼치고 싶었으나 자소궁을 지키는 운자배 도사들에게 괜한 의구심을 살까 저어되어 천천히 걷는 것이다.

하지만 걷는 방법 속에 경공의 묘리가 숨어 있는 것이 천천히 걷는가 해도 한 걸음에 제법 많은 거리를 뛰어넘고 있었다.

현평 진인은 운자배 도사들의 시선 밖으로 나오자마자 본격적으로 경공을 펼쳤다. 주위의 배경이 쏜살같이 뒤로 사라졌다.

태청관과 태화궁을 지나며 현평 진인은 품속을 어루만져 보았다. 품에서 만년화리의 내단이 담긴 작은 목갑이 느껴졌다. 혹시 모를 불상사가 생길까 운혜가 개정대법을 받을 때면 늘 목갑을 품에 지니고 있던 현평 진인이었다.

어느새 상청궁에 이른 현평 진인은 쪼그려 앉아 있는 청명을 보았다.

청명은 달려오는 사람이 현평 진인이라는 것을 확인하자마자 반가워 벌떡 일어나 외쳤다.

"자, 장문 사질!"

"예, 여기 계셨군요."

청명이 울상을 지으며 말했다.

"현성 사질이 제게 화를 냈어요. 제가 큰 실수를 했대요. 이제 어떻게 해요?"

청명은 화를 내는 사람을 처음 보았다. 사부님은 살면서 단 한 번도 화를 내지 않았는데 현성 사질은 무서운 얼굴로 자신에게 소리를 꽥꽥 질렀다. 너무 무서워서 고개를 푹 수그리고 그 소리를 들어야만 했다.

시무룩해진 청명의 얼굴을 바라보며 현평 진인이 한숨을 쉬었다.

"예, 큰 실수를 하셨습니다. 하지만 제 실수가 더 크지요."

현평 진인은 어젯밤 '내일 총회합에서 운혜를 데리고 나가야 한다고 말하라'고 청명에게 말했다. 현평 진인의 머리 속에 있던 총회합은 무당의 수뇌부만이 모일 총회합이었지만 청명은 그것을 전체 총회합인 것으로 알아들었다. 사소한 실수가 그만 큰 사고를 부르고 만 것이다.

"그, 그럼 어떻게 해요?"

청명은 슬퍼졌다. 이제 큰 실수를 했으니 현성 사질은 자신에게 따뜻하게 웃어주지 않을 것이다. 앞으로 매일매일 화를 낼 것만 같아 청명은 무서워졌다.

그 모습을 보며 현평 진인이 미소를 지었다.

"괜찮습니다. 현성 사제는 마음이 넓으니 크게 화를 냈다가도 바로 용서해 주고는 한답니다. 그러니 너무 괘념치 마시지요."

"…예."

"그보다 제 말을 잘 들으십시오."

청명이 의아한 듯 현평 진인을 바라보았다. 현평 진인의 얼굴이 딱딱하게 굳어 있자 장문 사질도 화가 났다고 생각한 청명은 더욱 의기소침해졌다.

현평 진인이 굳은 얼굴로 말했다.

"지금 제가 하는 말은 사질로서 하는 말이기도 하지만 장문인으로서 하는 말이기도 합니다. 무당의 제자라면 장문인의 명은 꼭 들어야 한답니다."

"예."

"지금 바로 태청관으로 내려가 운풍자를 만나십시오. 그리고 운풍자 주위를 떠나지 마시고 계속 태청관에 계셔야 합니다. 제가 곧 내려갈 터이니 그곳에서 저를 기다리십시오."

청명이 또 입방정을 떨까 두려웠던 현평 진인은 청명을 태청관에 묶어 둬야 한다고 생각했다. 운풍에게 사백을 떠나지 말라 했으니 운풍이 사백을 잘 돌봐줄 것이다.

"저… 가서 가만히 있기만 하면 되나요?"

"예, 그러시면 됩니다."

"알았어요."

고개를 끄덕인 청명이 몸을 돌렸다. 장문 사질이 저렇듯 화가 났으니 반드시 그 명에 따라야 할 것이다. 오늘도 운혜 사손을 만나지 못한다고 생각하면 억울하지만 어찌할 방도가 없다.

청명이 이런저런 생각을 하며 걷는 모습을 보며 현평 진인이 말했다.

"그런데 전음은 어떻게 들으신 겁니까?"

현평 진인의 말을 바로 알아듣지 못한 청명은 잠시 머리를 굴렸다. 장문 사질은 왠지 작은 소리로 나눈 현성 사질과의 대화를 어떻게 알아들었는지 묻는 것 같다.

"그 작은 소리로 말하는 거요?"

“작은 소리라니요?”

“네, 현성 진인이 다급한 목소리로 ‘운혜가 위험합니다’ 라고 했잖아
요.”

청명이 다급하게 말하는 현성 진인을 흉내 내어 보였다. 그 모습이 제
법 그럴듯해 현평 진인이 너털웃음을 터뜨렸다.

“허허허, 그랬군요. 그저 귀에 들린 것이로군요.”

“네. 들으면 안 되는 건가요?”

현평 진인은 어떤 원리로 청명이 전음을 듣게 된 건지 몰랐지만 훔쳐
들은 것이 아니라 귀에 들린 것을 들었을 뿐이니 죄가 없다고 생각하고
는 웃어주었다.

“들리는 것을 어떻게 할 수 있겠습니까. 하지만 앞으로는 그런 작은
소리들은 듣고도 모른 척하셔야 할 겝니다.”

“아아, 그렇군요.”

청명이 고개를 끄덕였다. 그 모습을 바라보며 현평 진인이 말했다.

“그럼 서둘러 내려가 보십시오. 저도 급한 일이 있으니 멀리는 가지
않겠습니다.”

현평 진인이 그렇게 말하고 상청궁 안으로 들어가 버리자 청명은 서
운한 듯 현평 진인의 등을 바라보다가 곧 몸을 돌려 태청관으로 향했
다.

상청궁 안에서는 현무 진인이 지친 듯 서 있었다.

그 앞에서는 현성 진인이 앉아 침을 들고 운혜에게 가져가고 있었는데
표정이 자못 심각했다.

운혜의 몸에 빼곡히 침이 박힌 것을 본 현평 진인이 깜짝 놀라 소리를
질렀다.

"아니, 다시 개정대법을 펼치면……!"

"조용히 하셔야 합니다."

현무 진인이 굳은 얼굴로 말했다. 큰 소리를 냈다가 그것을 듣고 현성 진인이 실수라도 하게 되면 운혜의 목숨이 위험해진다.

현평 진인은 상황을 짐작하고는 목소리를 낮췄다.

"아니, 개정대법을 다시 펼치면 어떻게 하는가?"

"개정대법과 흡사해 보이지만 개정대법은 아닙니다. 운혜는 안전하니 너무 걱정하지 마십시오. 그보다 만년화리의 내단은 가져오셨습니까?"

현평 진인이 고개를 끄덕이며 현무 진인의 말을 듣고는 품에서 작은 목갑을 꺼내 들었다.

"가져왔네."

"감사합니다."

현무 진인이 고개를 끄덕이고는 다시 운혜에게로 시선을 돌렸다.

현무 진인의 굳은 얼굴을 바라보던 현평 진인이 한숨을 내쉬었다. 강호인들이 자신을 본다면 필시 깜짝 놀라고 말 것이다. 만년화리의 내단과 같은 영약을 고작 일대제자에게 복용시키는 것은 극히 드문 일인 탓이다. 하지만 운혜의 위치는 그들이 상상할 수 없을 정도로 중요하기에 조금도 아깝지 않았다. 아니, 만약 강호의 운명이 걸려 있지 않더라도 아깝지 않았을 것이다.

운혜는 사제의 제자였다.

현무 진인은 심사는 조금 달랐다. 운혜는 자신의 제자이자 무당의 제자이니 그를 고치기 위해 약을 쓰는 것뿐이다. 장문 사형이 약을 넘겨주었으니 고맙게 생각하지만 단지 그뿐 다른 생각은 조금도 들지 않았다.

그사이 현성 진인이 운혜의 몸에 빼곡히 꽂혀 있던 침을 수거했다. 그리고 하나하나 뽑은 침을 정리해 침통 안에 넣고는 이마의 땀을 훔쳤다. 무공이 경지에 달해 어지간한 한서(寒暑)는 불침(不侵)하지만 긴장한 탓인지 땀이 절로 났다.

침을 정리하고 몸을 일으키던 현성 진인은 현평 진인을 발견하고는 고개를 숙여 읍했다.

"장문 사형 오셨습니까."

현평 진인이 고개를 끄덕이고 입을 열려 했다. 하지만 그 이전에 현무 진인이 먼저 무겁게 입을 열었다.

"운혜는 어때?"

"사형의 진신내공을 다 받아들였으니 양기가 넘칩니다. 음기를 막아 두었으니 이번에는 잘될 겁니다."

"뭐라? 진신내공을?"

현평 진인이 놀라 현무 진인을 바라보았다. 무인에게 내공은 전부라고 생각해도 마찬가지였다. 그런 내공을 모두 운혜에게 주었으니 이것은 자신의 모든 것을 주었다는 소리와 진배없었다.

하지만 현무 진인은 현평 진인의 시선을 느끼지 못했는지 다시 굳은 입술을 열었다.

"장문 사형께서 만년화리의 내단을 가져오셨다. 언제 먹여야 되는 거냐?"

"…예? 만약 복용한다면 지금이 적기입니다. 음기가 쇠하고 양기가 성하니 지금 내단을 먹는다면 받아들이기가 쉬울 겁니다."

현성 진인이 반색하며 말했다.

현무 진인이 현평 진인에게 눈짓을 하자 현평 진인이 목갑을 꺼내어 현성 진인에게 넘겼다.

　현성 진인은 목갑을 받아 뚜껑을 열었다. 안에서 붉은 빛깔이 은은하게 흘러나오는 구슬이 나왔다. 구슬에서 뿜어져 나오는 열기가 방 안을 데웠다.

　현성 진인은 그것을 들어 부드럽게 운혜의 입에 넣고 목을 자극했다.

　곧 구슬이 운혜의 입 안으로 사라졌다. 그리고 현성 진인은 눈을 감고 운혜의 맥을 보는가 싶더니 이내 몸을 일으켰다.

　"됐습니다."

　현무 진인이 굳은 얼굴로 말했다.

　"다시 해봐. 어제처럼 실수하지 말고."

　"…예."

　현성 진인이 고개를 끄덕였다. 어제 안심하라고 호언장담을 했는데도 오늘 이런 일이 벌어졌으니 어깨가 무거웠다.

　현성 진인은 다시 눈을 감고 운혜의 맥을 짚어보았다. 예상대로 운혜의 몸 상태는 양호했다. 침으로 음기가 흐르는 혈도를 막고 양기가 흐르는 혈도를 넓혀놓았는데 그 흐르는 통로로 현무 진인의 내공과 만년화리의 내단이 뒤엉켜 흘러가고 있었다. 이대로라면 큰 문제 없을 것이리라 생각한 현성 진인이 손을 떼었다.

　"다시 해봐."

　몸을 일으키기도 전에 현무 진인이 말했다.

　현성 진인은 사형을 한 번 흘끗 보고는 다시 운혜의 맥을 쥐었다. 운혜의 몸은 이상 없었다. 다시 보고 또 봐도 안전했다.

　하지만 그 안심은 곧 깨어지고 말았다. 단전에서 아주아주 미약한 음기가 솟아오른 것이다. 현성 진인이 깜짝 놀라 운혜의 몸에서 손을 떼고는 침통으로 손을 가져갔다.

　"으음……."

"무슨 일이야?"

현무 진인이 다급하게 말했지만 현성 진인은 조용히 입을 다물고 세침(細鍼)을 꺼내어 운혜의 기해혈로 가져갈 뿐이었다.

침을 꾹 찌르고 다시 운혜의 맥문을 잡은 현성 진인이 다시 한 번 침음성을 흘렸다.

"허어……."

이번에는 임맥을 타고 음기가 솟고 있었다. 다시 침을 들어 다른 혈도에 꽂았지만 이번엔 독맥을 타고 음기가 흐른다.

현성 진인의 손이 바빠졌다.

한 손으로는 맥을 짚고 한 손으로는 침을 꺼내어 이곳저곳에 찌르던 현성 진인이 한숨을 내쉬며 말했다.

"죄송합니다, 사형. 사형의 말씀이 맞았군요."

"무슨 일인데?"

"보통 양기가 승하면 음기가 쇠하고 음기가 승하면 양기가 쇠해야 하건만 운혜는 순음지체인지라 음기만 승합니다. 그럴 때에 양기 덩어리가 들어갔으니 그게 반발하여 음기가 일어나는 모양입니다."

"그럼 어떻게 해야 하나?"

현무 진인이 긴장하여 말했다. 현성 진인은 한숨을 내쉬며 입을 열었다.

"음기가 일어나는 곳을 막고 또 솟아오르면 다시 막고… 계속 그렇게 한다면 괜찮을 겁니다. 극양의 양기가 하나만 더 있으면 좋겠지만… 지금은 방도가 없습니다."

현평 진인이 굳은 얼굴로 현성 진인을 바라보았다.

"그럼 이번에 모일 수뇌부의 회합에도 참석하지 못하겠구먼."

"예, 그럴 것 같습니다."

"그럼 회합을 여기서 열면 어……."

"안 됩니다."

현무 진인이 말했다. 혹여 회합이 여기서 열리게 되면 현성 사제의 집중이 깨어질지도 모른다. 그렇게 되면 운혜가 위험하다.

현평 진인은 그런 심사를 짐작한 듯 고개를 끄덕이고는 지금쯤 모여 있을 진인들을 찾아 나섰다.

*   *   *

한편, 시무룩하게 걷던 청명은 태청관에 도착했다.

태청관에서는 과연 운풍자가 서 있었는데 검을 들고 연무를 하고 있었다.

청명이 넋을 잃고 그 모습을 바라보았다. 몸 주위가 번쩍번쩍하는 것이 너무나 멋있어 보인다.

청명이 오는 것도 모르고 구궁검(九宮劍)의 검로를 펼치던 운풍자가 청명을 발견하고는 검을 거두고 길게 읍했다.

"무당파 십팔대 제자 운풍이 사조님을 뵙습니다."

"아, 네. 안녕하세요, 운풍 사손?"

청명이 부드럽게 웃으며 운풍자의 인사를 받았다. 내려오면서는 고민이 이만저만이 아니었지만 운풍자의 검무를 보며 모든 시름을 잊은 청명이었다. 운풍의 검 시범이 너무 멋졌던 것이다.

"무슨 가르침이 계신지요."

청명이 황홀한 듯 운풍자의 검을 바라보고는 아무렇게나 말했다.

"가르칠 건 없는데요."

"…무슨 일로 오신 겁니까?"

강호의 예법대로 말한 것이 실수다. 운풍자가 다시 말했다.

하지만 청명은 시선을 검에서 떼지 않고 다시 아무렇게나 말했다. 운풍자의 검법이 멋지긴 멋졌나 보다.

"장문 사질이 태청관에 가서 운풍 사손이랑 있으래요. 어디 가면 큰일 난다고 다른 곳에는 가지 말래요."

"그렇군요."

운풍자는 고개를 끄덕였다. 사부의 명은 그저 따르면 그뿐, 다른 생각은 할 필요가 없다. 그만큼 사부를 믿고 있는 운풍자였다.

고개를 끄덕이며 청명의 말을 듣던 운풍자는 문득 청명의 시선이 검에 가 있는 것을 발견했다.

"구궁검을… 가르쳐 드릴까요?"

"네? 정말요?"

청명이 신나서 말했다. 그리고는 곧 깡충깡충 뛰며 외쳤다.

"가르쳐 주세요! 꼭 가르쳐 주세요!"

운풍자가 미소를 지었다. 입꼬리가 새끼손톱 반만큼 위로 올라갔다.

"그럼요. 당연히 가르쳐 드려야지요."

"네, 운풍 사손! 너무 고마워요!"

청명의 눈에서 초롱초롱한 빛이 쏟아져 나왔다.

운풍자는 그 눈을 바라보았다. 한때 저 눈을 의심했지만 지금은 도를 깨달은 눈이라는 것을 안다.

"사조께서는 검이 없으시니 손에 검을 쥐었다고 생각하시고 제 모습을 따라하시면 됩니다."

"네? 저는 검을 안 주나요?"

"이곳에는 검이 없습니다."

청명은 약간 실망한 듯 고개를 숙였다. 자신도 저렇게 멋진 검을 들고 휘둘러 보고 싶은데 검이 없단다. 하지만 검은 나중에 구할 수 있는 것. 지금은 무공을 배우는 것이 낫다.

잠시 실망하던 청명은 이내 미소를 짓더니 손을 그러쥐었다. 그리고는 몹시 기대한다는 듯이 운풍자를 바라보았다.

운풍자는 잠시 뒤로 물러나 청명과 거리를 두고는 검을 뽑고 마보를 취했다.

"제일식 일백건휴(一白乾休)!"

본래 구궁(九宮)이란 방위를 뜻한다. 일백(一白), 이흑(二黑), 삼벽(三碧), 사록(四綠), 오황(五黃), 육백(六白), 칠적(七赤), 팔백(八白), 구자(九紫)에 건(乾), 감(坎), 간(艮), 진(震), 손(巽), 이(離), 곤(坤), 태(兌)의 8괘를, 휴(休), 사(死), 상(傷), 두(杜), 개(開), 경(驚), 생(生), 경(景)의 팔문(八門)에 배합을 하여 그 운행하는 아홉 방위의 자리를 이르는 말이다.

도가 전통의 방위법으로 그것을 무공으로 사용하면 적의 위치가 대부분 봉쇄된다. 다만 구궁검은 살검은 아닌지라 살상력이 낮은 검법이었다.

운풍이 검을 들어 좌측으로 찌르는가 싶더니 어느새 우측으로 검을 움직였다.

일백에 건이라 함은 시전자의 머리 위에서 왼편을 뜻한다. 하지만 그곳에 휴를 배합하면 살검이 아니라 봉쇄, 즉 좌측의 검을 피해 우측으로 피하는 사람을 도망가지 못하게 만든다.

청명이 홀린 듯이 그 모습을 바라보았다. 그리고는 자신도 손을 들어 검을 왼편으로 올렸다. 그 다음에 손을 오른쪽으로 움직여야 하지만 갑자기 손이 뒤로 당겨진다.

운풍자를 보고 나름대로 따라해 본 것인데 왼편으로 올리자마자 쥐지도 않은 검이 저절로 뒤로 가버렸다.

운풍자가 그 모습을 보곤 눈살을 찌푸렸다. 저것은 일백에 건, 거기다가 이의 방향을 배합한 것으로 저렇게 하면 살검이 되어버린다.

"틀리셨습니다. 무당의 검은 본래 사람을 상하게 하는 것이 아니라 살리는 것, 그런 식으로 찌르면 사람이 죽어버립니다."

"에, 그건 알지만 운풍 사손의 손을 따라하다 보니 이렇게 되어버리는걸요."

청명이 약간 풀이 죽어서 말했다. 하지만 운풍자는 엄한 목소리로 말할 뿐이었다.

"그리하시면 무당의 검이 아니게 되니 규율에 어긋납니다. 살검을 연마하는 사람은 단전이 파괴되고 사지 근맥이 끊겨 파문됩니다."

"네?!"

"그런 검은 쓰시면 아니 됩니다."

운풍자가 엄히 말했다. 사실 무공을 하나도 모르는 청명이 그런 살검을 펼친 것 자체가 이상했지만 지금은 그런 생각을 전혀 못하는 운풍자였다.

청명은 겁을 잔뜩 집어먹고는 주위를 둘러보았다. 다행히 아무도 없다. 하지만 운풍 사손이 저렇듯 엄히 말했으니 장문 사질에게 고해바치기라도 하면 자신은 단전이 파괴되고 사지 근맥이 끊겨 쫓겨날지도 모른다.

청명이 떨리는 목소리로 말했다.

"장문인께 고할 건가요?"

"예?"

운풍자가 의아한 듯 물었다.

하지만 청명의 눈에는 그 시선이 당연한 걸 뭘 물어보느냐는 시선으로 보였다. 두려워진 청명의 눈에 어느새 눈물이 글썽거렸다.

"저, 정말 장문인께 고해바쳐서 저를 사지 근맥이 끊긴 사람으로 만들 건가요?"

"아, 아닙니다. 고하지 않겠습니다."

운풍자가 당황한 듯 말했다. 당연히 논할 만한 이야기가 아니지 않은가! 청명 사조는 무공을 모르니 왈가왈부할 것도 없다.

청명은 다행이라는 듯 한숨을 쉬었다. 하마터면 몸이 부서질 뻔했다. 마음이 떠나면 그만이지만 지금은 몸이 필요하다. 세상을 떠돌아야 할 것이 아닌가!

"정말 고해바치지 않을 거죠?"

"예, 물론입니다."

청명이 눈을 가늘게 뜨고 운풍자를 바라보았다. 예전에 운풍자의 마음을 읽었을 때 의심이 있었으니 아마 지금도 그럴 것이다. 운혜 사손에게 혼날까 봐 마음을 읽지 못하니 다시 확인을 받아둬야 한다.

"정말 고해바치면 안 돼요? 고해바치면 운풍 사손은 돼지예요."

"…돼지요?"

"네, 돼지요."

청명이 아는 가장 심한 욕이 돼지였다. 사부는 한 번도 멍청하다는 말을 한 적이 없어, 그 흔한 멍청이나 바보란 말도 몰랐다.

사부는 가끔 벽곡단을 먹는 자신을 보며 '그렇게 많이 먹으면 돼지가 된다' 거나, '허허, 자꾸 게으름을 피우는 걸 보니 소가 되겠구나' 라고만 했을 뿐이다.

"예, 돼지가 되기는 싫으니 말하지 않겠습니다. 다시 시작하지요."

"네."

청명이 한숨을 쉬고는 대답했다. 운풍자가 다시 검을 들어 이번엔 모로 섰다.

이흑에 감, 생을 배합하여 위기에 처한 동료를 구할 수 있는 것이 이식, 이흑감생(二黑坎生)이었다.

모로 선 다음 왼 다리를 접어 들고 검을 위로 찌른다.

청명도 그 모습을 따라해 보았지만 이번에도 검을 위로 찌르는 것이 아니라 하단으로 찌른다. 저러면 상대는 필사(必死)한다.

운풍자가 다시 입을 열었다.

"또 살검을 쓰셨습니다. 구궁검은… 구궁검은……."

운풍자는 드디어 뭔가가 이상하다는 것을 깨달았다. 무공을 하나도 모른다던 사조께서 노린 듯이 살검만을 펼치고 있다.

"혹시 사조께서는 구궁검을 배우신 적이 있습니까?"

"예? 아뇨. 저는 검을 든 적이 없어요."

청명이 순진무구하게 대답했다.

운풍자는 잠시 의구심을 가져보았으나 사조께서 거짓말을 할 이유가 없다.

"그럼 어떻게……?"

"네?"

"…아니, 왜 제 행동을 그대로 따라하지 않으십니까?"

청명이 잠시 운풍자를 바라보고 뒷머리를 긁적였다. 뭔가 말하려다 말고 머뭇거리는 품새가 어색했지만 운풍자는 꾹 참고 기다렸다.

곧 청명이 입을 열었다.

"사실 눈에 보이는 것은 다른 방향인데 운풍 사손의 마음은 이렇게 움직였어요. 제가 실수로 마음을 따라 흉내 내는 바람에… 저… 절대 마음을 읽은 것이 아니에요! 그냥 느껴져서… 실수로……."

청명이 당황하여 말했다. 말하고 보니 운혜 사손이 마음을 읽으면 안 된다고 했던 것이 기억났다. 이제 운풍 사손도 크게 화를 낼 것이다.

청명이 겁먹은 눈으로 운풍자를 바라보았다. 하지만 운풍자는 조용한 목소리로 말할 뿐이다.

"제… 마음이 그렇게 움직였다는 말씀이십니까?"

"네."

청명이 혼날까 두려워 조심스러운 눈길로 운풍자를 올려다보았지만 운풍자는 크게 충격을 받아 말을 더 잇지 못했다.

자신의 마음이 검을 그렇게 움직이게 했다. 자신의 마음이 이흑에 감과 사(死)를 배합했다. 자신의 마음이 살검을 펼쳤다.

"한 번만… 더 따라해 보시겠습니까?"

"네."

운풍자가 다시 일백건휴를 펼쳤다.

청명이 그 모습을 따라했는데 역시 손이 뒤로 뻗어 찌를 준비를 한다. 운풍자가 조용히 침묵했다.

청명은 몸이 맘대로 움직이지 않자 화가 났다. 눈에 보이는 것을 따라해야 하는데 마음에 보이는 것을 따라하는 실수를 계속 범하고 있었다. 인상을 찌푸리고 다시 해봤지만 또 무의식 중에 손이 뒤로 가버린다. 괜히 분한 마음이 든 청명이 다시 가르쳐 달라 말하려고 운풍자를 바라보았지만 운풍자는 자신 속으로 침잠한 상태였다.

'살검, 나는 왜 살검을 펼쳤을까? 검으로 사람을 찔러본 적이 없는 것은 아니다. 하나 그것은 엄연히 실수였다. 나는 구궁검의 검로를 충실하게 따랐거늘……. 검은 본래 사람을 찌르도록 태어났지만 나는 그렇게 태어나지 않았다. 검은… 사람을… 찌르도록… 검은…….'

운풍자가 상념의 끝에서 검에 대한 의구심을 가졌다. 생각을 더 진행해 보려 했으나 자신을 바라보는 청명 덕분에 상념이 이어지질 않았다. 아니, 청명 때문이 아니라 자신 때문이었다. 의심과 의혹이라는 미망에서 자신을 건져 낸 사람이 바로 청명 사조였다. 그렇다면 검에 대한 의구심도 풀어줄 수 있지 않겠는가!

운풍자가 말했다.

"사조, 검이란 무엇입니까?"

"네?"

"검이란 무엇입니까?"

"음… 운풍 사손이 가지고 있는 그거요?"

"네."

청명이 꾀를 부렸다. 운풍자의 검법을 보고 저 검을 한 번 꼭 쥐어보고 싶었는데 마침 검이 무엇이냐고 물어본다.

청명이 말했다.

"음… 한 번 보여주시겠어요?"

'검을 주지 않으면 어떡하지?'

청명의 목소리가 떨렸다. 운풍 사손이 검을 주지 않을까 봐 긴장이 되었다.

하지만 운풍자는 순순히 검을 들어 청명에게 넘겼다.

"우와!"

"검이 무엇입니까?"

"이거 반짝반짝 빛나요! 너무 예쁘다!"

청명이 신이 나선 말했다. 그리고 검을 좌우로 움직여 보는데 바람을 가르는 소리가 들려오자 가슴까지 시원해졌다.

운풍자가 말했다.

"검이 무엇입니까?"

운풍자가 다시 물어보자 청명은 잠시 검에 대한 관심을 끊고 진지하게 생각해 보았다.

운풍자가 묵묵히 그 모습을 바라보았다.

"쇳덩이요."

운풍자의 눈썹이 꿈틀거렸다. 진지하게 물었건만 허튼 대답이 나온다. 절로 입에서 거친 목소리가 나왔다.

"그게 뭡니까?"

"이, 이건 쇳덩이잖아요."

청명이 조금 민망한 듯 말했다. 하지만 검은 쇳덩이일 뿐이다. 그저 쇳덩이를 가지고 심각하게 말하기도 좀 어색하다.

"저는 검의 효용을 말하는 것입니다. 검이 어떻게 쓰일지요. 검은 사람을 찌르기 위해 만들어졌으니 끝내 그럴 수밖에 없는지……."

그제야 청명은 이해를 했다. 지금 사손은 자신의 검이 어떻게 쓰일지, 자신의 검의 이치[劍理]가 어떤지 물어보고 있는 것이다. 그거라면 쉽다.

"이 검은 놀려고 만들어졌어요!"

이번엔 또 무슨 소린가! 청명의 말에 어리둥절해진 운풍자가 멍하니 청명을 바라보았다.

청명은 다시 말해주어야 할 필요를 느꼈다.

"운풍 사손은 매일 이걸 가지고 놀았잖아요? 얘도 좋아하는데."

"…예?"

청명은 두 번이나 말해주었으니까 됐다고 생각했다. 운풍자가 아직도 의아하다는 듯 바라보고 있었지만, 검과 놀고 싶은 마음이 먼저였다.

"나도 얘랑 놀고 싶어요! 이름이 뭔가요?"

"…운… 검… 입니다……."

운풍자가 느릿하게 말했다. 운풍자의 머리 속은 폭발할 것 같았다. 내가 검이랑 놀았다고?

그때 청명이 중얼거렸다.

"만물이 하나고[萬物一如], 하나는 마음이지요[心以一]. 하지만 마음은 꼭 변화한답니다[心必動]."

"……."

운풍자가 말을 잃고 상념에 빠져들었다. 검도 나도 하나지만[我卽劍] 마음은 하나뿐이다[心以一]. 내 마음이 살검을 원하면 살검을 쓸 것이고, 마음이 즐거우면 검도 즐거울 것이다.

운풍자는 검을 수련할 때의 즐거웠던 기억을 떠올렸다. 마음이 하나니 검도 없고 나도 없다[無劍無我]. 오로지 마음만이 있으니 검이 사람을 죽이려고 만들어졌든 놀려고, 만들어졌든 무슨 상관인가!

운풍자가 눈을 감았다. 운풍자의 주위로 옅게 바람이 불었다.

청명은 '운검, 안녕? 이라고 중얼거렸다. 그리고는 곧 검을 던져 허공으로 띄웠다.

검은 부드럽게 날아 청명의 발치로 내려왔다.

"와아! 태워주려고?"

부드러운 바람에 둘러싸인 운풍자가 미소를 지을 때 청명이 신이 나서는 검에 올라탔다.

그리고는 환호성을 지르며 태청관 위로 떠올랐다.

"이야아!"

눈을 감고 있는 운풍자의 위로 청명과 검이 종횡무진 하늘을 수놓았다.

청명의 환호성은 태청관에 머물러 있는 모든 도사들의 관심을 끌었다.

본래 운풍자와 청명이 있던 공터는 구석에 있어 잘 보이지 않는 곳이었지만, 청명이 검을 타고 활개를 치니 모든 도사들의 눈에 띌 수밖에 없다.

"검선(劍仙)이다!"

"신선의 어검비행술(馭劍飛行術)이다!"

도사들이 탄성을 내뱉었다. 더러는 벌써부터 청명에게 절을 했다. 무당에 검을 타고 날아다니는 도사가 생겼으니 무당의 홍복이다.

청명이 그 모습을 보고 해맑게 웃으며 인사를 했다.

"안녕하세요!"

밑의 도사들이 당황하여 웅성댔다. 태사조께서 저리 말씀하시니 자신들도 인사를 해야 했다.

땅에 있는 도사들이 모두 바닥에 엎드리며 외쳤다.

"무당파 제십구대 제자 황선자가 태사조를 뵙습니다!"

"무당파 제십팔대 제자 운성자(雲省子)가 태사조를 뵙습니다!"

"무당파 제십팔대 제자 운검자(雲劍子)가 태사조를 뵙습니다!"

도사들이 동시에 외쳤다. 자신의 이름과 배분을 제외한 목소리가 일치했다. 한껏 크게 소리를 내어 태사조께 인사한 도사들은 저도 모르게 흥분이 되어 태사조를 바라보았다.

과연 청명은 검을 타고 무당산을 휘젓고 있었다.

청명은 하늘에서 신선한 공기를 듬뿍 들이마셨다. 모처럼 기분이 좋아진 청명은 자신이 하는 일이 전혀 평범하지 않다는 것도 모르고 날아올랐다.

그리고 곧 청명과 운검은 태청관에서 보이지 않게 되었다. 무당산의 다른 봉우리로 놀러간 것이다.

오직 남아 있는 도인들만이 소란스럽게 하늘을 바라보고 있을 뿐이었다.

　도인들의 소란 속에서 운풍자는 미소를 지으며 눈을 떴다. 하지만 눈앞에 사조도 없고 검도 없자 그냥 몸을 돌려 태청관으로 가버렸다.
　본래 운검을 단 한 번도 남의 손에 맡긴 적이 없던 운풍자는 모처럼 홀가분한 마음으로 태청관에 들어설 수 있었다.

1장

제5화 **사제지정(師弟之情)**

태화궁에 위치한 장문인의 선실로 들어온 현평 진인은 굳은 얼굴로 주위를 둘러보았다. 현고 진인, 현화 진인, 현중 진인 등 본전에서 갖은 핑계를 대며 빠져나온 진인들이 방 안에 앉아 있었다.

침중한 표정으로 앉아 있던 진인들은 들어온 현평 진인을 보고 일어나 길게 읍했다.

그 모습을 바라보며 현평 진인이 말했다.

"무량수불! 모두들 안녕하시었소?"

"예, 장문 진인."

진인들의 인사를 받으며 현평 진인이 탁자에 앉았다. 본래는 작은 탁자였지만 진인들이 모일 것을 대비해 큰 탁자를 준비해 두었다.

"험, 험! 내가 부른 것은 운혜의 일을 논하기 위함이오. 사안의 중대성은 다들 잘 아실 터, 진지하게 회의에 임해주길 바라오."

"예, 장문 진인."

몇 마디 의례적인 말을 한 현평 진인이 입을 다물고 조용히 수염을 쓸었다. 안건을 말해야 하지만 마음이 무거워 이야기를 쉽게 꺼내지 못하였다.

진인들도 침묵한 채로 현평 진인을 바라보았다.

잠시 태화궁에 침묵이 감돌았다.

현평 진인은 한참이 지나서야 입을 열 수 있었다.

"바로 본건으로 들어가겠소. 오늘의 자리는 운혜의 사안을 논하고자 모인 자리인데 그 문제가 예상외로 심각하외다."

"도대체 무엇이기에 이리……."

답답하다는 듯이 현중 진인이 말했다. 현평 진인은 굳은 얼굴로 고개를 끄덕였다.

"마교에서… 운혜를 찾고 있다고 하오."

진인들이 깜짝 놀라 외쳤다.

"뭐라구요?!"

"정말이외까?"

충격이 컸던지 몇몇 진인은 자리에서 벌떡 일어나기도 했다. 깜짝 놀란 진인들의 입이 바빠졌다.

"어디서 얻은 정보외까?"

"말도 되지 않소! 서중희가 전대 교주의 무공을 이었단 말이외까!"

"그렇다면 방비책은, 방비책은 있소?"

현평 진인이 한숨을 내쉬며 손을 들어 휘휘 저었다. 진인들이 조금 조용해졌다.

현평 진인이 말했다.

"모두들 진정하시오. 한마디씩 물어야 대답을 할 수 있을 게 아니겠소."

"어디서 얻은 정보외까?"

현화 진인이 물었다.

"무림맹에서 확인한 정보라고 하오. 그 사실을 확인하는 데 여덟 목숨이 희생되었다고 하더이다."

"그럼 서중희가 정말로 전대 교주의 무공을?"

이번엔 현고 진인이 물었다.

"그런 듯하오. 파천화련공(破天火煉功)을 익히고 있는 듯하외다."

진인들이 침음성을 흘렸다. 만약 정말 그렇다면 이십오 년 전의 혈사가 다시 재림하지 말란 법이 없다.

현설 진인 역시 조용히 입을 다물고 수염을 쓰다듬고 있을 뿐이었다. 이십오 년 전 마교혈사 때 죽임을 당한 제자만 해도 그 수가 적지 않았다. 아무리 대문파라고 해도 마교의 혈사를 피해갈 수는 없었던 것이다. 자신의 사제도, 자신의 첫 제자도 바로 마교의 혈사 때 죽었다. 이번에 또다시 마교가 준동한다면…….

"으음……."

현설 진인의 눈이 깊어졌다.

"허허, 것참. 아니, 그럼 방비책이 있긴 하우?"

현설 진인의 옆에 앉아 있던 현중 진인이 경박한 말투로 입을 열었다. '저기서 용을 본 것 같아!' 라고 외치며 본전을 빠져나왔던 바로 그 진인이었다.

"지금으로써는 없소."

"아니, 없다니? 그게 뭐야?"

현중 진인이 소리를 지르자 갑자기 현평 진인이 탁자를 내려쳤다. 내공을 싣지 않아 탁자가 부서지지는 않았지만 커다랗게 소리가 울려 퍼졌다.

"말을 삼가시오!"

"…험, 험! 죄송하외다, 장문 진인."

현중 진인이 곧 사과를 했다.

"내가 배가 좀 고팠더니 신경이 날카로워져서 그만."

"됐소이다."

현평 진인이 냉랭한 어조로 말하고는 다시 좌중을 둘러보았다.

"방비책은 없지만 앞으로의 방향은 정해져 있소이다."

"무엇이외까?"

현화 진인이 말했다.

"운혜를… 세상 밖으로 내보낼 예정이오."

"그게 무슨 소리요?"

상념에 빠져 있던 현설 진인이 비명처럼 소리를 질렀다.

"말이 된다고 보시오?"

좌중의 진인들이 고개를 끄덕였다. 지금 운혜를 세상 밖으로 내보내는 것은 미친 짓이다. 그 말은 마교의 무리들에게 운혜를 넘겨주자는 소리나 진배없다. 마교의 혈사가 재림할 때를 대비해 유일하게 가지고 있던 방비책을 그대로 버리자는 소리인 것이다.

현설 진인이 다시 외쳤다.

"불가하오! 이 일을 공론화시켜서라도 막겠소이다!"

현평 진인이 당황하여 말했다.

"현설 진인께서도 말이 너무 심하시오. 빈도도 나름대로 계획한 바가 있으니 저를 믿어주시지요."

"설명을 부탁드리겠소이다!"

현설 진인이 거친 말투로 말했다. 잠시 진인들의 얼굴을 훑어보던 현평 진인이 말을 이어나갔다.

"본 파에 내려오신 신선이 계시질 않소이까. 그분께서 말씀하시길 운혜는 무당에 있으면 필사(必死)요, 나서면 필생(必生)이니 자신이 운혜를 세상 밖으로 이끌겠다 하셨다오."

현설 진인이 다시 소리를 질렀다.

"그분이라면 아까 뵈었던 그분 아니요! 금관과 금포를 무슨 쌀포대처럼 둘러쓴!"

현평 진인이 크게 소리를 질렀다.

"말을 삼가십시오! 기사멸조의 대죄를 짓고 싶으신 겝니까!"

현설 진인이 조금 누그러들었다. 하지만 말을 끝내지는 않았다.

"그분을 믿을 수 있다면 좋으나 지금은 그분을 믿지 못하겠소이다. 하니 그분을 실제로 뵙고 싶소."

현평 진인이 고개를 끄덕였다. 그리고는 곧 태화궁 밖을 바라보며 외쳤다.

"밖에 누가 있느냐!"

"예, 장문 사백."

운형자가 태화궁 밖에 시립하고 서 있다가 대답했다. 현평 진인이 다시 크게 외쳤다.

"가서 청명 사백을 모셔 오너라!"

"명을 받듭니다."

운형자가 길게 읍하고는 곧 몸을 날렸다.

운형자가 사라지자 진인들이 침묵했다. 심사가 복잡한 탓이었다. 따라서 현평 진인도 침묵했다.

일 다경이나 지났을까?

방 안의 침묵이 점점 깊어지고 있을 때 태청관에 다녀온 운형자가 밖에서 현평 진인을 불렀다.

“자, 장문 진인!”

“무슨 일이냐?”

침묵이 길게 이어지자 내심 불쾌했던 현평 진인이 수염을 쓰다듬으며
말했다.

“저… 청명 사조께서…….”

“청명 사백께서?”

현평 진인이 순간 긴장했다. 혹여 사백께서 운혜의 이야기를 이곳저곳
에 퍼뜨리고 다녔다가는 낭패를 보게 된다. 자연 긴장이 되었다.

“검을 타고 날아가 버리셨다고 합니다!”

“…….”

현평 진인이 깜짝 놀란 듯 운형자를 바라보았다. 검을 타고 날았다니!
그게 가능하긴 했던가! 그러고 보니 청명 사백은 못하는 일이 없는 것 같
다. 한때는 호풍환우를 했다고 하고, 얼마 전에는 마음을 보내어 세상을
떠돌았다고 했다. 지금은 검을 타고 날아다니니, 어쩌면 사숙은 운혜도
고칠 수 있을지 모른다.

그 생각이 들자 현평 진인이 머리를 쳤다.

‘사백께서 운혜를 치료하실 수 있을지도 모른다!’

“운형자는 들으라!”

현평 진인이 뭔가가 생각난 듯 말하자 운형자가 바로 대답했다.

“예, 장문 진인!”

“가서 사백을 뫼셔라! 검을 타고 사라지셨으면 필시 그 자리로 돌아오
실 터, 반드시 찾아 모시어야 한다!”

“명을 받듭니다!”

운형자가 길게 읍하고는 서둘러 태청관으로 걸음을 옮겼다.

운형자가 떠나고 난 뒤에도 현평 진인은 수염을 쓰다듬으며 조용히 침

묵할 뿐이었다. 그의 머리 속은 청명에 대한 생각으로 꽉 차 있었다.

'허어, 내가 어찌하여 그 생각을 못했는고. 호풍환우를 했다 하나 하는 행동은 꾸중 들을까 두려워하는 어린아이고, 육신에서 양신이 떠났다 하나 미움 받을까 겁먹는 아이 같아 보이니… 이거야 원…….'

현평 진인은 수염을 쓰다듬었다. 사실이 그랬다. 청명이 하는 행동을 보면 결코 도인 같지 않았다. 오히려 순수하고 순박한 시골 소년과 같은 모습일 뿐이다. 아무리 생각을 해보아도 그런 비범함을 가졌으리라고는 짐작되질 않는다.

'허어… 실수는 바로잡을 수 있어도 집착은 바로잡지 못한다더니…….'

자신은 눈에 보이는 것에 너무 집착한 나머지 그 뒤에 감춰진 이면을 들여다보지 못했다. 사백께서 무위자연의 경지에 달해 신선이 되셨을진대 내가 무엇이기에 사백을 아이 취급했던가! 생각해 보면 모든 것이 자신의 실수였다.

한참 동안 상념에 빠져들었던 현평 진인이 복잡한 심사를 가누었다. 어찌 되었든 지금 중요한 것은 운혜의 일이다. 사백께서 잘하면 운혜를 고쳐 주실지도 모르는 일이다. 만약 그렇게 된다면 더 이상 순음지체가 아닌 운혜는 보통 사람처럼 천수를 누리며 살아갈 수 있을 것이고, 마교 에서는 그야말로 닭 쫓던 개 지붕 쳐다보는 격이 된다. 그렇게만 된다면… 그렇게만 된다면…….

그때였다.

현평 진인과 마찬가지로 지금까지 침묵하고 있던 현설 진인이 굳은 표정으로 말했다.

"허어, 청명 사백께서 도착할 것 같지 않아 보이는구려."

"……."

현평 진인이 현설 진인을 노려보았다. 하지만 현설 진인은 담담히 그 시선을 받고 있었다.

"운혜의 강호 출행은 불가하오."

"아직 사백께서 도착하시질 않으셨습니다!"

현평 진인보다 현설 진인이 배분이 높았다. 물론 장문인의 위치가 지엄하다 하나 배분까지 무시할 수는 없는 노릇. 현평 진인은 떨리는 숨을 참으며 말할 수밖에 없었다.

현설 진인이 수염을 쓰다듬으며 말했다.

"아니, 호풍환우하였고 검을 타고 날았다 하나 그는 그뿐, 운혜를 어떻게 해줄 수는 없는 노릇이외다."

"신선이 되신 것을 믿으신다면 어찌 운혜를 능히 지킬 수 있음을 믿지 못하시외까! 그분의 능력이 하늘에 닿았으니 능히 운혜의 목숨을 지킬 수 있소이다!"

현평 진인이 외쳤다. 흥분을 가라앉히지 못한 현평 진인의 수염이 파르르 떨렸다.

하지만 현설 진인이 다시 무표정한 얼굴로 말했다.

"사백께서 운혜를 지킨다고 하여도 만약의 경우를 생각해 보시오. 만약에 일이 잘못되면 어찌하시려고?"

"…잘못될 리가 없소이다."

현설 진인이 너털웃음을 터뜨렸다.

"허허허, 장문인께서 농이 지나치시구려! 만약 확인한다 하여도 불가하오!"

현평 진인이 이를 악물었다. 수염이 몇 올 입 안으로 들어와 씹혔다.

"어째서!"

"지금까지 죽 생각해 봤소. 사백의 능력을 보고 판단하여도 늦지 않겠다 생각했으나……."

"했으나?"

현평 진인이 현설 진인의 말을 끊고 노기 어린 목소리로 말했다. 현설 진인이 말을 이어나갔다.

"그분이 참으로 신선이시라면 세속의 인연에 연연하지 않을 터, 그렇다면 운혜는 어느 순간 버림받을지 모르외다."

"사백께서는 원시천존의 명을 받드시어 세속의 인연을 공부하러 오시었소! 그런데 세속의 인연을 가벼이 여길 리가……!"

현설 진인이 현평 진인의 말을 끊고 낮은 목소리로 말했다. 시선은 어느새 현평 진인을 노려보고 있었다.

"원시천존의 명을 받들어 평범해야 한다는 소리는 알겠소이다. 하지만 그것은 그것 나름대로 문제요. 운혜가 마교의 도당들에게 쫓길 때 평범치 않다 하시며 자리를 비우시면 어찌하시겠소?"

"……."

생각해 보니 그럴 위험이 있다. 한때 호풍환우했으나 그것이 평범치 않다는 것을 알고는 다시 호풍환우하지 않겠다고 말하던 청명 사백이다. 그렇다면 후일 위기가 닥칠 때에 평범치 않다고 운혜를 나 몰라라 할 수도 있지 않겠는가!

하지만 더 생각해 보면 그것도 아니다. 사백께서는 마치 예언처럼 운혜가 본래의 수명만큼은 산다고 장담하셨다. 그 말을 믿는다면 운혜가 죽을 리가 없다.

현평 진인은 그제야 여유를 찾았다.

하지만 현설 진인은 무표정하게 현평 진인을 바라볼 뿐이다. 현평 진인이 말했다.

"사백께서는 운혜가 자신을 따라간다면 본래의 수명을 누린다고 하셨소. 그리 말씀하셨으니 어찌 내보내지 않을 수 있겠소. 신선의 호언장담 이외다. 믿지 못하시겠소?"

"……."

현설 진인이 입을 다물었다. 현평 진인이 다시 말했다.

"운혜를 세상 밖으로 내보내도록 하겠……."

"그래도 불가하오."

현평 진인의 말을 끊고 현설 진인이 말했다.

"천기란 시시때때로 바뀌는 것, 본래 천기란 사람에 따라 달라지는 것이니 혹여 운혜의 운명이 바뀐다면 어찌하시겠소?"

"……."

현평 진인이 다시 입을 다물었다. 생각해 보니 틀린 말이 아니다. 과거부터 별을 읽고 천기를 논하는 사람들이 많았는데 세상의 흐름에 따라 천기 역시 바뀌고는 했었다. 마음 같아서는 그게 신선보다 믿음이 가느냐고 외치고 싶지만 도가에 몸담고 있는 사람으로서 천기를 부정하기는 쉽지 않았다.

현설 진인이 천천히 말했다.

"역시 운혜를 세상 밖으로 보내는 것은… 불가하오."

"……."

현평 진인이 얼굴을 굳혔다. 원래 생각해 두었던 변명거리가 모두 떨어졌으니 이제 마지막 방비책을 꺼내 들어야 했다.

"…정히 그러신다면……."

현평 진인이 굳은 얼굴로 천천히 말을 늘였다.

현평 진인이 뜸을 들이자 현설 진인이 의아한 듯 현평 진인을 바라보았다.

"장문인의 직권을 사용해서라도 운혜를 내보내겠소."

“……!”

현설 진인이 놀란 듯 현평 진인을 바라보았다.

현평 진인은 품에서 자반죽간을 꺼내었다. 그리고 그것을 들고 무거운 시선으로 현설 진인을 바라보았다.

“자반죽간이 내게 있소이다. 만약 현설 진인께서 정히 거부하시거든 나는 장문령부를 들어 명령하겠소.”

그랬다. 무당의 장문령부인 자반죽간은 무당 내에서의 어떤 명령보다도 우선시되는데 그 권위는 문파 최고 회의인 총회합보다 높다.

만약의 경우에는 회합이나 회의없이 제자들의 생살여탈권을 가져갈 수도 있는 장문인의 고유 권한이 바로 장문령부 자반죽간이었다.

드디어 현설 진인이 긴장한 듯 침음성을 내뱉었다.

“으으음……”

“본 장문인은 운혜를… 내보내겠소.”

현설 진인이 힘이 빠진 듯 자리에 앉았다. 이제 운혜가 세상에 나가는 것을 막을 수 없게 되었다. 이제 천하대란도 시간문제다.

말을 마친 현평 진인은 장문령부를 들어올렸다. 이제 이것을 부딪치면 그 누구도 이 일을 따로 논할 수 없다.

그때였다.

지금껏 조용히 현설 진인과 현평 진인의 언쟁을 지켜보고만 있던 현화 진인이 자리에서 천천히 일어나며 말했다.

“불가하오.”

“뭣이?!”

자반죽간을 부딪치려 했던 현평 진인이 깜짝 놀라 현화 진인을 노려보았다. 감히 장문령부를 거절하다니, 엄연한 파문감이다. 즉살을 명해도 뭐라 할 수 없는 대죄가 바로 장문령부에 대한 불복종이었다.

하지만 현화 진인은 침중한 시선을 들어 현평 진인을 바라보며 말했다.

"장문령부는… 한 번 사용한 일에 다시 사용되지 못하오."

"……!"

"장문 사형께서는… 과거 운혜의 일로 그것을 사용하였소이다."

"으으음……."

현평 진인이 현화 진인을 바라보며 침음성을 내뱉었다.

십팔 년 전, 이와 비슷한 회의가 있었다. 바로 운혜를 무당의 제자로 삼는 것에 대한 회의가 열렸던 것이다. 많은 진인들이 불가를 외쳤다. 오로지 한 명, 현무 진인만을 제외하고는. 심지어 현성 진인마저 그것은 아니 될 일이라고 말했다.

하지만 이미 비슷한 상황을 무림맹에서 겪고 나왔던 현평 진인은 조용히 장문령부를 들어 모든 일을 무마시켰고, 무당의 최고 권위로 명령을 내렸으니 더 이상 왈가왈부할 수 없어진 진인들은 장로회의를 소집하였다. 그리고 한 가지 조건을 수락한다면 운혜를 무당의 제자로 삼아도 좋다고 결론을 내렸다.

현평 진인이 무겁게 고개를 끄덕이며 그 조건을 수락했다.

그 조건은 마교가 운혜를 찾을 시에는 운혜를 죽인다는 내용이었다.

현화 진인이 말을 이었다.

"그러므로… 본도는… 운혜를……."

"불가하네!"

이미 말의 내용을 짐작한 현평 진인이 소리를 질렀다.

"절대로 불가해! 운혜는 살 수 있네!"

"…사형!"

현화 진인이 현평 진인을 바라보았다. 현화 진인의 눈을 바라보던 현평 진인은 그 눈에서 슬픔을 읽었다.

현화 진인이 슬픈 눈으로 현평 진인을 바라보며 말했다.

"예전에 사형의 말에 공감했습니다."

"……."

"사형께서는 군중이란 개인들의 집합일 뿐이니 운혜를 살리든 군중을 살리든 결국엔 개인을 살리는 것이라고 하셨지요."

"…그리했네."

현화 진인이 고개를 숙였다. 현평 진인은 그 눈에서 작은 물방울을 보았다고 생각했다.

"깊이 공감합니다만……."

"……."

"제게는… 군중의 무게가 더 큽니다."

현평 진인이 고개를 저으며 외쳤다.

"불가하네! 아직 벌어지지 않은 일이야! 벌어지지 않은 일로 사람을 죽이는 것은 학살일세!"

"이제 됐소."

현설 진인이 자리에서 일어나며 말했다. 일어나 등을 꼿꼿이 편 현설 진인이 말을 이어나갔다.

"잘 말해주었소, 현화 진인. 이제 결정을 봅시다. 운혜를……."

현평 진인이 멍하니 말을 이어나가는 현설 진인을 바라보았다.

"죽입시다."

파삭!

무슨 소리였을까? 태화궁 밖에서 작은 소리가 들렸다.

소리를 들은 현평 진인과 좌중의 진인들은 혹여 자신들의 이야기가 새어나갈까 잔뜩 긴장하고는 태화궁 밖으로 신형을 날렸다.

개중에서도 현중 진인이 가장 빨랐다. 그는 태화궁의 문을 발로 차서 부수고는 밖을 바라보며 외쳤다.

"누구냐!"

"…으으음."

뒤따라 나온 진인들이 침음성을 내뱉었다.

태화궁을 지키던 운자배 도사들 셋이 널브러져 있었다. 칼도 뽑지 않은 채로 시체처럼 누워 있는 운자배 도사들의 몸에는 피 한 방울 묻어 있지 않았다.

진인들이 날카로운 눈으로 내공을 끌어올렸다. 그리고는 태화궁 주위로 신형을 날려 샅샅이 훑기 시작했다.

"현중 진인께서는 뒤편으로 가보시오!"

"그러지!"

현중 진인이 태화궁 뒤로 몸을 날렸다.

잠시 진인들의 소란을 지켜보던 현평 진인은 우연히 상청궁으로 향하는 소로를 보았다. 소로에는 한 인형이 경공을 펼치고 있었는데 그 뒷모습이 왠지 낯이 익었다.

인형이 누군지 파악한 현평 진인이 재빨리 몸을 돌리고 진인들을 바라보았다.

가슴이 쿵쿵 뛰는 것을 느끼며 현평 진인이 외쳤다.

"저기! 우진궁 쪽으로 누가 내려가외다!"

"뭣이?!"

현평 진인의 말이 끝나자마자 진인들이 우진궁으로 몸을 날렸다. 우진궁으로 향하는 길은 상청궁에서 정반대에 있기 때문에 다행히 경공을 펼치던 인형은 들키지 않고 무사히 빠져나갈 수 있었다.

진인들의 뒷모습을 바라보던 현평 진인이 잠깐 시선을 돌려 상청궁을 바라보았다.

입에서 절로 신음이 튀어나왔다.

"…허어, 현무야, 어찌하려고……."

*   *   *

본래 현무 진인은 현성 진인에게 운혜를 맡기고 장문인을 찾아가던 중이었다.

현평 진인에게 재가를 얻어 양강지기가 담긴 영약을 찾아 떠나려 했던 현무 진인은 태화궁 밖에서 우연찮게 현화 진인의 말소리를 들었다.

"그러므로… 운혜를……."

내용이 심상치 않다고 생각했던 현무 진인은 피식피식 웃으며 운자배 도사들에게 걸어갔다.

방심한 도사들이 인사를 하려 하자 번개같이 손을 날려 도사들의 혈을 점했다. 도사들은 검을 빼어 들 생각도 못하고 바닥에 쓰러졌다.

현무 진인은 다시 태화궁으로 걸어가 회의를 엿듣기 시작했다. 마지막으로 현설 진인의 말소리가 들렸다.

"이제 됐소. 잘 말해주었소, 현화 진인. 이제 결정을 봅시다. 운혜를… 죽입시다."

현무 진인은 충격을 받았다. 무심결에 손에 힘이 들어가 기대고 있던 벽의 기둥을 쥐었다.

파삭!

기둥에 커다란 손자국이 생겼다. 기둥을 쥐어짠 현무 진인은 그 소리가 울려 퍼졌음을 알고 그대로 몸을 날려 상청궁으로 향했다.

"누구냐!"

깜짝 놀란 현무 진인이 속도를 높였다.

"현중 진인은 뒤편으로 가보시오!"

"그러지!"

"저기! 우진궁 쪽으로 누가 내려간다!"

현평 진인의 목소리였다.

현무 진인이 슬며시 미소를 지었다. 장문 사형이 자신을 배려해 준 것이다. 저 말의 뜻은 회의의 결과에 사형은 동참하지 않았다는 뜻이다.

이런저런 생각 속에 달려가던 현무 진인은 곧 상청궁에 도착할 수 있었다.

상청궁 안에서는 현성 진인이 침중한 얼굴로 운혜를 바라보고 있었다. 문이 열리고 현무 진인이 들어오자 반가운 기색을 보이며 현성 진인이 자리에서 일어났다.

"사형, 어찌 이리 벌써……?"

"응? 아, 그냥 별거 아냐. 운혜는 좀 어떠냐?"

현무 진인의 말에 현성 진인이 다시 어두운 얼굴로 변했다. 그리고는 시선을 돌려 운혜를 바라보며 말했다. 하지만 그 말은 끝까지 이어지지 못했다.

"운혜는 아직도……."

"미안. 용서해라."

현무 진인이 현성 진인의 수혈을 짚었다. 서 있던 모습 그대로 현성 진인이 바닥에 쓰러졌다.

현무 진인은 잠시 그 모습을 내려다보았다.

이내 곧 몸을 돌려 운혜에게 다가간 현무 진인은 운혜를 들쳐 업었다. 차가운 기운이 자신에게 쏟아지자 현무 진인이 내공을 끌어올렸다. 하지만 운혜에게 전해준 진신내공을 벌써 다시 모았을 리가 없다. 몸이 서서히 얼어붙어 가던 현무 진인은 남아 있는 내공을 모두 끌어올렸다. 냉기를 완전히 해소하지는 못하겠지만 잠시는 버틸 듯하다.

현무 진인은 운혜를 들쳐 업고 밖으로 나섰다. 힘겹게 한 걸음 한 걸음 떼던 현무 진인이 바닥에 쓰러진 현성 진인 앞에 멈추어 섰다.

"……."

어린 시절부터 함께 지낸 사제이다. 그런 사제에게 실수는 아니라 해도 암수를 날렸으니 마음이 편치 않았다. 게다가 앞으로 또 언제 보게 될지 모르는 사제이다. 운혜를 살리려면 최대한 빨리 무당을 떠나야 할 듯싶다.

현무 진인은 무거운 목소리로 중얼거렸다.

"다음에… 다음에 만나면 내가 백사주 줄게. 장문 사형 안 주고 남겨둔 거 좀 있다. 그러니까 화내지 마."

잠시 사제를 애틋하게 보던 현무 진인은 이내 몸을 돌려 상청궁을 빠져나갔다.

현무 진인이 상청궁을 나와 도착한 곳은 천주봉의 구석에 위치한 작은 동굴이었다.

이 장소는 자신만이 아는 곳으로 워낙 깊고 가려져 있어 다른 이들이 들어올 염려가 없다. 그리고 예전부터 자신만의 비밀 장소이기도 했다.

현무 진인이 들쳐 업었던 운혜를 내려놓았다. 잠시 몸을 부르르 떨던 현무 진인이 고개를 돌려 동굴 벽을 바라보았다.

벽에는 작은 탁자 하나와 커다란 책장이 있었는데 책들이 가득 꽂혀 있었다. 탁자 위에는 자그마한 목검이 풀로 만든 조악한 인형과 함께 놓여 있었다.

현무 진인은 잠시 그것들을 바라보았다. 갑자기 웃음이 나온다.

"하핫, 저걸 내가 가지고 있었네. 운혜야, 이거 네가 옛날에 만들었던 인형이다."

현무 진인이 작은 풀 인형을 들어 운혜에게 가져갔다. 하지만 운혜가 눈을 뜰 리가 없다. 잠시 운혜를 보던 현무 진인이 말했다.

"지금 보니까 더럽게 못 만들었구먼. 좀 잘 만들어서 주지."

풀 인형을 들어 다시 탁자에 올려놓은 현무 진인은 그 옆에 놓인 목검을 쥐어 들었다.

"하긴 이것도 좀 못 만들었다. 내가 워낙 손재주가 없어서."

현무 진인이 피식 실소하며 말했다. 운혜가 어린 시절에 쓰던 목검이다. 운혜에게 주려고 자신이 직접 만든 것인데 모양이 투박한 것이 자신은 손재주가 없긴 없나 보다.

목검을 내려놓은 현무 진인이 운혜에게 걸어갔다. 잠시 쪼그리고 앉아 운혜를 바라보던 현무 진인이 미소를 지으며 말했다.

"내일 무당산을 빠져나가자. 사실 도사 짓도 좀 지루하잖냐? 다른 것도 해봐야지."

현무 진인은 그렇게 말하고는 작은 목소리로 다시 한 번 중얼거렸다.

"떠나면… 어디 좋은 데 가서 남편감이나 구해봐라. 너도 시집은 가야지? 가서 애도 낳고."

운혜가 대답할 리가 없다. 현무 진인도 입을 다물었다.

잠시 운혜를 보던 현무 진인은 곧 자리에 철퍼덕 앉았다.

"에라, 모르겠다."

현무 진인이 한숨을 내쉬었다. 그리고 패검하고 있던 송문고검을 바닥에 내려놓았다.

　　　　　＊　　　　　＊　　　　　＊

　현평 진인은 진인들이 우진궁으로 향하자 재빨리 몸을 날려 상청궁으로 달려갔다.

　요즘에는 왠지 신법을 자주 펼치게 된다고 생각하던 현평 진인은 곧 상청궁에 도달할 수 있었다.

　상청궁의 입구를 향해 달려가던 현평 진인은 입구가 활짝 열려 있는 것을 보았다.

　마음이 왠지 급해져 현평 진인은 속도를 높였다.

　상청궁 안에서는 현성 진인이 널브러져 있었다.

　"헛! 현성 사제!"

　현평 진인이 재빨리 몸을 날려 현성 진인의 맥을 쥐었다. 다행히 수혈만 짚였는지 잠에 빠져든 기색이다.

　현평 진인은 현성 진인의 수혈을 다시 짚었다.

　"으으음……."

　현성 진인이 깨어났다. 눈을 떠보니 장문 사형이 눈앞에 있다. 잠시 멍하니 장문 사형을 바라보다가 시선을 돌리니 운혜가 없다. 생각해 보니 현무 진인이 왔다가 운혜를 데리고 사라진 것 같다.

　현성 진인이 비명을 질렀다.

　"장문 사형! 현무 사형이……!"

　"알고 있네."

　현평 진인이 굳은 얼굴로 상청궁 내부를 둘러보았다. 작은 침상은 어느새 비워져 있고 문은 활짝 열려 있었다.

　잠시 주위를 둘러보던 현평 진인이 말했다.

　"회의에서 운혜를 죽이기로 결정했다네."

“예?”

“현화 진인이 아무래도 맘이 안 놓이는 모양이야. 마교에서 찾고 있다고 했더니 죽이자더군.”

“어, 어떻게…….”

현성 진인이 말을 잇지 못하고 현평 진인을 바라보았다. 현평 진인이 굳은 얼굴로 말을 이었다.

“아무래도 현무 사제가 그 이야기를 들었는가 보이. 그래서 운혜를 데리고 도망치려 한 모양이야.”

현성 진인이 그제야 상황을 이해한 듯 고개를 끄덕였다. 생각해 보니 운혜를 살리려면 무당을 나서야 한다. 청명 사백께서 운혜를 살릴 수 있다 했으니 마교의 도당들에게 잡혀갈 염려도 없다. 그렇다면 반드시 운혜를 살려야 한다. 장문 사형이 뭔가 계획한 바가 있는 듯하다.

“사형께서는… 어찌하시렵니까?”

“…살려야지.”

현성 진인은 곰곰이 생각에 빠져들었다. 지금 상황으로는 현무 사형도 파문될 확률이 높다. 하지만 어느 쪽이든 현무 사형과 운혜는 무당을 떠나는 것이 상수다.

“어디에 계신지 짐작 가는 바가 있으십니까?”

“있다네. 현무 녀석을 봐온 것이 벌써 오십 년이 넘어가니 이제 어지간한 것은 짐작이 되는구먼.”

현평 진인이 잠시 얼굴을 굳히고 허공을 바라보았다. 그리고는 이내 고개를 돌려 현성 진인을 바라보았다.

“자네는 내려가서 어떻게든 진인들을 설득시켜 그들을 태화궁에 붙잡아 두게.”

“사형께서는?”

현성 진인이 고개를 끄덕이고는 현평 진인을 바라보았다. 현평 진인도 고개를 끄덕여 주었다.

"현무 사제에게 가볼 생각일세."

"그리하시지요."

현성 진인이 고개를 끄덕였다. 현평 진인은 무거운 시선을 들어 상청궁 밖을 바라보았다.

'이럴 때 사백께서는 어디에 계신단 말인가!'

사백께서 계신다면, 만약 사백께서 계신다면 어떻게 되었을까?

현평 진인은 고개를 설레설레 저었다. 아니, 지금은 그런 걸 생각할 때가 아니다. 사제를 찾는 일이 더 급한 것이다.

현평 진인은 사제를 한 번 흘끗 바라보고는 상청궁을 달려나가 경공을 펼치기 시작했다.

*　　　　*　　　　*

현무 진인이 철퍼덕 땅에 앉을 무렵 운혜의 몸에서는 이상 현상이 벌어지고 있었다.

본래 개정대법 후에 별다른 일이 없다면 적어도 이 년은 육체가 붕괴될 일이 없었을 것이다. 하지만 그때에 극양지기가 담긴 현무 진인의 내공과 만년화리의 내단이 들어갔다.

음기는 양기에 대항하여 솟구쳐 올랐고, 덕분에 겨우 막아놓았던 순음지체의 효능이 다시 발휘되었다.

이대로라면 운혜는 필사. 육체의 붕괴로 끔찍한 죽음을 맞게 된다.

현성 진인이 있었다면 침으로 음기가 흐르는 혈도를 막아볼 수 있었을 것이나 지금은 그런 방비책도 없다.

결국 육체의 붕괴가 진행되었다.

진행의 처음은 손가락이었다.

손가락에 흐르는 피가 얼어붙는다. 피가 다 얼어붙으면 그 부분은 얼음 덩어리가 되어 작은 충격에도 부서지고 만다.

현무 진인은 자리에 앉아 운혜를 바라보다가 손가락이 새파랗게 변하는 것을 발견했다. 그리고 그 부분부터 성에가 동굴로 퍼지는 것을 발견했다.

"운혜야!"

현무 진인은 달려가 운혜의 맥을 짚었다. 현성 진인만큼은 아니지만 무림인이기에 최소한의 의학 상식은 있었다.

운혜의 몸에서 음기가 솟아오르고 있었다.

"무량… 제기랄!"

태생이 도사였던 현무 진인은 무의식 중에 진언을 읊조리다가 욕설을 내뱉었다. 이대로라면 운혜는 죽는다.

현무 진인이 운혜를 들어 앉혔다.

"운혜야, 너 안 죽는다."

잠시 중얼거린 현무 진인은 곧 양손을 들어 운혜의 등으로 가져갔다. 운혜의 등이 서서히 앞으로 쓰러지다가 자석에 휩쓸린 듯 현무 진인의 손에 달라붙었다.

현무 진인이 이를 악물었다.

'몸에… 내기가 없다.'

현무 진인은 자신의 몸 상태가 어떤지 잘 알고 있었다. 진신내공을 운혜에게 불어넣었으니 내기가 남아 있을 리가 없다.

현무 진인이 눈썹을 꿈틀거렸다. 방법이 없었다. 운혜의 몸은 계속 얼어붙어 가고 있었다. 냉기가 벌써 손목까지 치고 올라왔다.

‘운혜야······.’

현무 진인이 마음속으로 읊조렸다. 그리고는 눈을 질끈 감고 진원지기를 뽑아 올렸다. 진원지기는 생명의 원정(原精). 이것이 다 빠져나가면 자신은 죽는다. 하지만 지금은 살려야 한다. 운혜 대신 죽을 수 있다면 그것은 그것 나름대로 좋다.

진원지기를 양손으로 가져간다. 그리고 운혜의 몸에 넣고 양기를 자극한다.

현무 진인이 이를 악물었다. 수염이 파르르 떨렸다.

“쿨럭!”

현무 진인은 결국 참지 못하고 검은 피를 뱉어냈다. 하지만 운혜의 몸에서 팔을 뗄 수는 없었다. 음기가 끊임없이 솟아오르고 있었다.

그때였다.

어떻게 알았는지 현평 진인이 작은 동굴에 도착했다.

“사제!”

달려오던 현평 진인이 신음성을 내뱉었다. 얼어붙어 가는 운혜의 손가락을 본 탓이다.

현평 진인이 입을 일(一) 자로 굳게 다물었다.

‘허어, 음기가······.’

현평 진인이 오는 것도 모르는 현무 진인은 진원지기가 고갈되어 가는 것을 느꼈다. 눈에서 눈물이 차 오르고 있었다. 운혜는 이렇게 죽어서는 안 됐다. 운혜는 자신의 제자였다. 운혜는 이렇게 죽어서는 안 됐다.

“운혜야, 너 안 죽어!”

현무 진인은 왼손으로 음기가 침투해 들어오려 한다는 것을 느꼈다. 이를 악문 현무 진인이 왼손으로 진원지기를 모았다.

겨우 음기를 막아낸 현무 진인이 마음을 돌릴 찰나였다.

갑자기 오른손으로 음기가 침투해 들어왔다. 서둘러 진원지기를 오른손으로 보내보았지만 음기가 쏟아져 들어오는 속도가 너무 빨랐다.

현무 진인이 양손을 떼었다. 그리고는 옆에 놓인 송문고검을 들어 오른팔을 잘랐다.

현평 진인이 비명을 질렀다.

"사제!"

"크윽!"

한 번에 다 잘리지 않았다. 현무 진인이 다시 검을 들어 베자 그때야 자른 팔이 떨어졌다.

현평 진인이 외쳤다.

"이제 그만 하게!"

"시끄러워!"

현평 진인의 말소리를 듣고 현무 진인이 외쳤다. 그리고는 왼팔로 오른팔을 점혈했다. 피가 조금씩 멎었다.

"집착하는 것은 도가 아닐세[執着不道]!"

현평 진인이 비명처럼 외쳤다.

현무 진인의 수염은 피로 점점 붉게 물들어가고 있었다. 하지만 아랑곳 않고 현무 진인이 말했다.

"그런 거 안 믿어!"

현평 진인이 깜짝 놀라 현무 진인을 바라보았다.

자신이 배워온 모든 것을 믿지 않겠다고 말한 현무 진인의 눈에는 눈물이 배어 있었다. 이순(육십 세)을 바라보건만 아직 젊은 현무 진인이었다. 이제 다 늙었다고 생각했거늘 아직 혈기가 남아 있는가 보다.

"그런 거… 안 믿어……."

"그만 하게! 그러다 사제가 죽겠네!"

현평 진인이 비명처럼 외쳤다.

하지만 현무 진인은 조용히 중얼거리며 남은 한 팔을 들어 운혜에게 가져갔다.

"사형, 얘는 내 제자야! 내가 살려야 돼!"

"그럼 내가 하겠네!"

현평 진인이 몸을 날려 운혜에게로 달려갔다. 하지만 현무 진인은 핏발 선 눈으로 현평 진인을 바라보았다.

"가까이 오지 마, 사형!"

"내가 하겠네!"

현평 진인이 아랑곳 않고 달려들었다.

현무 진인은 남은 왼팔로 재빨리 근처에 있는 송문고검을 들어올렸다. 그리고선 광기 어린 눈으로 현평 진인을 노려보았다.

현평 진인은 눈물이 날 것만 같았다. 도를 이루어 세속의 이치에 초월하지는 못했다지만 도가의 장문인으로서 세속의 명리와 정을 초월했다고 생각했다. 하지만 지금 생각하니 모두 헛것이었다. 어릴 때 자신에게 어리광을 부리던 사제가 예전의 그 말투로 돌아가서 중얼거리는 말을 들으니 가슴이 무너져 내렸다.

"가까이 오지 마!"

현평 진인이 차마 가까이 오지 못하는 것을 확인한 현무 진인이 검을 바닥에 버렸다.

"내가 해야 돼. 내 제자야."

현무 진인은 다시 남은 한 팔을 들어 운혜의 등 뒤로 가져갔다. 남아 있는 진원지기도 얼마 되지 않았지만 현무 진인은 모든 잠력을 끌어올렸다.

운혜는 자신의 제자이다.

강호에 피바람을 불러일으킬지도 모르는 제자다.

하지만 자신에게 풀각시를 만들어준 제자다.

어릴 적에는 자신의 볼에 쪽 하고 입을 가져다 대주었던 제자다.

재미있는 이야기를 해달라고 징징대며 울던 제자다.

언젠가는 운풍 사형이 좋아졌다고 수줍게 고백하던 아이다.

아니, 어쩌면 운혜는 그냥 제자가 아닌지도 모른다.

운혜는 자신이 마음으로 낳은 딸이다.

'운혜야, 너 안 죽는다. 너 안 죽어!'

현무 진인이 진원지기를 모두 뽑아 올렸다. 현기증이 일었다. 음기가 왼팔마저 잠식해 들어갔다. 하지만 손을 뗄 수 없었다. 손을 떼면 운혜는 죽는다.

'운혜야… 너… 죽지 않아.'

현무 진인이 속으로 중얼거리며 진기를 움직였다. 아직 한 줌의 진원지기가 남았건만 음기에 잠식당한 팔은 어느새 모든 혈이 막혀 있었다.

'운혜야……'

음기에 잠식당해 꽁꽁 얼어버린 팔이 파삭 하고 부서졌다.

팔꿈치 아래가 허전해졌다. 마치 얼음을 바닥에 내동댕이치듯 팔이 그렇게 부서져 버렸다.

양팔을 모두 잃고 진원지기까지 뽑아 올린 현무 진인이 바닥으로 무너졌다. 팔을 잃어 균형 감각을 잃은 탓이다.

현무 진인은 이마로 땅을 밀어내며 일어서기 위해 노력했다. 하지만 헛수고였는지 몸은 자꾸 넘어져만 갔다.

현무 진인이 운혜를 바라보았다. 운혜의 몸이 얼어가고 있었다.

현무 진인이 이마로 땅을 찧으며 통곡했다.

"으흐흑, 으흑, 으흐흐흑… 운혜야… 으흐흑……"

“사제!”

도저히 보고 있을 수 없게 된 현평 진인이 달려들었다. 운혜가 현무 사제의 딸이라면 현무 사제는 자신의 동생이었다. 스물넷에 처음 현무 사제를 봤을 때부터 왠지 모르게 가슴이 아렸다. 나이 많은 사부보다 사형이 좋다고 매일 달려들던 사제였다.

이대로 놔둘 수 없다.

현평 진인은 현무 진인의 등에 손을 대고 내기를 불어넣었다. 몸 안을 살펴보니 조금의 진원지기도 없다.

현평 진인의 눈에 드디어 습막이 차 올랐다. 조금의 내기가 들어오자 현무 진인이 다시 바르작거렸다.

팔도 없는 몸으로 현무 진인은 운혜에게 다가가기 위해 버둥거리고 있었다.

“사제! 사제! 사제!”

“운혜야… 운혜야… 으흑, 운혜야…….”

현무 진인이 운혜를 바라보았다. 자신의 노력이 큰 효과를 보지 못했는지 운혜의 몸은 점점 더 싸늘히 식어가고 있었다.

현무 진인은 정신이 혼미해지는 것을 느꼈다. 앞이 잘 보이지 않는다. 사형이 뭐라고 말하는 듯했지만 귀에 들리지 않는다.

현무 진인은 서서히 무너져 가며 운혜를 바라보았다.

‘운혜야… 죽지 마…….’

현무 진인의 눈이 감겼다. 운혜가 더 보이지 않았다.

＊　　　　＊　　　　＊

청명은 운검과 함께 무당의 상공을 떠돌고 있었다. 별이 땅으로 쏟아질 듯 빛나고 있었다. 청명은 입을 헤 벌리고 하늘을 바라보았다.

"아아……!"

청명의 입에서 탄성이 터져 나왔다.

쏟아져 내릴 것만 같은 별을 보며 허공을 떠돌던 청명의 눈이 이번엔 땅을 향했다.

'인간지도…….'

청명은 내심 중얼거리며 운검을 휘둘러 방향을 바꾸었다. 인간지도를 생각하면 답답한 마음이 먼저 들었다. 스스로 그러함의 이치를 알고 또 그것이 자신과 다르지 않음을 알았지만 원시천존께서는 인간의 도를 배우고 오라 하시고는 선계에 들지 못하게 하셨다.

도대체 인간의 도는 어디서 구해야 한단 말인가!

청명의 얼굴이 조금씩 시무룩해졌다. 본시 인간이 스스로의 뜻대로 살기 시작하면 인위가 생기고 인위가 생기면 도가 사라진다. 하지만 원시천존께서는 도리어 그 속에 도가 있다 하셨으니 그야말로 모를 일이 아닌가.

그 도가 무엇인지 알려면 아마 자신은 인간 속에서 인연을 지으며 제법 많은 시간을 보내야 할 터이다.

'인연, 인연이라…….'

청명은 싱긋 웃으며 자신의 인연을 떠올렸다. 선계에 오름으로써 끊어졌던 인연은 하계로 내려오며 다시 이어졌다. 그리고 그 인연 중에는 운혜 사손이 있었다.

청명은 미소를 지으며 호흡을 크게 들이마셨다.

"후우!"

미소를 짓던 청명의 얼굴에 갑자기 이상한 표정이 떠올랐다. 천기의 흐름이 조금씩 어그러지고 있었다.

인연의 흐름이 바뀌어가고 있었다.

자세히 살펴보니 운혜가 죽어가고 있는 것이 느껴졌다.

'어이쿠, 운혜 사손이 죽는다!'

청명이 재빨리 검을 움직여 천주봉으로 향했다.

음기가 천주봉을 휘감고 있었다. 보통 사람이라면 조금 으슬으슬해졌다고 생각하겠지만 음기는 천주봉 전체를 휘감고 있었다.

청명이 마음을 보내어 검을 움직이자 주변 환경이 재빠르게 뒤로 넘어갔다.

'운검아! 빨리 가야 돼! 운혜 사손이랑… 현무 사질도 위험해!'

청명의 마음이 다급해졌다. 그에 따라 검의 속도도 빨라졌다.

어느새 작은 동굴까지 도착한 청명은 장문인이 현무 사질을 안고 통곡하는 소리를 들었다.

"사제! 사제! 현무야!"

동굴 위에서 검이 맴돌았다. 다급히 청명이 검에서 뛰어내렸다.

마음이 급해 착지를 제대로 못했는지 제법 큰 소리가 울려 퍼지며 청명이 엉덩방아를 찧었다.

"어이쿠!"

"사백!"

청명을 발견한 현평 진인이 비명처럼 외쳤다. 서둘러 사제를 살려야 한다. 이러다가 정말 사제가 죽게 생겼다. 사백께서는 신선이시니 어떻게든 사제를 살려줄 것이다.

"사백! 사제를 살려주십시오!"

"장문 사질! 으앗! 현무 사질!"

청명이 현평 진인의 품에 안겨 있는 현무 진인을 보고 깜짝 놀라 비명을 질렀다.

현평 진인의 마음이 급해졌다.

"빨리 구해주십시오! 이러다가 현무 사제가 죽습니다!"

"저, 저… 저는……."

청명이 당황한 듯 울상을 지었다. 자신은 그런 걸 할 줄 몰랐다. 아플 때는 약초를 먹거나 스승님께 배운 연단법으로 약을 지어 먹으면 되지만 지금은 약재를 구할 도구도 없다. 그리고 또 현무 사질의 상처는 너무 징그러웠다. 두 번째 문제야 눈을 감고 치료하면 된다지만 치료하려면 자연지기를 이용해야 한다.

'그건 평범한 일이 아닌데…….'

호풍환우를 했을 때 황우 사손이 그것은 평범한 일이 아니라고 했으니 자신은 그 일을 할 수 없다. 하지만 하지 않았다가는 현무 사질이 죽게 생겼다.

"서둘러 주십시오! 장문인의 명입니다! 빨리!"

마음이 급해진 현평 진인이 소리를 질렀다. 평생 닦은 도가 모두 헛것이었다. 정에 이끌려 도를 버렸으니 이제 자신은 도인이라고 말할 수도 없다.

청명이 눈을 감았다. 그리고는 인상을 찌푸리며 잠깐 고민하더니 동굴 입구로 도도도 달려가 하늘을 보고 말했다.

"원시천존님! 한 번만 더 할게요!"

도대체 뭘 한다는 소릴까?

하늘을 잠시 보던 청명은 번개가 내리치거나 하늘에 먹구름이 끼지 않자 원시천존이 자신의 부탁을 들어주었다고 생각하고는 서둘러 현무 진인에게 달려갔다.

현무 진인의 앞에 선 청명이 잠시 눈을 감고 현무 진인의 팔꿈치로 손을 가져갔다.

아무 일도 없었다.

천지 조화도 없고 손에서 빛이 나거나 뭔가 특별한 일이 벌어지는 것도 아니다. 하지만 운혜의 음기에 침식당했던 팔꿈치가 서서히 녹아가고 있었다.

마침내 청명이 손을 뗐을 때는 상처가 모두 아물어 있었다.

다시 오른쪽 어깨로 손을 가져간 청명이 손을 뗐을 때 역시 팔이 떨어지고 피가 철철 나던 어깨가 모두 아물어 있었다.

청명이 잠시 현무 진인의 이마를 어루만졌다. 현무 진인의 숨소리가 훨씬 고르게 변했다.

이 모든 것을 바라보던 현평 진인이 놀란 눈으로 청명을 바라보았다. 사백께서 신선이라더니 정말 그랬구나! 처음으로 기적과도 같은 광경을 본 현무 진인이었다.

하지만 곧 사제에게로 눈을 가져갔다. 다시 눈에 습막이 차 올랐다.

"이놈아… 어쩌자고……."

현평 진인이 현무 진인의 잘려진 어깨에 얼굴을 묻었다. 잠시 뒤 현평 진인이 흐느끼기 시작했다.

현평 진인의 흐느낌을 들으며 청명은 이번엔 운혜를 바라보았다. 운혜 사손이 또 잠에 들었으니 깨워줘야 한다. 운혜 사손이 있는 곳은 항시 추우니 괜찮지만 운혜 사손의 몸까지 얼었다가는 운혜 사손은 죽고 만다.

청명이 운혜에게 걸어갔다. 서서히 음기가 가라앉았다.

손목까지 얼었던 운혜의 몸이 서서히 녹아갔다.

청명이 완전히 운혜의 앞까지 걸어가자 이제는 거의 보통 사람처럼 보이는 운혜였다.

청명이 운혜에게 말했다.

"왜 깨어나지 않지요, 운혜 사손?"

현평 진인이 흐느끼다 말고 놀라 청명을 바라보았다. 저 말이 맞다면 운혜는 정신을 차렸으면서도 일부러 깨어나지 않았다는 소리다. 사제가 이렇게나 몸을 망쳤는데 만약 그것이 사실이라면…….

"그게 무슨 소립니까?"

청명이 다시 말했다.

"운혜 사손, 안 들려요?"

"사백!"

현평 진인이 청명을 바라보며 외쳤다.

청명은 심각한 얼굴로 고민하고 있었다. 대답이 없는 것을 보니 아무 소리도 못 듣나 보다. 하지만 지금 운혜 사손을 깨우지 않으면 운혜 사손은 죽는다. 깨우려면 마음을 읽는 수밖에는 없을 듯하다.

"어떻게 하지? 안 들리는 것 같은데……. 아아, 운혜 사손이 마음은 읽지 말라고 했는데."

현평 진인이 답답한 듯 인상을 찌푸리고 말했다.

"그게 뭐든 얼른 하십시오!"

운혜가 곱게 보이지 않는 현평 진인이었다. 만약 정신을 차렸는데도 현무 사제의 몸이 이 모양이 될 때까지 부러 깨어나지 않은 거라면 운혜 를 용서할 수 없다. 만약 그렇다면 자신은 그동안 헛된 일을 한 것이다. 운혜는 차라리 죽었어야 할 인물이다.

청명이 잠시 현평 진인을 바라보았다. 그리고는 고개를 끄덕였다. 만 약 운혜 사손이 화를 내거든 장문 사질이 시켜서 했다고 말하면 그만이 다. 실제로 그런 것이니 거리낌이 없다.

청명이 운혜에게 마음을 보냈다.

[운혜 사손, 왜 깨어나지 않지요?]

청명이 운혜의 마음속으로 파고들어 갔다. 복잡한 운혜의 심사가 고스란히 청명에게로 전해져 왔다.

청명이 눈을 찌푸렸다. 너무 많은 생각들이 전해져 온다.

청명은 잠시 머리를 끄덕이며 생각에 잠기더니 다시 운혜에게 말했다.

[왜 깨어나지 않지요, 운혜 사손?]

[…난 깨어날 수 없어요.]

운혜가 대답했다. 운혜의 머리 속에는 기괴한 상상이 가득했다. 마음을 읽으니 저절로 상상들이 전해져 넘어왔다.

청명이 본 첫 번째 장면은 이것이었다. 우락부락하고 수염이 장비처럼 삐죽삐죽 난 구 척 거한이 커다란 대도를 들고 사람들의 목을 베고 있었다.

운혜의 마음을 읽은 청명은 그 모습이 운혜가 상상한 마교 교주라는 것을 알았다.

다음 장면은 운혜가 마교 교주의 품에 안겨 있는 상상이었다. 품에 안긴 운혜는 정신을 잃고 있었는데 차마 보기 민망한 여러 가지 일을 당하자 몸이 미라처럼 쭉 말라갔다. 결국엔 뼈와 가죽만이 남은 운혜가 죽음을 맞이했다.

마지막 장면은 무당산이었다. 무당산은 온통 불타고 있었다. 불 속에는 운풍자와 현평 진인, 현성 진인, 황우자와 현무 진인이 있었다. 그들은 무표정으로 서 있었는데 운혜는 그 모습을 바라보며 비명을 지르고 있었다. 가까이 가려고 운혜가 발버둥쳤지만 운혜는 불타오르는 무당산 주위로 접근하지 못했다. 운혜의 비명 소리가 들려왔다.

청명이 고개를 갸웃했다.

[이게 다 뭐지요?]

[제 미래예요.]

운혜가 침울한 어조로 대답했다. 마음이 전해지는 것인데 어떻게 이렇게 침울하게 느껴지는지 모르겠다.

청명이 고개를 갸웃하며 다시 마음을 보냈다.

[운혜 사손의 미래는 이렇지 않아요.]

[아니요. 이래요.]

운혜가 다시 대답했다. 이번엔 청명의 머리 속에 과거의 기억들이 밀려 들어왔다.

이번에 본 첫 번째 장면은 아직 어린 운혜였다. 여덟 살쯤 되어 보이는 운혜가 벌거벗고 누워 있었다.

운혜는 백회에 꽂힌 침 때문에 깨어날 수 없었지만 주위의 이야기는 끊임없이 들려오고 있었다.

곧 운혜의 주위에서 몇몇 도사가 이야기를 꺼냈다.

"순음지체가 발동되었으니 아무래도 죽이는 게 낫겠소."

불쌍한 운혜의 정신이 울음을 터뜨렸다. 자신을 죽인다니? 두려움이 밀려들어 왔다.

"이대로 있다가는 마교주에게 음기를 다 빼앗기고 죽을지도 모르는 일이오! 평생 순음지체로 살며 괴로워하느니 그 편이 더 낫소이다!"

"불가하오! 운혜는 내 제자외다! 이 대법이 끝나면 살아난다 했으니 걱정할 것이 없소! 마교주에게 내가 내 제자를 보낼 것 같소?"

운혜의 정신이 곧게 솟았다.

주위의 도사들은 모두 얼굴이 없이 민둥민둥했는데 오로지 현무 진인만 얼굴이 있었다.

현무 진인은 운혜를 바라보며 미소를 짓고 있었다.

청명이 마음을 보내어 말했다.

[그랬군요. 운혜 사손은 무서운 거군요.]

[……?]

운혜가 고개를 갸웃했다.

청명에게 느껴지는 운혜는 어린아이의 상태였는데 여덟 살 난 아이의 몸이었다. 그 이후로 계속 자신은 살아 있으면 안 된다는 생각을 해온 것이다.

자신이 살아 있으면 세상의 많은 사람이 죽고, 당장 자기 자신도 고통스러워야 하고, 끝내는 사부가 죽는다.

자신은 죽어야만 했다.

운혜의 마음을 읽은 청명이 고개를 갸웃했다. 운혜의 마음이 마치 사부가 죽을까 봐 자신이 죽는다는 듯이 말한 것이다.

[운혜 사손은 사부가 죽을까 봐 무서운가요?]

[네.]

망설임없이 운혜가 대답했다. 청명이 다시 마음을 보내었다.

[사부는 운혜 사손 때문에 많이 다쳤어요.]

[…….]

운혜는 대답이 없었다.

청명은 고개를 끄덕였다. 다시 운혜의 마음이 밀려들어 왔던 것이다.

처음의 운혜는 갓난아기였다. 갓난아기인 채로 현평 진인의 품에 안겨 있었는데 현평 진인은 곧 운혜를 현무 진인에게 넘겨주었다.

현무 진인이 말했다.

"이 아이, 내 제자 할라오!"

현평 진인이 고개를 가로젓고 몇 마디 이야기를 하는 듯 입을 달싹였다. 하지만 현무 진인의 목소리 외에는 아무 말도 들려오지 않았다.

현무 진인이 다시 외쳤다.

"그래도 괜찮소, 사형! 나 얘, 제자로 삼을 겁니다!"

현무 진인이 나이답지 않게 어리광을 피우는 듯한 말투로 말했다. 다른 어른의 말투가 어린아이와 같으니 왠지 어색했다. 곧 장면이 바뀌었다.

이번에는 서너 살 정도 되어 보이는 운혜가 풀을 뜯고 놀고 있었다. 옆에는 현무 진인이 쪼그려 앉아 있었는데 둘이 있는 곳은 작은 동굴이었다.

"이것 봐라! 사부가 제법 잘 만들지 않았나!"

현무 진인이 자랑스레 풀 인형을 들이밀었다. 두 팔과 두 다리가 마치 불가사리처럼 뻗어 있는, 풀 인형이라기보다 풀 무더기였다.

운혜는 살포시 미소를 지으며 자신이 만든 인형을 등 뒤로 숨겼다.

현무 진인이 말했다.

"네 인형도 이 사부에게 보여줘야 되느니."

현무 진인이 운혜를 바라보았지만 운혜는 미소를 지으며 도리도리 고개를 저을 뿐이었다.

현무 진인이 운혜에게서 그것을 빼앗으려고 뒤로 돌아가자 운혜가 몸을 돌려 다시 인형을 뒤로 감추었다.

"정말 안 보여줄 테냐!"

현무 진인이 실망한 표정으로 말하자 운혜가 배시시 웃으며 인형을 보여주었다. 현무 진인의 것과 비슷할 정도로 못생긴 인형이었다.

운혜는 사부의 것이 훨씬 예쁘다고 생각하고는 실망했지만 곧 배시시 웃으면서 말했다.

"이거… 사부야."

"어헛! 그러냐? 그러고 보니 나랑 똑같구나!"

현무 진인이 미소를 지으며 인형을 받아 들었다.

동굴에 있던 바로 그 인형이다. 현무 진인은 지금까지 그것을 보관하고 있었던 것이다. 어떻게 썩지 않았는지 모르지만 현무 진인은 그것을 가지고 있었다.

장면이 바뀌었다. 이번에는 태청관 위에 위치한 연무장이었다. 그곳에서는 여덟, 아홉쯤 되어 보이는 운혜가 목검을 들고 서 있었다.

운혜의 앞에는 현무 진인이 무서운 목소리로 크게 외치고 있었는데 운혜는 겁을 먹었는지 두려운 얼굴로 현무 진인을 바라보고 있었다.

"거기서는 검을 이쪽으로 뻗어야지!"

운혜가 다시 검을 움직였다. 하지만 역시 현무 진인의 맘에는 들지 않았나 보다.

현무 진인이 다시 외쳤다.

"이쪽이라니까! 삼재검(三才劍)은 그렇게 하는 게 아니야!"

운혜가 울상을 지었다. 운혜의 큰 눈에서 눈물이 아롱지어 떨어졌다.

하지만 그 모습을 보고도 현무 진인은 커다랗게 소리쳤다.

"어허! 이놈! 검을 내놓거라! 그렇게 할 거면 아예 배우지 않는 것이 낫다!"

검을 빼앗으려는 현무 진인의 몸짓에 운혜는 울면서 목검을 부여잡았다. 하지만 현무 진인은 냉혹하게 검을 빼앗아 아예 반으로 부러뜨려 버렸다. 그리고는 씩씩대며 뒤로 걸어가 버렸다.

운혜는 홀로 쭈그리고 앉아 방울방울 눈물을 흘렸다.

그때 운풍자가 걸어 올라오다 운혜를 보고는 다가왔다. 어린 시절의 운풍자도 지금처럼 무표정했다.

"왜 그러나, 사매?"

운혜가 말없이 부러진 목검을 손으로 가리켰다.

운풍자는 잠시 무뚝뚝한 표정으로 그 모습을 보고는 자신이 가지고 있던 목검을 운혜에게 주었다.

“검을 부러뜨리다니, 그동안 연습을 많이 했구나. 이건 상이다.”

말을 마친 운풍자는 바로 몸을 돌려 다른 곳으로 걸어갔다. 운풍자는 나름대로 부끄러워서 그냥 간 것이었지만 운혜에게는 그 모습이 참으로 멋져 보였다.

어린아이답게 슬픈 감정을 금방 잊어버린 운혜가 운풍자의 목검을 들고 신이 나서는 사부에게 달려갔다.

시간이 바뀌어 저녁이 되었다.

운풍자가 준 목검을 가지고 자랑스럽게 사부에게 떠들어대던 운혜에게 현무 진인이 크게 웃어주었다.

“으하하핫! 운풍자 그 녀석도 바보다! 그거 내가 부러뜨렸는데!”

운혜가 현무 진인을 흘겨보았다. 하지만 현무 진인은 더 크게 웃어 보였다.

운혜는 결국 화가 나서 몸을 돌려 태청관으로 내려가 버렸다.

운혜의 뒷모습을 바라보던 현무 진인이 웃다 말고 등 뒤에 숨겨놓은 작은 목검을 들어올렸다. 직접 깎은 것인데 이렇게 되면 아무래도 상관없게 되었다.

현무 진인은 작은 목검을 탁자에 올려두고는 미소를 지었다. 마냥 어린 줄로만 알았는데 볼이 발그레해져 운풍자의 선물을 자랑하는 모습을 보니 벌써 다 컸구나 싶다.

현무 진인은 목검을 올려두고는 자리를 비웠다.

현무 진인이 떠난 뒤로 작은 얼굴이 고개를 빼꼼히 내미는 것이 보였다. 운혜는 자신이 들고 있는 목검과 사부께서 만든 목검을 번갈아 바라보고 있었다.

시간이 변해갔다. 주변이 어두워지더니 이내 다시 밝아졌다.

운혜는 다음날도 삼재검법을 배우러 목검을 챙겨 들고 나섰다.

엄한 표정으로 서 있는 현무 진인의 앞에 운혜가 다다르자 현무 진인의 눈이 꿈틀거렸다.

"음? 그것은?"

"에헤헤……."

운혜가 멋쩍은 듯 미소를 지었다. 운혜가 들고 있는 목검은 현무 진인이 직접 만든 것이었다.

현무 진인이 따스한 미소를 지었다. 현무 진인은 그 목검도 가지고 있었는데 운혜의 손때가 고스란히 남아 있었다.

마지막으로 변한 장면에는 열두세 살쯤 되어 보이는 운혜가 서 있었다. 눈앞에는 현무 진인이 있었는데 현무 진인은 강호의 이야기를 늘어놓고 있었다.

"그래서 마침내 공진 성승께서 마교의 교주를 쓰러뜨렸지! 이렇게! 이렇게!"

운혜가 지루한 듯 현무 진인의 몸짓을 바라보았다. 그러더니 곧 뾰로통하게 말했다.

"에잇, 사부 이야기는 더럽게 재미없어요! 더 재미있는 이야기 없어요?"

현무 진인이 얼굴을 딱딱히 굳혔다.

"이놈! 내 이야기가 재미없다니!"

"하지만 맨날 강호 이야기잖아! 다른 이야기는 없어요?"

운혜의 말에 현무 진인이 곧 웃음을 터뜨렸다.

"하핫! 모르지. 내가 이야기를 어찌 알겠냐."

운혜가 하품을 하더니 몸을 돌렸다.

"아아, 요즘엔 매일 졸리네? 사부, 나 한 시진만 잘게요."

"그래? 그래야지! 졸리면 원래 자야 되는 거야."

"네, 그럼 자러 가요."

운혜는 꾸벅 머리를 숙여 보이고는 태청관으로 걸어 올라갔다.

그때 뒤에서 현무 진인의 목소리가 들려왔다.

"운혜야."

운혜가 의아한 듯 몸을 돌려 현무 진인을 바라보았다.

"춥진 않으냐?"

"네."

운혜의 회상이 끝났다.

마지막에 춥진 않으냐고 물어보는 사부의 모습은 며칠 전 보았던 바로 그 모습이었다.

청명이 의아한 듯 운혜를 바라보고 다시 물었다.

[사부가 슬프면 운혜 사손도 슬플 것 같아요?]

[…네.]

운혜의 마음이 대답했다.

[사부는 많이 슬퍼하고 있어요.]

[네.]

[죽을 건가요?]

운혜의 마음이 이번에는 청명을 상상했다.

청명의 모습은 열일곱 소년의 모습이 아니라 여덟 살 된 아이의 모습이었다. 아이의 모습을 한 청명은 운혜에게 안겨 있었다.

운혜의 모습은 여덟 살 난 아이의 모습이 아니라 지금의 모습이었다.

아이의 모습을 보며 운혜가 대답했다.

[아니요.]

아이의 모습을 한 청명이 미소 지었다.

＊　　　＊　　　＊

한편, 우진궁에서 허탕을 친 진인들은 태화궁에 모여 있었다.

장문인의 선실(仙室)에 자리한 진인들은 분기를 감추지 못하는 기색이었는데 그것은 바로 앞에서 부드럽게 차를 마시고 있는 현성 진인 탓이었다.

진인들은 현성 진인을 고문이라도 해서 장문인의 위치를 찾고 싶었지만 현성 진인이 둘러댄 핑계는 너무 완벽했다.

진인들은 결국 침음성을 흘리며 현성 진인을 노려보고 있을 수밖에 없었다.

그중에서도 가장 분노한 것은 현설 진인이었다.

“이제 사실대로 말씀해 주시오! 장문 진인께서는 대체 어딜 가신 게요!”

현설 진인의 수염이 분노로 인해 파르르 떨렸다. 현성 진인이 부드러운 표정으로 느릿하게 말했다.

“말씀드렸다시피 그저 자리를 비우신 것에 불과합니다. 잠시만 기다리시지요.”

얼굴은 부드러웠고 목소리도 태평해 보였지만 사실 현성 진인은 몹시 긴장한 상태였다. 장문 사형이 어느새 두 시진이 지나도록 오지 않고 있는 것이다. 생각해 보니 운혜와 현무 사형을 도피시키려면 적지 않은 시간이 필요할 듯했다. 그 시간만큼은 자신이 벌어줘야 하는데 진인들은 벌써부터 무당을 수색하자고 말하고 있다. 이유야 장문 진인을 찾겠다는 것이지만 장문 진인이 뭔가 문제라도 일으킬까 두려워하는 투인 것을 보니 그가 운혜를 순순히 죽음으로 몰지는 않을 것이라는 것을 짐작하고

사제지정(師弟之情)　231

있나 보다.

"대체 어딜 가셨는지라도 말해주어야 하지 않겠소!"

"태극동(太極洞)에 가셨다고 말씀드리지 않았습니까."

다시 현성 진인이 부드럽게 말했다. 부드러운 가운데 조금씩 목소리가 떨려 나오는 것이 내심 긴장을 숨길 수는 없었나 보다.

현설 진인이 침음성을 흘렸다. 태극동이라면 조사지동(祖師之洞). 함부로 갈 수 없는 곳이다. 하지만 현성 진인 역시 장문 진인의 편에서 말하는 것 같으니 그 말을 모두 믿을 수도 없는 노릇이다.

"그걸 믿으라고……. 어험, 되었소이다!"

현설 진인이 말을 하다 말고 헛기침을 하며 수염을 쓰다듬었다. 더 말해보았자 다른 이야기가 나올 것 같지 않으니 더 알아내는 것은 포기해야 할 듯하다. 하지만 이대로 가만히 앉아 있을 수만은 없다. 뭔가 다른 방법을 강구해야 한다.

잠시 생각하던 현설 진인이 곧 눈을 가늘게 뜨고 현성 진인을 바라보며 말했다.

"그럼 후로 한 시진이 지나도록 장문인께서 오지 않으시거든 장로회의를 소집하여 태극동을 열겠소이다."

"……."

현성 진인은 이번에도 부드럽게 고개를 끄덕였다. 하지만 내심 깜짝 놀란 상태였다. 이대로라면 태극동으로 있지도 않은 장문 사형을 찾아 떠나게 생겼다. 하지만 그사이 적잖은 시간이 소비될 테니 이것으로 만족해야 할 듯하다.

현성 진인은 조용히 태화궁 밖을 바라보았다.

*　　　*　　　*

운혜가 눈을 떴을 때 처음으로 본 것은 청명의 얼굴이었다. 청명은 은은하게 미소 지으며 자신을 바라보고 있었다.

운혜가 천천히 몸을 일으키며 주위를 둘러보았다. 자신이 서 있는 곳은 작은 동굴이었는데 동굴에는 여러 가지 잡다한 물건이 있었다.

물건들 너머로 현무 진인을 안고 자신을 노려보는 현평 진인이 보였다.

운혜가 일어나자 청명이 천천히 몸을 비켜주었다.

보다 자세히 현무 진인을 볼 수 있게 된 운혜가 잠시 멍한 듯 현무 진인을 바라보았다.

"어… 어……."

운혜가 잠시 말을 잇지 못하고 현무 진인을 바라보았다. 하지만 보고 또 봐도 팔이 없다. 운혜가 곧 비명을 지르며 현무 진인에게로 달려갔다.

"사부!!"

"가까이 오지 말거라!"

"어… 왜……?"

운혜가 의아한 듯 현평 진인을 바라보았다. 사부가 이렇게나 아픈데, 팔이 없어졌는데 장문 사백이 가까이 가지 못하게 한다. 혹여 사부에게 문제가 있을까 가까이 가지도 못하고 서 있는 운혜의 눈에 눈물이 고였다. 운혜가 얼른 손을 들어 눈가를 훔쳤다.

"가까이 오지 말거라."

말꼬리를 늘이며 현평 진인이 운혜의 눈을 바라보았다. 눈에 슬픔이 가득 담겨 있다. 현무 사제가 운혜를 위해 팔을 잘랐을 때의 눈처럼 슬픔에 잠긴 눈동자가 자신을 바라보고 있다. 그 눈을 보니 더 이상 운혜를 막을 수가 없다. 저런 눈을 한 아이가 현무 사제가 죽어갈 때까지 깨어나지 않고 버티고 있었을 리가 없다.

"……."

현평 진인이 입을 일 자로 굳게 다물고서는 천천히 현무 진인을 운혜에게 넘겨주었다.

현무 진인을 받아 든 운혜가 슬픔이 가득 담긴 눈으로 현무 진인을 바라보았다.

팔이 없었다.

왼팔은 어쩐 일인지 팔꿈치 아래로 보이지 않았고 오른팔은 어깨부터 없다. 운혜가 잠시 눈물을 참으며 현무 진인의 어깨를 어루만졌다. 팔꿈치도 어루만져 보았다.

"사부… 왜… 왜……."

"……."

현평 진인이 조용히 운혜를 바라보았다. 운혜의 슬픔이 고스란히 전해지는 것이 느껴졌다. 입에서 한숨이 터져 나왔다.

"허어……."

"흑흑… 왜, 왜 팔이 없는 거예요?"

눈물을 흘리며 운혜가 물었다.

현평 진인이 복잡한 심사가 담긴 눈으로 운혜를 바라보았다. 사실대로 말해야 할까? 사실대로 말하면 현무 사제의 팔이 붙을까? 운혜의 마음이 편해질까?

"……."

현평 진인은 결국 입을 열지 못했다.

잠시 현평 진인을 바라보던 운혜가 곧 현무 진인에게 시선을 돌렸다. 사부를 꼭 안은 운혜가 마침내 크게 소리내어 울기 시작했다. 끝내 슬픔을 참지 못한 것이다.

운혜의 눈물은 반 각이 지나도록 계속됐다.

반 각이 조금 지날 때까지 운혜를 바라보던 현평 진인이 복잡한 심사를 추스르며 운혜에게 말했다.

"네 사부가 몸이 좋지 않으니 얼른 본 파로 자리를 옮겨야겠다. 사제를 이리 다오."

현평 진인이 손을 내밀었다.

운혜가 현무 진인을 안은 채로 현평 진인의 손을 바라보더니 이내 고개를 저었다.

"제가… 데려갈게요."

현평 진인이 조용히 운혜를 바라보았다. 운혜가 슬픈 눈으로 시선을 내려 현무 진인의 얼굴을 바라보았다.

"제 사부예요!"

꿈이었을까?

현무 진인은 자신의 귀에 들리는 것이 꿈이라고 생각했다. 운혜의 목소리가 들려오고 있었다. 운혜가 너무나 맑은 목소리로, 너무나 건강한 목소리로 말하고 있었다. 설마 운혜도 죽고 자신도 죽은 것일까? 힘이 빠져 몸을 움직일 수 없었던 현무 진인은 눈을 뜨기 위해 온 힘을 모았다. 하지만 눈이 떠지지 않는다. 마음이 초조하고 긴박해졌다. 하지만 눈이 떠지지 않았다.

"제 사부니까… 제가 업겠어요."

"허어……."

"제 사부예요!"

"……."

다시 운혜의 목소리가 들렸다. 그리고는 자신의 몸이 들려져 누군가의 작은 등에 엎혀지는 것이 느껴졌다. 현무 진인은 자신을 업은 것이 누구인지 알 수 있었다.

운혜다.

이 등은 운혜다.

보이지는 않지만 알 수 있었다. 운혜가 살아 자신을 업고 있었다. 꿈이어도 좋았다. 운혜가 살아 있다.

"조심해서 업거라. 원정이 소진되어 작은 충격에도 문제가 생길 수 있느니라."

"…네."

이번엔 사형의 목소리였다. 꿈이 아닌 것 같았다. 자신은 운혜에게 원정을 쏟아주었으니 이렇게 힘이 없는 것일 뿐 운혜는 살아 있는 것이다.

운혜가 살아 있다.

현무 진인의 눈에서 뜨거운 눈물이 비어져 나왔다. 그 눈물은 곧 태화궁으로 향하는 운혜의 옷을 적셨다.

팔이 없어 조금만 몸이 기울어져도 등 밖으로 흘러내리는 사부를 추스르는 운혜의 눈에서도 눈물이 흘러나왔다.

＊　　　　＊　　　　＊

"이제 도저히 참을 수 없소!"

현설 진인이 크게 외쳤다. 현성 진인이 마침내 부드러운 미소를 깨고 굳은 표정을 지었다.

"한 시진이 지났으니 말한 대로 장로회의를 소집하겠소! 마침 본 파의 장로 중에 많은 분들이 여기 있으니 멀리 갈 필요 없겠구려!"

다시 현성 진인이 고개를 끄덕였다. 좌중의 진인들이 조용히 현성 진인을 바라보고 있었다.

현설 진인은 의외로 현성 진인이 순순히 고개를 끄덕이자 분한 표정으로 현성 진인을 노려보고는 다시 말을 이어나갔다.

"그럼 잠시 여기 계시구려! 우리도 회의를 해야 하니 잠시 자리를 비우겠소이다!"

"…그리하십시오."

현성 진인이 고개를 끄덕였다.

현성 진인의 말을 들은 현설 진인이 곧바로 몸을 돌려 태화궁을 나섰다. 주위의 진인들이 그 뒤를 따랐다.

하지만 진인들은 태화궁 입구에 이르자 곧 침음성을 흘리며 걸음을 멈출 수밖에 없었다.

앞에는 그토록 찾던 장문인과 두 팔이 없는 무당제일검을 업은 운혜, 회합에서 보았던 사백이 서 있었다.

"으음……."

진인들이 잠시 눈앞 일행의 기색을 살폈다. 아무리 봐도 꼴이 전쟁터에서 살아 나온 패잔병보다 못했다.

현화 진인이 입을 열었다.

"장문 사형, 도대체 어찌 된 일이외까?"

"……."

현평 진인이 입을 다물고는 현화 진인을 노려보았다.

현화 진인이 당황한 눈으로 현평 진인을 바라보자 현평 진인이 굳은 입을 열었다.

"운혜는 무당 밖으로 나설 것이오."

현화 진인이 입을 다물었다. 하지만 옆의 현설 진인이 그 소리를 듣고 고함을 질렀다.

"그게 무슨 소리외까! 아까 말했듯이 한 번 사용된 장문령부
는……!"

"필요하다면 무력(武力)을 사용하겠소이다."

현평 진인이 현설 진인의 말을 끊었다.

현설 진인이 놀란 듯 입을 벌렸다. 차마 말이 튀어나오지 않았다.

"정히 운혜를 죽이려거든 어쩔 수 없지요. 하나 그리 된다면 운혜를
죽이려는 사람은 무조건 추살될 것이오. 자반죽간을 들어 그리 명령 내
릴 테니."

"그게 무슨……!"

현설 진인이 놀란 눈으로 현평 진인을 바라보았다. 억지도 이런 억지
가 없다. 하지만 정말 장문인이 그런 명을 내린다면…….

현설 진인은 침울한 눈으로 입을 다물었다.

"모두 물러가시오. 오늘은 더 이상 누구와 만날 여력이 없구려. 자리
를 파하겠소."

침묵한 채로 자신을 주시하는 진인들을 바라보던 현평 진인이 한마디
를 내뱉고는 곧 태화궁 안으로 걸어갔다. 운혜와 청명이 그 뒤를 따랐다.

진인들이 다급히 현설 진인을 바라보았지만 현설 진인은 여전히 입을
다물고 있을 뿐이다.

마침내 장문인 일행이 태화궁 안으로 사라지고 안에서 현성 진인의 비
명이 들려왔다.

비명을 듣던 현설 진인이 침울한 표정으로 몸을 돌렸다. 진인들이 놀
라 그 모습을 바라보았다.

"현설 진인! 어디를 가시외까!"

"……."

현설 진인은 대답없이 조용히 걸음을 옮겼다.

잠시 뒤 현화 진인마저 현설 진인을 따르자 결국 나머지 진인들도 걸음을 옮길 수밖에 없었다.

그리고 이틀의 시간이 흘렀다.

1장

제6화 **다정검(多情劍)**

이틀 후.

태화궁에 현성 진인이 서 있었다.

현성 진인은 앞에서 마보를 취하고 있는 두 사질을 바라보고 있었는데 얼굴에 미소가 가득 담겨 있었다.

하지만 그 앞에 있는 두 사질은 미소는커녕 얼굴만 굳히고 있을 뿐이다.

마보를 취하던 운형자가 끙끙 앓는 목소리로 말했다.

"저… 사, 사부님… 저, 마보를 그만 하면……."

"불가."

현성 진인이 짧게 말했다. 그리고는 모르는 체 시선을 돌려 무당산의 풍경을 바라보았다.

운형자가 떨리는 음성으로 다시 말을 걸었다.

"그, 그럼 이, 일 다경이라도 쉬었다가……."

“불가.”

“끄응…….”

여전히 먼 곳을 바라보며 현성 진인이 짧게 말하자 운형자가 신음 소리를 내뱉었다.

은근한 곁눈질로 운형자의 얼굴이 일그러지는 것을 확인한 현성 진인이 미소를 지으며 부드럽게 말했다.

“그러게 누가 사백께 그리 큰 금포를 입히라더냐?”

“…그것밖에 없었다고 설명드리지 않았습니까!”

운형자가 이를 악물고 말했지만 현성 진인은 피식하고 실소하고는 다시 시선을 옮기며 중얼거렸다.

“그것 때문에 내가 장문 사형께 크게 한 소리 들었으니 아무래도 가만히 있을 수만은 없겠구나. 꼼짝없이 마보 여섯 시진은 해야 할 것이야.”

“…하지만 여, 여섯 시진은 불가능합니다…….”

운형자가 떨리는 목소리로 말했다. 현성 진인이 그 말을 듣고는 정색하며 말했다.

“나도 그럴 줄 알았는데 가능하더구나. 어릴 적에 나도 해본 적이 있단다.”

현성 진인이 옅게 미소를 지었다. 과거를 추억해 보니 사형이 개구리를 먹다가 사부께 걸리고는 난데없이 자신에게 비무를 신청했었다. ‘네가 고해바쳤지!’ 하고 말하는 사형의 얼굴이 생각나자 절로 미소가 나왔다.

자신도 화가 돋아 결국 둘이 투닥거리게 되자 소동을 들으신 사부님께서는 자신과 현무 사형에게 마보 여섯 시진의 벌을 내리셨고, 그 이후로 자신은 결코 사형께 대드는 법이 없었다. 생각해 보니 사형도 사형이지만 사부를 뵙지 않은 지도 근 오 일이 넘어간다.

'그러고 보니 사부는 잘 계실까?'

현성 진인은 사부의 얼굴을 생각했다. 늙어 쭈그러든 노안을 생각하니 이번에도 웃음이 비어져 나왔다.

현성 진인의 웃음을 보며 운형자가 물었다.

"아니, 제자가 죽어가는데 미소가 나옵니까?"

"그럼. 너도 언젠가 나를 생각하며 미소 짓게 될 게다."

운형자가 다 죽은 얼굴로 억지 미소를 지으며 말했다.

"…저, 사부, 내공만이라도 쓰게 해주시면 지금이라도 미소를……."

"불가."

현성 진인이 짧게 말했다. 그리고는 운형자 옆에서 조심조심 눈치를 보며 자신을 살피는 황우자에게 걸어갔다.

황우자가 어색하게 미소를 지었다.

"아하하! 사, 사조… 님."

"누가 내공을 쓰라더냐!"

"어이쿠!"

현성 진인이 꿀밤을 먹였다. 은근슬쩍 내공을 실었으니 아프긴 무지하게 아플 것이다.

황우자가 눈물을 찔끔 흘리며 다시 내공을 거두자 그제야 현성 진인이 제자리로 돌아갔다.

"네 사부도 꾀가 많았었지. 내공을 쓰면서도 힘든 척 부들부들거리다 결국 마보를 일곱 시진이나 했단다."

"……."

"지금은 어디서 뭘 하는지……."

현성 진인의 중얼거림을 들으며 황우자가 다리를 부들부들 떨었다. 내공을 쓰면서도 힘든 척 다리를 떨었으나 결국엔 걸려 버리고 말았다. 이렇게 쉽게 걸려 버릴 줄은 몰랐다.

황우자가 죽을상을 한 채 신음성을 흘렸다.

"아이구! 사, 사조님……!"

"…으흠, 많이 힘들더냐?"

현성 진인이 빙긋 웃으며 둘을 바라보았다. 운형자와 황우자가 고개를 끄덕였다.

현성 진인이 말했다.

"그럼 마보를 풀거라."

"으하아……!"

"하아아……!"

황우자와 운형자가 바로 땅에 주저앉아 다리를 주무르며 한숨을 쉬었다. 꼴에 어른이랍시고 운형자가 황우자를 걱정해 주었다.

"야, 황우야, 많이 힘드냐?"

"물론이지요. 아이구, 다리야! 내공없이 마보를 네 시진이나 했는데… 으헉! 거기는 찌르지 마십시오!"

황우자의 엄살을 듣던 운형자가 황우자의 다리를 콕 찔렀다. 황우자가 죽겠다고 비명을 질렀다.

"으하하! 그래도 멀쩡하구나!"

"아이구! 사숙은 괜찮으십니까?"

"괜찮을 리가 있겠느냐! 나도 죽겠다! 다리 좀 주물러다오!"

황우자가 인상을 찌푸렸다. 자신도 힘들어 죽겠는데 남의 다리 주물러 줄 여유가 있을 리가 없다. 하지만 자신을 노려보는 운형자의 눈길에 결국 다리로 손을 가져갔다.

그 모습을 바라보며 현성 진인이 웃음을 지었다.

황우자가 심술이 돋았는지 다리를 세게 주무르자 운형자가 비명을 질렸다.

"아이쿠! 이놈이 사숙을 죽이려 드는구나!"

"아니, 왜 그리 엄살이 심하십니까?"

"엄살이 아니야!"

"뭘, 내가 봐도 엄살이구먼."

투덕거리는 운형자와 황우자의 목소리 끝에 현무 진인의 목소리가 들려왔다. 현무 진인이 태화궁을 나와 천천히 걸어오며 말한 것이다.

자리에 늘어져 있던 황우자와 운형자가 재빨리 일어나 읍했다.

"무당파 제십팔대 제자 운형자가 사백을 뵙습니다."

"무당파 제십구대 제자 황우자가 사백조를 뵙습니다."

"그래, 그래."

현무 진인이 미소를 지으며 인사를 받고는 현성 진인을 바라보았다. 조용히 현무 진인의 시선을 받던 현성 진인이 길게 읍했다.

현성 진인의 눈에는 씁쓸함이 가득 담겨 있었다. 현무 진인의 두 팔에 감겨 있어야 할 도포 자락이 그저 텅 비어 바람에 펄럭이고 있었던 것이다.

하지만 현무 진인은 건강해 보이는 목소리로 웃으며 말했다.

"하핫, 사제, 저놈들이 저거 가지고 되겠냐? 한 열두 시진은 시켜야지."

"어이쿠, 사백! 그러면 제가 죽습니다!"

"허어, 사람은 그거 가지고는 안 죽는다."

운형자가 엄살을 피우자 현무 진인이 대번에 말을 막아버렸다.

운형자의 얼굴색이 흙빛으로 바뀌는 것을 보고 미소 짓던 현무 진인이 곧 현성 진인을 보고 말했다.

"운혜는 어디 있냐?"

"…태청관에서 짐을 싸고 있습니다. 오늘이 무당을 떠나는 날이니까요."

"그럼 사형께서는?"

"당허봉(當墟峰)에 사부님을 뵈러 가셨습니다."

"으흠, 그랬구나."

현무 진인이 고개를 끄덕였다.

진원지기가 손상되었건만 얼굴에 혈색이 돌고 평안한 것이 건강해 보인다. 다행이라고 생각한 현성 진인이 말했다.

"가서 운혜를 불러 올릴까요?"

"으음, 그래 주겠나?"

현무 진인이 반색했다. 자신이 직접 짐을 싸는 운혜를 보러가고 싶었지만 장문인의 명으로 자신은 태화궁을 벗어나지 못한다. 물론 일반 제자들도 태화궁으로의 출입이 금지되었으니 아무래도 자신이 팔이 잘렸다는 사실을 비밀로 할 것인가 보다. 하긴 그 심정을 이해하지 못하는 것도 아니다. 무당제일검이 팔을 잘렸으니 어떤 핑계를 대든 대야 할 텐데 설득력이 부족하다. 더군다나 몸 상태도 좋지 않으니 차라리 은거했다고 무마하는 것이 나으리라.

현무 진인이 생각에 빠져든 사이 현성 진인이 운형자를 바라보았다.

운형자는 현성 진인의 시선을 피했다. 저 시선을 마주 봤다가는 운혜 사저를 부르러 태청관까지 다녀와야 하는데 지금은 몸 상태가 좋지 못하다.

현성 진인이 이번엔 황우자를 바라보았다. 황우자의 안색이 파리해졌다.

"황우야."

현성 진인이 짧게 말하자 그 말에 담긴 의미를 알아들은 황우자가 울상을 지으며 말했다.

"제자가… 다녀오겠습니다."

현무 진인이 그 모습을 보고 너털웃음을 터뜨렸다.

*   *   *

당허봉.

이 봉우리는 당금 무당의 금지로 전대 무당 장문인이 은거하고 있는 곳이다. 오직 현 장문인과 그 사제들만이 출입 가능하다고 알려진 곳이 었는데 당허봉 중턱에 놓인 작은 모옥으로 두 노소(老少)가 다가가고 있 었다.

"저기가 바로 사부님의 모옥입니다."

"후아! 네."

현평 진인의 말에 청명이 살 것 같다는 듯 한숨을 쉬었다. 과연 작은 모옥이 형체를 드러내고 있었다. 머지않아 도착할 듯하니 힘든 산행도 곧 끝나리라.

청명이 한숨을 쉬며 주저앉자 현평 진인이 조심스레 청명의 기색을 살 피며 말했다.

"많이 힘드십니까?"

"…네, 힘들어요."

주저앉은 청명의 얼굴이 우울해졌다. 한참을 걸었는데도 이제 겨우 모 옥이 보였을 뿐이다. 거의 다 왔으니 이제 얼마 걷지 않아도 된다지만 더 걸을 생각만 해도 앞이 깜깜했다.

현평 진인이 슬그머니 입가에 미소를 달았다.

곧 청명이 다시 기운을 차린 듯 목소리에 힘을 실어 말했다.

“얼른 가요.”

“예.”

현평 진인이 다시 앞장섰다.

한참을 걸었을까?

모옥이 커질 기미가 보이지 않자 결국 지쳐 버린 청명이 입을 비죽일 무렵 마침내 정갈하게 가꿔진 작은 모옥이 모습을 드러냈다.

모옥 앞에 있는 작은 흙밭에 한 노도인이 쭈그리고 앉아 있었다.

그 모습을 바라보던 현평 진인이 부드럽게 미소 지으며 노도인에게 읍했다.

“애구구!”

인기척을 느꼈는지 자리에서 일어나던 노도인이 허리를 두드려 가며 힘겹게 허리를 폈다. 그리고는 조용히 현평 진인의 얼굴을 바라보았다. 현평 진인도 읍하기를 멈추고 노도인의 얼굴을 바라보았다.

노도인이 살포시 미소 지으며 고개를 끄덕이더니 부들거리는 손을 들어 현평 진인의 머리 위로 가져갔다.

“지금에야 문안을 오다니! 이 게으른 녀석!”

“아이구! 죄송합니다, 사부님!”

꿀밤을 맞은 현평 진인이 죽겠다고 엄살을 피웠다. 하지만 다 죽어가는 노인이 때려봐야 얼마나 아프겠는가! 그저 아픈 시늉만 할 뿐 얼굴에는 미소가 가득했다.

“아이구, 아파라! 오랜만에 뵙는데도 여전히 정정하십니다?”

“그럼! 정정해야지! 내가 정정한 것이 불만이냐?”

노도인이 현평 진인을 노려보았다. 현평 진인이 얼른 시선을 깔고는 말했다.

“당연히 정정하셔야지요. 제자가 무슨 불만이 있겠습니까.”

“헐헐.”

노도인이 잠시 헐헐거리며 웃었다. 기운없는 어깨를 움직여 허리를 두드리며 웃던 노도인이 곧 아무렇지도 않은 어조로 말했다.

“현무는?”

“…잘 있습니다.”

현무 진인의 이야기가 나오자 얼굴이 급격하게 굳어진 현평 진인이 얼른 대답했다. 굳이 현무 사제의 이야기를 꺼내어 심려를 끼쳐 드릴 필요는 없으니 대충 대답하는 것이 좋을 것이다.

하지만 노도인은 다 안다는 듯이 다시 꿀밤을 먹였다.

“예끼, 이놈아! 거짓말은!”

현평 진인이 깜짝 놀라며 노도인을 바라보았다.

“아니… 사부께서는 어찌 아시고……?”

“이쯤 되면 다 아는 수가 있다, 이놈아!”

현평 진인의 얼굴이 어두워졌다. 현무만 생각하면 아직도 속이 편치 않다.

“…지금은 괜찮습니다.”

노도인이 조용히 고개를 끄덕였다. 그리고는 현평 진인의 뒤에서 멀뚱멀뚱 서 있는 청명을 바라보았다.

“청명 사형이시오?”

“네.”

“허허, 제가 바로 청허입니다.”

청명이 입을 비죽 내민 채로 대충 고개를 끄덕였다. 저 노도인 때문에 이 먼 길을 걸어야 했으니 노도인이 곱게 보일 리가 없다. 하지만 노도인은 얼굴에 미소를 가득 담고 자신을 바라볼 뿐이다.

청허 진인은 청명과 잠시 눈길을 주고받고는 곧 현평 진인을 바라보며 말했다.

“너는 이만 내려가 있거라.”

“…예?”

“내려가서 현무나 돌보거라, 욘석아!”

현평 진인이 얼굴을 구겼다. 그래도 장문인인데 체면이 있지, 요 녀석이라는 말은 너무 심한 것이다. 비록 사사로이는 사부지만 사부 역시 무당의 제자. 장문인에게 이럴 수는 없다.

현평 진인이 사부를 몰래 흘겨보려는 찰나 다시 한 번 꿀밤이 작렬했다.

“그래서 어쩌라는 게냐, 욘석아!”

“어… 어떻게…….”

“이쯤 되면 아는 수가 있대도.”

속으로 생각한 것을 바로 알아맞힌 사부에게 놀라 현평 진인이 눈을 홉뜨자 청허 진인이 대수롭지 않게 대답하고는 곧 팔을 휘휘 저으며 귀찮다는 듯이 말했다.

“내려가거라. 사형은 내가 잘 보내마.”

“…그럼 제자는 물러납니다.”

현평 진인이 조용히 읍했다. 그러고 보니 사부께서도 도를 이뤄 등선을 기다리는 상태. 마음을 읽는다고 해도 이상할 것이 없다. 그런 사부가 내려가라고 말씀하시니 자신은 내려가는 것이 더 좋을 것이다.

현평 진인이 고개를 몇 번 끄덕이고는 청명을 바라보았다.

“사백께서는 내려오시는 길을 아십니까?”

“네, 알아요.”

청명이 고개를 끄덕였다. 현평 진인이 알았다는 듯 길게 읍하고는 곧 몸을 돌려 당허봉을 내려가기 시작했다.

당허봉을 내려가는 현평 진인의 뒷모습을 보던 청허 진인이 곧 몸을 돌려 청명을 바라보았다.

청허 진인의 시선이 부담스러워진 청명이 얼굴을 붉히며 고개를 숙였다.

청허 진인이 잠시 헐헐 하고 웃고는 입을 열었다.

"사형께서는 등선하신 겝니까?"

"아니요. 육신은 버렸는데 원시천존께서 인간지도를 배우고 오라고 쫓아내셨어요."

"헐헐, 그렇군요."

청허 진인이 헐헐거리며 웃자 청명의 얼굴이 금세 시무룩해졌다. 생각해 보니 저 노도인은 곧 선계로 올라갈 것이다. 하지만 자신은 인간지도를 배우러 세상을 떠돌아야 한다. 만약 인간지도를 배우지 못하기라도 한다면 선계로 갈 일이 요원해지는 것이다. 생각 끝에 다시 청허 진인의 얼굴을 바라보니 과연 웃는 모습이 얄밉게 보인다.

볼을 부풀리며 자신을 바라보는 청명의 얼굴을 보고 청허 진인이 다시 웃음을 터뜨렸다.

청명은 노도인이 다시 웃자 약이 바짝 올라 노도인을 흘겨보았지만 별다른 반응이 없자 곧 시무룩해져 버렸다.

잠시 조용히 있던 청명이 뭔가가 생각이 난 듯 고개를 들었다.

"아, 선계에서……."

"얼른 오라고 했겠지요?"

청명이 다시 볼을 부풀렸다. 하나부터 열까지 마음에 들지 않는다.

하지만 청허 진인은 헐헐 웃으며 말을 이어나갔다.

"곧 가야지요. 요놈의 제자들이 하도 말썽을 부려대서 조금 늦춘 겝니다."

어느새 웃음을 멈춘 청허 진인이 쓸쓸한 표정을 지었다. 도를 깨우쳐 인간 세상의 인연을 모두 끊었건만 아직 마음에 한가닥 미망이 남아 있었다. 떨치려면 언제든 떨칠 수 있겠지만 떨치고 싶지 않았다. 어쩌면 오래도록 떨치지 못할지도 모른다.

청허 진인의 얼굴을 보고 어느새 밝아진 청명이 의기양양하게 물었다.

"난 인연에 연연하지 않는데."

자신은 신선의 경지에 올랐기에 인연에 연연하지 않는다. 어쩌면 청허 사제는 인연에 연연하느라 등선하지 못할지도 모른다.

괜한 우월감에 빙긋 웃던 청명은 곧 들려온 청허 진인의 말에 시무룩해져 버렸다.

"…사형께서도 인간지도를 공부하다 보면 연연하시게 될 겝니다."

"……."

청명이 다시 볼을 부풀렸다. 그 모습을 바라보던 청허 진인이 '어이구' 하고 중얼거리며 몸을 일으키더니 모옥 근처에 있는 나무로 걸어갔다.

걷는 것이 힘든 듯 허리를 두드리던 청허 진인이 곧 나무를 짚었다.

"만물과 내가 같으니[物娥一體] 나는 나무가 될 수 있지만[我化木] 나무는 내가 될 수 없지요[木不化我]."

나무를 어루만지며 청허 진인이 말했다.

하지만 청명은 청허 진인을 바라보지 않고 청허 진인이 짚은 나무를 바라보고 있었다. 나무는 그야말로 순식간에 파릇파릇한 잎들을 세워 올리고 있었다.

나무가 푸른 잎들로 무성해지자 곧 꽃이 피어났다. 한순간에 만개한 꽃은 아름다웠지만 오래 지나지 않아 다시 지기 시작했다.

한 송이 한 송이 꽃이 떨어지자 어느새 앙상하게 말라 버린 나뭇가지

들이 바람에 흔들렸다.

청허 진인이 나무에서 손을 떼었다.

나무는 마치 조금 전처럼 살짝 잎이 달린 나무로 변해갔다.

의아해진 청명이 그 모습을 바라보며 말했다.

"만물이 같은데 어째서 나무는 내가 되지 못하나요?"

"그것이 인간지도입니다. 헐헐……."

청허 진인의 말에 맞추어 이번에는 바람이 불어닥치기 시작했다. 청명의 주위를 부드럽게 돌던 바람이 강력한 돌개바람으로 변했다. 청명의 머리카락이 허공에서 춤추었다.

"흐읍!"

청명이 신음 소리를 냈다.

잠시 신음 소리를 낸 청명이 부드럽게 팔을 들어 주위로 한 바퀴 돌리자 손이 닿았던 거리만큼의 바람이 금세 가라앉았다.

하지만 청명의 주위를 제외한 바깥은 여전히 거센 바람이 몰아치고 있었다.

청허 진인이 헐헐 웃으며 부드럽게 손을 젓자 바람이 멈추었다. 청명이 의아한 눈으로 청허 진인을 바라보았다.

"오로지 인간만이 자신을 다른 것에 투영할 수 있답니다. 헐헐헐……."

청허 진인이 헐헐거리며 웃었다.

청명은 의아한 눈으로 고개를 숙이고 있을 뿐이었다. 저런 일들은 자신도 할 수 있다. 하지만 청허 사제가 말해준 이치에 대해서는 아직 잘 모르겠다. 자신은 바람이 될 수 있지만[我化風] 바람은 내가 되지 못한다[風不化我]. 도대체 왜 그런 걸까?

생각에 빠져든 청명의 얼굴을 바라보며 청허 진인이 웃음 지었다.

"헐헐… 세상을 경험하시면 곧 아시게 될 겝니다."

"…네."

청명은 고개를 끄덕였다. 생각해 보니 과연 그렇다. 저것이 인간지도라면 그 이치를 자신이 깨닫게 될 때 자신은 선계에 오르게 될 것이다. 오늘 깨달으면 좋겠지만 지금은 그 이치에 대해 궁리할 시간이 없다. 굳이 조급해할 필요는 없으니 언젠가 자리잡고 궁리해 보면 될 일이다.

청명은 후일을 기약하자고 다짐했다. 조금은 밝아진 청명의 얼굴을 바라본 청허 진인이 부드러운 미소를 지으며 말했다.

"…이제 인연이 끝났군요."

"……."

청명도 느끼고 있었다. 사부의 명으로 이어진 인연이 끝나가고 있었다. 사부께서는 무당에서 쉬었다 떠나라는 배려뿐 아니라 세상을 떠돌 때 궁리해야 할 이치까지 남겨주셨다.

새삼 사부에게 고마워진 청명의 얼굴에 다시 미소가 감돌았다.

청허 사제를 바라보니 조금 전처럼 얄밉게 보이지만은 않는다. 청명이 고개를 숙이며 인사했다.

"안녕히 계세요."

"헐헐……."

대답없이 청허 진인이 웃었다.

청명은 잠시 청허 진인을 바라보다가 곧 몸을 돌려 당허봉을 내려가기 시작했다.

*   *   *

청명이 당허봉에 올라 청허 진인을 만날 때 태화궁 앞에서는 황허자가 불러온 운혜가 서 있었다.

운혜는 태화궁 안으로 들어가지 않고 서서 잠시 심호흡을 하고 있었다. 자신이 울면 사부도 슬퍼하니 결코 눈물을 흘릴 수 없다.

운혜는 마음을 잠시 진정시키고는 태화궁 안으로 들어갔다. 장문인의 선실에는 현무 진인이 앉아 있었다.

"어, 운혜 왔냐?"

현무 진인이 미소를 지으며 운혜를 반겼다. 운혜가 미소를 지으며 말했다.

"왜 불러요, 바쁜데?"

"으하핫! 짐 싸는 데 바쁠 게 무에 있겠느냐!"

현무 진인이 고개를 끄덕여 가며 웃었다. 운혜가 뾰로통한 표정을 지었다.

"생각해 봐요. 도복도 한 두어 벌 챙겨야지, 검에 꾸밀 수실도 챙겨야지, 가슴 가리개도 챙겨야지, 속곳도……."

"험, 험! 그만 하거라."

현무 진인이 민망한 듯 말했다.

"거 봐요. 바쁘다니까."

"그래도 사부에게 인사는 해야지."

"어련히 인사 안 올까 봐."

운혜가 현무 진인을 흘겨보며 말했다. 모처럼 건강하게 깨어 말하는 운혜를 보니 절로 흐뭇해진 현무 진인이 다시 크게 웃었다.

"으하핫, 생각해 보니 그것도 그렇구나."

"어쨌든 저, 강호로 나가요. 금방 돌아올게요."

대수롭지 않게 말한 운혜는 무당 밖으로 나간다는 자신의 얼굴에서 혹여 사부에 대한 걱정이나 슬픔이 묻어 나올까 얼른 고개를 돌렸다. 사부에게 슬픈 빛의 얼굴은 보여주고 싶지 않았다.

현무 진인이 그런 운혜의 마음을 아는 듯 옅게 미소를 지었다.

"그래, 강호로 나간다니 벌써 너도 다 컸구나. 본래 내가 무슨 이야기를 해주려고 했냐 하면 말이다, 세상 밖에 나가면 주의해야 할 것이 많단다. 일단 너는 여아니까 춘약을 조심해야 한다. 자칫하면 몸 버리는 수가 있어."

운혜가 고개를 끄덕였다. 다시 현무 진인의 말이 이어졌다.

음식을 먹을 때는 꼭 은침으로 찔러보고 먹어야 한다느니, 칼이 부딪치는 소리가 들리면 돌아가라느니, 길 가다가 시비가 붙으면 성질 부리지 말고 잘 참으라느니, 비무하자고 덤비는 녀석이 있거든 말로 해서 풀라느니 하는 잡다한 이야기였다.

한참 동안이나 여러 가지 당부를 주워섬기는 현무 진인에게 운혜는 미소를 지으며 고개를 끄덕여 주었다.

현무 진인이 이런저런 당부 끝에 마지막 당부를 남겼다. 그때만큼은 이전처럼 미소 띤 얼굴이 아닌 굳은 얼굴이었다.

"마지막으로⋯ 마교를 만나면 반드시 도망치거라. 이것은 사부에게 꼭 약속해야 하느니."

"⋯네."

운혜도 조금 침울해진 얼굴로 옅게 고개를 끄덕거렸다. 현무 진인이 재차 물었다.

"꼭이다? 꼭 도망쳐야 한다?"

"네, 알았어요."

"⋯으흠, 어쨌든 강호는 위험한 곳이야. 앞으로는 늘 조심하거라."

운혜가 고개를 끄덕였다.

잠시 조용히 서 있던 운혜가 곧 뭔가가 떠올랐는지 입가에 능글맞은 미소를 띠고는 현무 진인을 흘겨보았다.

"역시 여전히 사부 이야기는 더럽게 재미없어요."

"…험! 험!"

현무 진인이 민망한 듯 헛기침을 했다. 운혜가 그 모습을 보고 깔깔거리며 웃었다.

잠시 웃던 운혜는 곧 현무 진인을 부드럽게 바라보며 말했다.

"더 재밌는 이야기는 없어요?"

"……."

현무 진인이 운혜를 바라보았다.

사실 현무 진인은 언젠가 운혜가 자신의 이야기가 재미없다는 말을 한 다음부터는 여러 가지 이야기를 만들어왔었다. 하지만 이야기하는 재주가 없는지 도저히 재미있는 이야기가 떠오르지 않았다.

만드는 것이 수월치 않자 현무 진인은 저잣거리에서 이야기책을 몇 권 사 열심히 탐독했다. 책에 실린 이야기를 어느 정도 숙지했다 싶을 무렵 운혜를 불러 재미있게 이야기를 해주려고 했으나 운혜는 순음지체의 발동으로 이야기를 들을 수 없는 상황이었다.

그 이후로는 운혜에게 이야기를 할 수 있는 기회가 오지 않았다.

잠시 생각하며 운혜를 보던 현무 진인이 고개를 끄덕였다.

"하긴 나한테 재미있는 이야기가 있는데 들어볼 테냐?"

"…네."

운혜가 옅게 미소 지으며 고개를 끄덕였다.

현무 진인은 긴장한 듯 침을 한 번 꿀꺽 삼키고는 곧 딱딱한 어조로 말을 이어나갔다.

현무 진인이 꺼낸 이야기는 견우와 직녀의 이야기로 송나라 태종의 명에 의해 만들어진 '태풍광기'라는 책에 적힌 설화였다.

　　물론 민간에 널리 퍼져 많은 이들이 그 이야기를 알고 있었고, 운혜도 익히 들어 알고 있는 이야기였지만 운혜는 고개를 끄덕이며 열심히 맞장구를 쳐주었다.

　　"어머, 그래서요?"

　　"그래서는 무슨 그래서냐! 둘이 하도 자주 만나니까 결국 옥황상제가 둘을 갈라놓은 게지. 그래서 견우와 직녀는 일 년에 한 번 까마귀들의 도움을 받아야만 만날 수 있게 되었는데 그 눈물이 흘러서 그만 은하수가 되었다는구나."

　　"너무 슬프다, 사부. 이제 견우랑 직녀는 일 년에 한 번밖에 못 만나?"

　　"그렇지, 그렇지!"

　　운혜의 눈에는 눈물이 고였다. 물론 이야기가 슬퍼서는 아니었다. 사부가 혹여 자신이 재미없을까 긴장한 듯 말하는 것을 보니 눈물이 비어져 나온 것이다.

　　그것을 보고 현무 진인이 너털웃음을 터뜨렸다.

　　"으하핫! 이 사부도 이야기 실력이 없지는 않구나! 슬프더냐?"

　　'슬프더냐?' 하고 묻는 현무 진인의 목소리를 조금 떨리고 있었다.

　　"응, 사부. 슬펐어."

　　운혜가 고개를 끄덕였다. 그러자 현무 진인이 기쁜 듯이 웃으며 운혜를 바라보았다.

　　그때 밖에서 운혜를 부르는 운풍자의 목소리가 들려왔다.

　　"운혜 사매, 청명 사조께서 내려오셨네."

　　"……."

　　운혜가 소매를 들어 눈가를 훔쳤다. 현무 진인이 운혜를 따스하게 바라보았다.

　　"자, 이제 가거라."

"…네."

현무 진인이 앉아 있던 자리에서 일어나 운혜를 배웅했다. 운혜도 자리에서 일어나 걸음을 옮겼다.

하지만 조금 걷다 말고 곧 몸을 돌려 현무 진인의 품으로 파고들었다.

"사부, 나 금방 올게요. 건강히 잘 계셔야 돼요?"

"허허, 다 컸다고 생각했는데 아직 어린아이로구나. 너나 조심하거라, 사부는 괜찮으니."

현무 진인이 낮은 목소리로 부드럽게 말했다.

운혜가 몸을 떼고는 현무 진인을 바라보았다. 현무 진인이 턱으로 밖을 가리켰다.

"기다리시겠다. 나가봐야지?"

"…네."

운혜가 현무 진인을 애잔하게 바라봤다. 현무 진인이 미소를 지어주었다.

운혜가 몸을 돌려 태화궁 밖으로 걸어나가자 현무 진인이 뒤에서 운혜를 불렀다.

"운혜야."

운혜가 의아한 듯 몸을 돌려 현무 진인을 바라보았다.

현무 진인이 조금 긴장한 얼굴로 입을 열었다.

"춥진 않으냐?"

운혜의 눈에 다시 습막이 차 올랐다. 운혜가 소매로 눈을 훔치며 고개를 끄덕였다. 목소리마저 떨려 나온다.

"네, 네. 추워요."

"그러냐? 으하핫! 야, 운혜야, 여자는 몸이 따듯해야 된다더라. 강호에 나가거든 옷 꼭 챙겨 입어라, 두툼한 걸로. 알겠지?"

현무 진인이 기뻐하며 말했다.

그 기쁨이 운혜에게도 전해져 와 운혜의 마음을 따뜻하게 만들었다. 운혜가 다시 한 번 고개를 끄덕였다.

"얼른 나와요, 운혜 사손!"

이번엔 청명의 목소리가 들렸다.

운혜는 마지막으로 사부의 얼굴을 한 번 더 바라보고는 태화궁 밖으로 걸음을 옮겼다.

그 뒷모습을 망막에 새기려는 듯 현무 진인은 끝없이 바라보고 있었다.

태화궁 밖에서는 현평 진인과 운풍자, 당허봉을 내려온 청명이 기다리고 있었다. 청명이 모처럼 밝은 얼굴로 운혜에게 말했다.

"운혜 사손, 얼른 가요!"

청명은 몹시 기대하고 있는 상태였다. 세상 밖으로 나가면 사람도 많이 만날 수 있고 볼거리도 많고, 먹을 것도 많다. 어쩌면 멧돼지 고기를 먹어볼 수 있을지도 모른다. 청명은 우울해하던 심사도 잊고 들뜬 얼굴로 운혜를 재촉했다.

"운혜 사손이 너무 늦었어요. 저는 아까부터 기다렸는데. 저는 빨리 세상으로 가야 해요."

"…네, 이제 가요."

운혜가 눈에 고인 눈물을 닦으며 말했다. 청명의 밝은 얼굴을 보니 마음이 편해졌다. 사부에게 전해들은 사조님의 말씀대로라면 아마 자신은 천수를 누릴 수 있을 것이다. 그럼 언제든 무당으로 돌아오기만 하면 사부를 만날 수 있다. 지금의 이별은 이별이 아니라 잠시의 헤어져 있는 것이다.

운혜의 미소를 바라보던 청명이 신이 나서 외쳤다.

"그럼 가요!"

"……."

운풍자가 묵묵히 고개를 끄덕였다. 그리고는 조용히 미소 지으며 운혜와 청명을 바라보고 있던 현평 진인에게 길게 읍했다.

"제자, 명을 받들어 사조를 모시고 강호로 나갑니다."

"그래, 제자는 조심하라."

그 뒤를 이어 운혜가 현평 진인에게 읍하며 말했다.

"무당파 제십팔대 제자 운혜가 강호로의 출행을 고합니다."

"그래, 운혜야. 너는… 험, 아니, 되었다. 너도 몸조심하거라."

현평 진인이 말을 하다 말고 헛기침을 하더니 의례적인 인사로 말을 끝맺었다. 아마 제 사부가 충분히 강호에서의 대처법을 설명해 주었을 터, 굳이 다시 꺼낼 필요가 없는 것이다.

현평 진인이 말을 맺자 청명도 읍했다. 마음이 급했는지 전에 없이 말이 짧다.

"저도 가요, 장문 사질."

청명의 인사를 받은 현평 진인이 굳은 얼굴로 청명을 바라보았다.

"운혜는… 정말 죽지 않겠지요?"

"그럼요. 운혜 사손은 죽지 않아요. 이제 가도 되나요?"

청명이 건성건성 대답하자 현평 진인이 빙긋 미소를 지었다. 믿음이 없는 것은 아니다. 자신은 사백께서 선술을 펼치는 것을 직접 보았다. 도는 보이지 않지만[道無示] 늘 있는 것[道有恒]. 하물며 도를 이룬 사람을 직접 보았으니 못 믿을 게 무언가! 아마 사백의 말은 그대로 이루어질 것이다.

"그럼 조심해서 다녀오시지요."

“네! 야아!”

현평 진인의 말이 끝나기가 무섭게 청명이 환호하며 태화궁 아래로 뛰어가기 시작했다. 달려가던 청명은 뒤를 돌아보며 손을 흔들었다.

“잘 있어요, 장문 사질!”

“어이쿠, 사조님! 사조님! 같이 가요!”

운혜가 소리를 지르며 청명을 쫓았다. 속도가 빠르지 않으니 금방 따라잡겠지만 왠지 저러다가 넘어질까 걱정되었다.

운혜의 걱정스러운 외침에 청명이 해맑게 웃으며 대답했다.

“운혜 사손이 빨리 와요!”

“뒤를 보지 마시고 앞을 보세요!”

운혜가 소리를 지르자 청명이 다시 앞을 돌아보며 달려갔다. 운풍자가 묵묵히 뒤를 쫓았다.

일 다경 후.

청명과 운혜, 운풍자는 어느새 천천히 걷고 있었다. 힘차게 달려가던 청명이 태청관에 다다르기도 전에 지쳐 버린 탓이다.

운혜가 한숨을 내쉬며 청명을 바라보았다.

“그렇게 뛰지 마시라니까요.”

“하지만 운혜 사손, 나는 얼른 가고 싶어서…….”

지친 듯한 청명의 목소리에 운혜가 고개를 천천히 저었다.

“속도가 더 떨어졌잖아요, 사조님.”

“후아! 운혜 사손, 나는 얼른 가고 싶은데 너무 힘들어요.”

청명이 지친 표정으로 어깨를 늘어뜨렸다. 무당산 밖을 바라보니 내려가는 길이 굽이굽이 펼쳐져 있다. 저걸 다 걸어 내려가야 한다니 앞이 깜깜하다.

한숨을 내쉬던 청명이 문득 운풍자를 바라보았다. 운풍자의 허리에 운검이 매달려 있었다.

운검을 보고 청명이 해맑게 웃었다.

"운풍 사손……."

"안 됩니다."

'운검을 타고 싶어요' 라고 말하려 했던 청명이 풀이 죽어 고개를 숙였다. 운풍자가 굳은 얼굴로 청명을 바라보며 검을 쥐자 이번에는 청명의 얼굴이 울상이 되었다.

사실 운풍자는 혹여 사조께서 검을 달라고 하지는 않을까 걱정하던 참이었다. 무당이 아닌 곳에서 검을 타고 하늘을 나는 일이 벌어진다면 앞으로의 행보는 많은 주목을 받게 된다. 자칫하면 마교의 주목을 받게 되니 앞으로는 어떻게든 사조께서 능력을 보이시는 것을 막아야 할 것이다.

앞으로의 일들을 생각하던 운풍자가 다급히 고개를 들었다. 생각해 보니 무당을 떠나긴 했는데 어디로 가야 할지 모르겠다. 운풍자가 조용히 청명을 바라보았다.

"사조, 저희는 지금 어디로 가는 겁니까?"

"네? 저는 몰라요."

청명이 당연하다는 듯 말했다. 운풍자의 얼굴이 구겨졌다. 옆에서 걷던 운혜가 화가 난 듯 흥분해서 말했다.

"아니, 앞으로 어떻게 할 건지 계획도 없는 거예요!"

"아, 저는 평범하게……."

평범하게 살아야 한다고 말하려던 청명의 머리 속에서 좋은 생각이 떠올랐다. 그래, 멧돼지를 먹으러 가자!

"우리 멧돼지를 먹으러 가요!"

“…….”

운풍자가 무표정한 얼굴로 조용히 청명을 바라보았다.

황당해진 운혜도 입을 살짝 벌리고 멍하니 청명을 바라보았다. 설마 저런 소리가 나올 줄은 몰랐다.

운풍자가 다시 입을 열었다.

“그거 외에는 계획이 없으십니까?”

“…네.”

운혜가 허탈하게 미소를 지었다. 이제 보니 자신은 언제 죽을지 모르는 운명이다. 저런 사조를 믿고 나가야 하다니! 아니, 처음부터 나가는 것을 허락하신 장문인이 문제였다. 어쩌면 장문인이 노망이 나셨는지도 모르는 일이다.

운풍자가 입을 열었다.

“평범하게 산다고 하셨지요?”

“네.”

운풍자의 말에 청명이 고개를 끄덕이며 말했다. 그러고 보니 예전에 운혜 사손과 비슷한 이야기를 나눈 기억이 났다. 그때 운혜 사손은 농사를 짓거나 점소이를 하거나 나무를 베어 파는 것이 평범하다고 했다.

옛 기억을 떠올린 청명이 다시 해맑게 웃었다.

“그럼 우리 농사지으러 가요!”

“…….”

운풍자가 무표정한 얼굴로 청명을 바라보았다.

“농사 말씀이십니까?”

“네.”

“…….”

운혜의 얼굴이 구겨졌다. 대무당파의 제자가 농사를 지으러 가야 한다는 말인가! 그것도 일대제자가! 운혜가 당황한 얼굴로 운풍자를 바라보았다. 사형은 당연히 이 말도 안 되는 일을 거부하겠지.

운혜의 시선을 받으며 운풍자가 입을 열었다.

"알겠습니다. 그럼 출발하시지요."

'헛! 출발?!'

"사, 사형!"

운혜가 당황한 듯 소리를 지르자 운풍자는 무표정한 얼굴로 운혜를 바라보며 고개를 저었다.

"사조께서 뜻이 있으신 모양이다. 그러니 뜻대로 따라야지."

"……."

운혜가 청명을 흘겨보았다. 농사를 짓자니, 그게 도대체 어디서 나온 생각인가! 기왕 평범한 사람이 될 거면 평범한 강호인이 되면 좋을 것을.

사실 자신이 한 말이지만 그 사실을 까맣게 잊어버린 운혜가 눈을 질끈 감았다. 이제 자신은 검으로 땅을 파야 할지도 모른다.

운혜의 심사를 전혀 모르는 청명은 신이 나서는 외쳤다.

"가요! 농사지으러!"

신이 난 청명은 다시 기운이 나는지 경쾌한 걸음걸이로 무당산을 내려가기 시작했다. 그 뒤를 무표정한 얼굴의 운풍자와 우울한 얼굴의 운혜가 뒤따랐다.

*　　　*　　　*

어느새 세 명의 무당 제자가 모습을 감추었다. 현평 진인이 묵묵히 그 모습을 바라보다가 한숨을 내쉬며 말했다.

"사제는 그만 나오게."

태화궁 입구 바로 뒤에서 현무 진인의 목소리가 들려왔다.

"…운혜는 괜찮겠지요?"

조금 전부터 사제의 인기척을 느껴온 현평 진인이 한숨을 쉬었다. 현무 진인의 목소리에서 울음기가 느껴졌다.

현평 진인은 자리를 비켜주어야겠다고 생각했다. 지금 사제의 심정은 말로 다 못하리라. 하지만 떠날 때 떠나더라도 한마디 말은 해주어야 했다.

"사제는……."

"알고 있습니다. 앞으로 조용히 있지요."

현평 진인의 말을 끊고 현무 진인이 말했다. 이미 현평 진인의 심사를 모두 짐작하고 있었던 것이다.

현평 진인이 굳은 표정으로 고개를 끄덕이고는 상청궁으로 올라가기 시작했다.

현무 진인 역시 걸음을 옮겼다. 머리 속엔 운혜의 뒷모습이 생생하게 남아 있었다.

잘해낼까? 가서 사고를 당하진 않을까? 어느 놈의 눈먼 칼에 맞아 다치진 않을까? 실수로 누군가와 시비라도 붙으면 아니 될 텐데……. 어떤 놈팡이와 눈이 맞아 사고라도 치면 어쩌지?

"허허헛."

현무 진인은 미소를 지었다. 마지막 생각에 저도 모르게 웃음이 나온 것이다. 그런 행복한 고민을 안겨준다면 화가 나도 화난 것이 아닐 것이다.

팔이 없어 균형을 잡기가 힘이 든 현무 진인은 휘청거리며 걸음을 옮겼다. 내공도 없고 팔도 없어 보통 사람보다도 못하게 된 체력이지만 과거 익혀두었던 무공의 덕택인지 산길을 걸으면서도 넘어지지는 않았다.

현무 진인은 험한 산길을 오르고 또 내려갔다.

눈앞에 작은 동굴이 보인다. 어린 시절부터 자신의 보물을 놓아두었고, 어린 시절부터 무슨 일이 생기면 홀로 숨어들어 가 안식을 찾곤 했다. 어지간히 머리가 굵은 다음에는 운혜가 만들어준 추억들을 놓아두고는 했다.

현무 진인은 거친 숨을 몰아쉬며 동굴로 향했다.

동굴은 변함이 없었다.

변함없이 작은 탁자에는 풀 인형이 놓여 있었고, 그 옆에는 손때 묻은 작달막한 목검이 놓여 있었다.

현무 진인은 미소를 지었다.

"허허, 다시 봐도 정말 못 만들었다, 운혜야."

현무 진인은 무심코 풀 인형을 만지려다 팔이 없다는 사실을 새삼 깨달았다. 잘린 팔이 아직도 붙어 있는 것만 같아 자신도 모르게 팔을 내밀려 했던 현무 진인은 씁쓸한 미소를 지었다.

현무 진인은 풀 인형을 내려다보며 한숨을 내쉬었다.

"하아……!"

서 있기가 힘들어 자리에 철퍼덕 주저앉은 현무 진인은 동굴 밖으로 보이는 푸른 하늘을 바라보았다. 어디선가 운혜도 저 하늘을 바라보며 세상 밖으로 걸어가고 있을 것이다.

"……."

현무 진인의 눈이 씁쓸하게 변했다.

운혜는 무사히 돌아올 것이다. 꼭 무사히 돌아와야 한다. 하지만 무사히 돌아온다고 한들 자신은 운혜를 안아줄 팔조차 없다. 팔이 없는 자신이 운혜에게 별다른 도움이 될 것 같지가 않아 현무 진인은 고개를 떨구었다.

"……."

잠시 동안 앉아 있던 현무 진인은 다시 고개를 들었다. 자그마한 일이지만 운혜에게 해주고 싶은 일이 떠올랐다.

"끙차!"

현무 진인은 힘겹게 다시 몸을 일으켰다. 그리고는 뒤쪽에 놓인 작은 서가로 걸어갔다.

서가에는 이야기책이 가득 꽂혀 있었다.

"허허허……."

현무 진인의 머리 속에 견우직녀 설화를 듣고 슬퍼 눈물을 아롱지었던 운혜의 모습이 떠올랐다. 아직 자신의 눈과 입은 건재하니 언제든 책을 읽고 이야기를 해줄 수 있다.

"…으흠."

다 컸는데 이야기를 좋아하긴 할까? 현무 진인은 잠시 고민했다.

하지만 오늘 그 나이가 되어서도 이야기를 듣고 슬퍼 우는 걸 보니 아직은 이야기를 좋아하는 것같다.

현무 진인은 서가에 다가가 멈춰 선 다음 고개를 힘겹게 숙여 입으로 책을 꺼내 들었다.

툭.

책이 바닥에 떨어졌다.

현무 진인은 다시 힘겹게 책을 물어 올렸다. 다 물어 올리고 난 다음 책을 펴 든 현무 진인의 얼굴로 미소가 떠올랐다.

안아줄 팔도, 무공을 가르쳐 줄 기력도, 전해줄 내공도 없지만 이야기를 해줄 수는 있을 것이다. 운혜가 좋아할지가 의문이지만 그래도 이야기를 해주고 싶다.

현무 진인은 오래도록 움직이지 않고 책을 읽었다.

동굴 밖으로 해가 져갈 때까지.

*　　　*　　　*

언젠가부터 강호에 무당제일검이 은거했다는 소문이 떠돌았다. 무당제일검의 은거지는 천주봉 근처에 있는 작은 동굴이라 했는데 금지로 지정되어 장문인과 그 사제를 제외하고는 출입이 불가능하다고 한다.

아무것도 모르는 사람들은 마교주와 싸우다 그렇게 되었다, 주화입마에 들었다, 자신의 자리를 위협할까 두려워 장문인이 폐인으로 만들었다는 등의 헛소문이 퍼졌지만 무당제일검을 추억하는 사람들은 언젠가부터 그의 별호를 바꾸어 불렀다.

그의 새 별호는 다정검(多情劍)이었다.

2장

제1화 동상이몽(同床異夢)

호북성 중앙에는 호광평야(湖廣平野), 장한(江漢平野) 등으로 불리는 대평원이 있다. 이 넓고 비옥한 평원에는 농사를 짓고 사는 사람들이 많았는데 평촌(平村)도 바로 그런 농민들이 모여 만든 마을 중의 하나였다.

비록 작은 마을이라고는 하지만 평원의 외곽에 위치한 평촌은 의도현(宜都縣)에 가까이 위치해 있어 사람들의 교류가 활발했다. 때문에 평촌의 시장은 마을치고는 그 규모가 작지 않았다.

*　　　*　　　*

늙은 거지는 평촌의 시장을 걷고 있었다.

헝클어진 흰 수염과 누덕누덕 기워진 더러운 옷을 입은 늙은 거지는 형형한 눈빛으로 주위를 둘러보고 있었는데 그 날카로운 눈빛은 구걸할 대상을 찾고 있는 것이다.

늙은 거지 추걸개(追乞丐) 막현우(莫現旰)는 지금 배가 몹시 고픈 상태였다. 서둘러 구걸을 해야 저녁이라도 먹을 수 있으리라.

시장을 둘러보던 추걸개의 눈이 빛을 발했다.

'저놈이다!'

추걸개는 시장을 유유히 걷고 있는 늙은 노인을 발견했다. 발걸음의 보폭이 크지만 일정하고 숨소리가 고르면서도 느린 것을 보니 틀림없이 무공을 익혔을 터, 구차하게 구걸하지 않아도 개방도임을 알아보고 밥을 한 끼 사줄 것이다.

추걸개는 야심찬 눈으로 노인을 주시했다.

사실 추걸개가 주시하고 있는 노인은 심기가 몹시 불편한 상태였다. 무려 십여 일 동안 쉬지 않고 말을 달려 겨우 호북성에 도착했건만 마중 나온 수하가 하나도 없다. 전서구를 보내어 자신이 도착한다는 것을 미리 알렸는데도 염화대원 녀석들은 코빼기도 비치지 않고 있는 것이다.

염화당주 귀곡자는 노기 어린 표정으로 주위를 둘러보았다. 하지만 나타나라는 녀석들은 나타나지 않고 갑자기 늙은 거지가 걸어온다.

'개방도……. 그것도 고위급이로다.'

등 뒤의 결을 확인한 귀곡자의 눈이 날카로운 빛을 발했다.

혹시 자신이 마교도라는 것이 들통날까 싶어 귀곡자는 얼른 기도를 가라앉혔다. 마공을 드러냈다가는 크게 사단이 날 터. 정체를 감추어야 했다.

추걸개가 귀곡자를 향해 천천히 걸어와 마침내 그 앞에 섰다. 귀곡자의 얼굴이 굳어졌다.

'설마… 알아챘나?'

　귀곡자 앞에 선 추걸개는 아무 말 없이 냉엄한 눈빛을 보낼 뿐이었다. 추걸개의 시선에 귀곡자는 긴장한 듯 침을 삼켰다.

　침묵이 추걸개와 귀곡자 사이를 휘돌았다.

　곧 추걸개가 크게 웃으며 말했다.

　"아하핫! 사실 본 노개(老丐)는 벌써 이틀이나 굶었다오! 사해가 동도라 했으니 노사께서는 이 거지에게 밥이나 한 끼 사주시구랴!"

　개방의 위명을 믿은 추걸개의 말이었다. 추걸개는 귀곡자가 자신의 부탁을 절대 거절하지 못할 것이라고 장담하고 있었다. 당금 무림에서 개방을 무시할 곳은 그렇게 많지 않다.

　"싫소."

　정체가 들키지 않았음을 알아차린 귀곡자가 무표정한 얼굴로 추걸개를 바라보며 말했다. 자신이 마교도임을 들키지 않았다면 굳이 돈 들여 밥을 사줄 이유가 없다. 일반 거지라도 밥을 사줄까 말까 한데 상대는 개방의 장로다.

　"아니, 왜……? 나는 이틀은 굶었다니까."

　"그래도 싫소."

　추걸개의 얼굴이 분노로 인해 붉어져 갔다. 마음 같아서는 뒤통수라도 한 대 후려치고 싶었지만 개방의 많지 않은 규율 중에 가장 중요하다고 말할 수 있는 규칙이 그의 손을 막았다. 구걸할 때는 무공을 써서는 안 된다는 규칙이 바로 그것인데, 어겼다가는 일의 경중에 따라 파문 조치까지 되는 무서운 규칙이었다. 개방은 어디까지나 거지들의 모임인 것이다.

　"저… 이틀 굶었는데… 그럼 만두라도 한 개만……."

　"싫다니까."

　"……."

추걸개의 얼굴이 굳어졌다. 이러다가 정말 일반 양민에게 밥을 빌어먹게 생겼다. 일반 양민은 거지라면 질색을 하는데 등 뒤의 결도 알아보지 못하는 양민이 많으니 자칫하면 욕을 바가지로 먹으며 구걸해야 한다. 개방 장로 체면에 그럴 수는 없다.

"제발… 만두 하나만……."

추걸개의 애절한 중얼거림을 들은 귀곡자는 날카로운 눈으로 추걸개를 바라보았다. 그 시선에 추걸개의 얼굴이 딱딱하게 굳어져 갔다.

곧 거지와 노인의 날카로운 신경전이 이어졌다.

"에이, 만두 한 개 가지고 쪼잔하기도 하오!"

"싫다니까!"

"그래도 만두 하나만."

"싫어!"

거지와 노인의 날카로운 신경전에 시장을 돌아다니던 사람들이 하나 둘씩 모이기 시작했다.

시장 안의 범부들이 한 사람 한 사람씩 모여들어 껄껄 웃으며 장내를 바라보는데 그 틈에는 염화삼대주(炎火三隊主) 마규상(馬揆常)도 속해 있었다.

"에이, 노인장, 그냥 밥 한 끼 사주시구려! 거 안 그렇게 생긴 분이 많이 쪼잔하네!"

"으하핫! 그것도 그렇지만 저 거지도 끈질기기 짝이 없지 않은가!"

구경하던 사람들이 껄껄 웃으며 말참견을 시작했다.

사람들 틈에 섞여 있던 마규상도 짐짓 웃는 체하며 귀곡자에게 전음을 보냈다.

"염화삼대주 마규상이 대주를 뵈옵니다."

추걸개와 한바탕 대거리를 펼치던 귀곡자는 마규상을 흘끗 바라보고는 다시 시선을 돌려 언성을 높였다. 정체를 들키지 않으려면 별다른 수가 없다.

"에잉, 이리 늦다니. 네놈은 나중에 두고 보자."

"존명."

마규상은 전음을 마치자마자 바로 걸음을 옮겼다. 이제 몰래 밀마를 두고 떠나면 당주께서 직접 오실 것이다.

하지만 마규상은 몇 걸음 걷지 못하고 이내 걸음을 멈추었다. 한 아이가 소란스러운 시장을 달려가고 있는 것이다. 마교의 제자를 구하러 나온 염화대의 특성상 무재가 뛰어나 보이는 아이가 지나가면 가만히 있을 수 없다.

마규상은 조용히 아이를 바라보았다.

"……."

아이는 몹시 신이 난 듯 뛰어가고 있었다. 근골은 가히 무재(武材)라고 해도 좋을 만큼 훌륭하다. 눈에 총기가 엿보이는 것이 근골뿐 아니라 총명하기까지 한 듯하다.

마규상의 입가에 미소가 걸렸다. 당주께서 와 계시니 지금 당장 일을 벌이는 것은 무리겠지만 어디에 사는 아이인지는 알아둬야 앞으로의 일이 수월해진다. 남의 의심을 사지 않도록 마규상은 시장을 구경하는 체하며 아이의 뒤를 쫓았다.

아이는 신나게 달려가다 시장 끄트머리에 위치한 작은 좌판에 도착하자 걸음을 멈추었다. 야채와 채소가 널려 있는 좌판에 도착한 아이가 숨을 헐떡였다.

"헥… 헤엑… 아버지!"

"효원(孝元)이로구나."

"헤엑… 네!"

좌판에 앉아 있던 중년의 사내가 미소를 지었다.

"일단 숨부터 고르거라."

"헤엑… 네."

헐떡이며 대답한 효원은 심호흡을 몇 번 했다. 그래도 숨이 가라앉지 않았는지 한참이나 헐떡대다가 겨우겨우 숨을 고른 효원이 미소를 지으며 자랑스레 외쳤다.

"아버지, 송 문사님이 재질이 있다고 꼭 글을 가르쳐 주신대요!"

"뭐? 참말이냐?"

중년의 사내가 깜짝 놀라며 말했다. 효원이 다시 크게 웃으며 말했다.

"네! 꼭 나오래요! 백수문(천자문)을 다 뗐었다고 했더니 글을 써보래요. 그래서 써서 보여드렸더니 크게 웃으시면서 가르쳐 주신대요!"

"아하핫! 잘했다! 네가 열심히 공부하더니 과연 좋은 일이 생기는구나!"

효원의 말에 중년의 사내 성삼득(成三得)이 기쁜 듯 웃으며 말했다. 예전에 기회가 닿아 잠시 글을 가르쳤었는데 이내 글 선생이 떠나 버려 더 이상 가르치지 못하게 되었다. 그것이 한으로 남았는데 이렇듯 새로운 문사님께 글을 배우게 되었으니 그야말로 경사가 따로 없다.

"하하하! 그럼! 네가 그리 총명한데 더 배우지 못한다는 것은 말이 되지 않지. 정말 징하구나."

삼득은 기쁜 듯이 웃으며 고개를 끄덕였다. 삼득의 칭찬에 효원이 쑥스러운 듯 웃으며 고개를 숙였다.

"그래, 앞으로도 열심히 하거라. 새 글 선생이 생겼으니 더욱 노력해야 할 것이야."

"네!"

명랑한 효원의 대답에 삼득이 흐뭇하게 웃었다. 효원은 잠시 미소를 짓다가 뭔가가 떠오른 듯 좌판을 둘러보았다. 좌판에 놓인 야채는 조금도 줄어들지 않고 있었다.

효원이 걱정스러운 얼굴로 말했다.

"오늘도… 못 파셨네요?"

"…으흠, 그래. 잘 팔리지 않는구나."

흐뭇하게 웃던 삼득이 쓰린 눈으로 야채들을 둘러보았다. 작년에는 쌀을 재배했는데 쌀이 하나도 팔리지 않아 곳간에 넣어두어야 했다. 곳간에 쌀이 쌓인 것을 안 관아에서는 세금으로 절반이 넘는 쌀을 가져가 버렸고, 나머지 쌀을 어떻게든 팔아보려 했으나 결국 팔리지 않아 가난이 더욱 심해졌다.

그 후로 조그맣게 밭을 일구어 야채를 길렀지만 이것도 잘 팔리지 않는다.

삼득의 쓰린 속을 짐작한 효원이 걱정스럽게 삼득을 바라보았다. 삼득이 다시 미소를 지었다.

"어떻게든 되겠지. 너는 들어가 공부를 더 하거라. 나는 조금 더 팔아보다가 안 팔리면 들어가야겠구나."

"…저, 제가 도와 드릴게요, 아버지."

효원이 조심스럽게 말했다. 하지만 그 말을 들은 삼득은 엄한 목소리로 말할 뿐이었다.

"너는 가서 공부를 해야지. 파는 것은 아비 혼자 할 수 있으니 어서 집으로 가거라!"

효원은 다시 고개를 숙였다. 일을 도와드리고 싶지만 아버지가 원하지 않으니 자신은 집으로 가는 것이 좋을 것이다.

"…네, 집으로 갈게요."

　조금은 어두워진 표정으로 효원이 고개를 끄덕였다. 삼득이 미소를 지으며 고개를 끄덕이자 효원은 머리를 꾸벅 숙여 보이고는 다시 뛰어가기 시작했다.

　하지만 효원은 얼마 달리지 못해서 걸음을 늦추었다. 하늘에서 이상한 광경을 보인 것이다.

　파란 하늘 사이로 몽실몽실 피어 있는 흰구름 속에 새 한 마리가 날아가고 있었다.

　흔하디흔한 풍경이었지만 효원은 왠지 하늘을 날아가는 새에게서 쉽게 시선을 뗄 수가 없었다.

　'학… 인가?'

　부드러운 구름이 유영하듯 날아가는 학의 모습에 효원은 그만 넋을 잃고 말았다.

　하지만 걸어가면서 앞을 살피지 않으면 쉽게 사고가 생기는 법.

　효원은 어디선가 맹렬한 기세로 달려오는 소년 도사와 부딪치고 말았다.

　"아이쿠!"

　"아얏!"

　효원은 물론이거니와 효원과 부딪친 소년 도사까지도 엉덩방아를 찧고 말았다.

＊　　　＊　　　＊

　사실 평촌에 도착한 청명은 몹시 흥분한 상태였다. 사람이 이렇게나 많을 줄은 몰랐다. 평촌까지 걸어오면서 적지 않은 마을과 도시들을 보았지만 운풍 사손이 들어가면 안 된다고 해서 어쩔 수 없이 서운한 발걸음을 돌려야 했다. 하지만 지금은 마을에 들어가도 괜찮다고 하니 기대감에 얼굴이 발그레해지는 것을 막을 수 없었다.

한껏 흥분한데다 볼거리도 많으니 마구 달려가서 구경을 하려던 청명은 자신처럼 마구 달리는 누군가와 그만 부딪치고 말았다.

부딪친 충격으로 넘어진 엉덩이에서 느껴지는 매운 통증에 청명은 신음 소리를 내었다.

"아야야! 아파라!"

"아야!"

마찬가지로 비명 소리를 내던 효원은 얼른 자리에서 일어났다. 자신과 부딪친 사람을 보니 도복을 입고 있는 것이 도사 같다. 앞을 제대로 살피지 못해 사람을 넘어뜨리게 했으니 미안한 마음이 들어 효원은 엉덩이를 툭툭 털고는 옷가짐을 단정히 한 후 공손히 읍하며 머리를 숙였다.

"죄송합니다. 앞을 그만 보지 못해……."

"…예."

상대의 정중한 사과에 울상을 짓고 있던 청명도 고개를 숙였다. 상대가 앞을 확인하지 못했다지만 자신 역시 달리고 있었으니 할 말이 없다.

"저도 죄송해요."

"예."

효원이 살포시 미소를 지으며 고개를 숙였다. 숙여진 고개가 들리자 영준한 효원의 얼굴이 보였다.

"헤헤."

효원의 얼굴을 본 청명은 미소를 지었다. 어딘가 인연이 느껴지는 듯했다.

"…이만 가시지요."

뒤에서 그 모습을 보고 있던 운풍자가 나직이 읊조렸다. 본래대로라면

무당의 어른을 넘어뜨린 저 소년을 크게 꾸중해야겠지만 사조께서 스스
로를 죄송하다 하니 뭐라 할 말도 없다. 그저 이대로 조용히 넘어가야 되
겠다는 생각이 들었다.

　운풍자의 말에 청명은 다시 한 번 효원에게 미소를 지어 보였다. 인연
이 느껴지는 듯하지만 이러면 어떻고 저러면 어떠랴.

　세상에 나왔다는 기쁨에 청명은 다시 신이 나서는 달리기 시작했다.

　마침내 마을에 들어선 청명은 이곳저곳을 둘러보면서 탄성을 질렀다.
객잔도 있고 포목점도 있다. 길거리에는 좌판이 놓여 이것저것 신기한
것들을 팔고 있다.

　흥분한 듯 주위를 둘러보던 청명이 장신구를 파는 작은 좌판을 발견하
고는 궁금하다는 듯한 얼굴로 운혜를 바라보았다.

　"운혜 사손, 저게 뭐지요?"

　"저건 바로 장신구예요! 여인네들이 쓰는 장신구요."

　"아아, 그렇구나. 와아, 너무 예뻐요."

　운혜의 말에 청명이 고개를 끄덕였다. 잠시 좌판을 주시하자 과연 예
쁜 장신구들이 놓여 있는 것이 보였다.

　운혜도 좌판을 주시했다. 좌판에는 탐스러운 옥가락지가 빛을 받아 빛
나고 있었다. 운혜가 귀엽게 미소를 지으며 운풍자를 바라보았다.

　"운풍 사형, 저거 예쁘죠?"

　운혜가 옥가락지를 가리키며 말했다. 눈에 은근한 빛이 담긴 것이 '저
걸 가지고 싶어요' 라고 말하는 듯하다.

　운풍자는 무표정한 얼굴로 운혜를 바라보았다.

　"옥색이 너무 예뻐요!"

　운혜가 재차 말하자 운풍자의 입꼬리가 살짝 올라갔다. 운혜 사매는

처음으로 세상에 나왔고 장신구를 본 적도 몇 번 없을 것이다. 눈빛이 빛나는 것을 보니 저 옥가락지를 몹시 가지고 싶은가 보다. 하지만 도가에서는 장신구 따위의 세속적인 물건은 금하고 있다.

운풍자는 고개를 저었다.

"불가."

내심 사고 싶었던 속내를 들킨 운혜가 입술을 비죽거렸다.

"…누가 뭐래요? 사달라는 말도 안 했는데."

"그럼 가자."

"잠깐만요!"

운풍자가 무표정한 얼굴로 몸을 돌리자 운혜가 다급히 운풍자를 불러 세웠다. 바로 몸을 돌리다니 사형도 참 매정하기 짝이 없다.

"하나만 사주세요, 사형!"

운혜가 애절한 눈빛으로 말했다. 하지만 운풍자는 묵묵히 고개를 저을 뿐이었다.

"불가. 규율에 어긋난다."

"…그놈의 규율."

운혜는 뾰로통한 얼굴로 입을 비죽였다. 운풍자는 변함없이 무표정한 얼굴로 운혜를 바라보았다.

"그 말을 하는 것도 규율에 어긋난다. 다음부터는 조심하도록."

"……."

운혜의 볼이 부어 올랐다.

운혜와 운풍자가 서로 대화를 나누는 사이 좌판에 쪼그리고 앉아 장신구를 구경하던 청명은 헤헤 웃고 있었다. 마음을 보내어 세상을 본 적이 없는 것은 아니지만 세속적인 것을 멀리 하라는 사부의 가르침이 떠올라 자주 보기를 꺼려 했었다.

하지만 막상 원시천존의 명을 받고 세상에 나오니 재미있는 일이 그득하다. 세상에는 눈앞에 놓인 수실 달린 노리개처럼 예쁜 것도 많을 것이다.

수실 달린 노리개가 마음에 든 청명이 순진무구하게 웃으면서 운풍자를 바라보았다.

"운풍 사손, 저는 이게 갖고 싶어요."

"……."

쭈그려 앉은 청명이 노리개를 들어올리며 말하자 운풍자의 얼굴이 구겨졌다. 반면에 운혜는 득의양양하게 웃음을 터뜨렸다.

"……."

"아하핫! 사조의 명이니 어쩔 수 없이 사게 되겠군요!"

"…알겠습니다, 사조님."

운풍자는 무표정한 얼굴로 고개를 끄덕이더니 주머니를 꺼내어 셈을 치렀다.

도사님들이 자신의 좌판에서 물건을 구입하자 괜히 송구스러워진 주인이 굽실거리며 돈을 받았다. 하지만 돈이 조금 모자란다. 주인이 조심스럽게 말했다.

"저… 옥가락지 값이 없는뎁쇼?"

"저 노리개만 주시오."

"……."

운혜의 얼굴이 구겨졌다. 사형은 정말 노리개 하나만 사버렸다.

"아니, 저는 왜 안 사줘요?"

"규율에 어긋난다."

"사조님은요?"

"사조님은 신선이시지 않느냐."

운풍자가 변함없는 무표정한 얼굴로 말을 받자 운혜의 얼굴이 붉어졌
다. 곧 운혜는 대단히 박력 넘치게 따지고 들기 시작했다.

운혜가 운풍자를 조르는 모습을 지켜보던 청명은 이내 관심을 잃고 수
실 달린 노리개를 이리저리 만져 보았다. 몹시 마음에 들었는지 입가에
흐뭇한 미소를 지은 청명은 노리개를 소중히 품에 넣었다.

잃어버리지 않도록 몇 번이나 노리개를 단속한 청명은 시장 구석이 소
란스럽자 시선을 옮겨 구석을 바라보았다. 사람들이 모여 떠드는 것이
뭔가 재미있는 일이 있나 보다. 청명이 곧 그쪽을 향해 걸어가기 시작했
다.

사람들이 모인 곳에 도착하자 과연 안에서 웬 노인과 거지가 열심히
싸우는 것이 보인다.

"만두 하나만!"

"싫다고 했잖소!"

"하나만! 두 개도 아니고 하나만!"

추걸개가 얼굴을 붉혀가며 소리를 질렀다. 이제는 구걸이 아니라 자존
심 싸움이 되어버렸다. 제까짓 놈이 얼마나 잘났기에 개방을 무시한단
말인가! 개방의 명예를 조금이라도 생각한다면 만두 하나쯤은 사줘야 한
다.

귀찮은 듯 추걸개를 바라보던 귀곡자가 몸을 돌렸다. 추걸개는 당황한
듯 귀곡자를 바라보고 있었다.

"나는 가겠소. 더 이상 있기 싫구려."

"하나만 사주고 가시오!"

"싫다고 했잖소. 이제 그만 좀 하시오. 개방 장로쯤 돼서 체면이 있
지……."

추걸개의 얼굴이 붉게 물들어갔다. 더 이상 어찌해 볼 방도가 없다.

눈앞의 노인은 자신이 개방 장로임을 잘 알고 있으니 어쩌면 좋지 않은 소문이 날지도 모른다.

"개방 장로……?"

"개방이라면 거지들이 모인 그곳이 아닌가?"

"과연 장로부터가 저렇듯 추잡하니 개방이야말로 거지들의 천국이로 구나!"

구경꾼들이 몇 마디 말을 주워섬기자 추걸개의 얼굴은 그야말로 홍시처럼 되어버렸다. 아무리 거지라도 장로쯤 돼서 사람들 입에 오르내리게 되었으니 망신도 이런 망신이 없다.

민망해진 추걸개가 시선을 돌렸다. 문득 고개를 돌리니 무당파의 도복을 입은 젊은 도사가 자신을 바라보고 있다.

"이보게, 소도사."

멍하니 서 있던 청명이 화들짝 놀라며 추걸개를 바라보았다. 청명의 가슴께에 달린 구궁수를 확인한 추걸개가 환한 미소를 지었다.

"소도사는 무당파의 도사가 맞으시오?"

"네, 저는 무당파의 도사예요."

당연하다는 듯 청명이 고개를 끄덕였다. 추걸개가 반갑다는 듯 호들갑을 떨었다.

"아하핫, 개방과 무당의 관계가 멀지 않으니 내가 어찌 무당을 모른 척하겠소. 소도사의 눈에 헌기가 비추는 것이 가히 영재리 칭할 만해서 이렇듯 말을 붙이는 것이외다! 사해가 동도라고 했으니 소형제와 나도 따지고 보면 멀지 않은 셈이지!"

"와아, 맞는 말이에요. 그럼요."

청명이 순진하게 미소 지으며 두어 번 고개를 끄덕였다. 사실 만물이 하나고 내가 곧 만물이니 서로 편 가름할 필요도 없다[萬物一如 物我一體

不要分]. 알고 보면 저 거지와 자신은 하나인 셈이다.

청명이 고개를 끄덕이자 추걸개가 다시 대소했다.

"으하하하! 그렇지, 그렇지! 사해가 동도니까 말이오! 그러니까 하는 말인데……."

추걸개가 은근히 말을 늘였다.

"나, 만두 하나만."

"마, 만두요?"

만두를 구걸하는 추걸개의 은근한 목소리에 청명은 고개를 갸웃거렸다. 생각해 보니 자신은 만두를 먹어본 적이 없다. 하지만 저렇듯 사달라고 조르는 것을 보니 굉장히 맛있는 것인가 보다. 만두가 어떤 맛일까 상상하며 청명은 군침을 삼켰다.

"저, 저도 만두를 먹고 싶어요."

"그렇지? 소도사도 만두가 땡기지 않나? 만두를 살짝 베어 물면 나오는 그 고소한 육즙과 씹으면 씹을수록 우러 나오는 야채의 진한 향, 거기다가 말이야, 만두피는 또 얼마나 부드러운지 모른다네. 찐 음식이 원래 부드럽다지만 만두피의 부드러움은 그야말로 훌륭하지. 부드러운 만두피에 고기와 야채가 적절히 섞인 만두소……. 크으, 세상 사람들은 만두를 무시하지만 사실 만두만큼 훌륭한 음식은 별로 없지. 암, 그럼."

만두가 먹고 싶다는 청명의 말에 추걸개가 반색하며 만두 예찬을 펼쳤다. 추걸개의 말을 주의 깊게 듣던 청명이 군침을 꿀꺽 삼켰다.

"그, 그렇게 맛있나요?"

"그렇지. 게다가 하나에 구리 삼십 문밖에 하지 않으니 이 얼마나 싼가!"

청명이 고개를 끄덕였다. 구리 삼십 문이 얼마나 큰돈인지는 모르겠지만 여하튼 만두의 가격은 싼 편이란다. 자신은 돈이 없지만 운풍 사손은 돈이 있으니 아마 만두를 사줄 것이다. 청명이 해맑게 웃었다.

"네, 저는 돈은 없지만 만두는 꼭 먹고 싶어요."

"그래, 꼭 먹어볼 만하지."

추걸개는 고개를 끄덕이며 중얼거렸다. 하지만 좀 더 생각해 보니 돈이 없단다.

"뭐라? 돈이 없다니?"

"네?"

"방금 돈이 없다고 하지 않았나?"

청명이 고개를 끄덕였다. 추걸개의 표정이 애처롭게 변했다.

"…소도사, 거짓말이지? 사실은 돈이 있는 거지?"

"저, 저는 정말 돈이 없어요."

추걸개의 얼굴이 구겨졌다.

"그럴 리가 없어! 여기는 호북이잖아!"

"저, 정말 돈이 없는걸요."

호북에서 무당파의 도사가 돈이 없다는 소리는 아무래도 잘 믿기지 않는다. 추걸개가 의심 어린 눈으로 청명을 바라보았다.

"정말인가?"

"네."

청명이 고개를 숙이며 말했다. 저 거지는 자신을 의심하고 있다. 운혜 사손에게 꾸중을 듣기가 싫어 마음을 읽을 수는 없지만 읽지 않아도 느껴지는 것이 있다. 정말 돈이 없는데……. 이래서 운풍 사손은 함부로 대화를 나누지 말라고 했나 보다.

청명은 깜짝 놀란 듯 고개를 들고 입을 막았다. 평촌에 들어서기 직전 운풍 사손은 자신이 없을 때에는 함부로 대화를 나누지 말라고 주의를 주었다. 그런데 자신은 지금 거지와 천연덕스럽게 대화를 나누고 있다.

“합!”

“왜 입을 막나, 소도사?”

“……”

청명이 추걸개를 바라보며 슬슬 뒷걸음질쳤다. 추걸개가 눈을 가늘게 뜨고는 청명을 바라보았다.

“설마……?”

“……”

청명은 계속 뒷걸음질을 치고 있었다. 추걸개가 중얼거렸다.

“만두를 사주기 싫어서?”

울상을 지으며 뒷걸음질치던 청명이 몸을 돌려 도도도 뛰어가기 시작했다. 얼굴이 일그러진 추걸개가 그 뒤를 쫓으며 외쳤다.

“역시 돈이 있었구나! 소도사, 나 만두 하나만!”

이틀 굶은 거지의 처절한 목소리가 들려왔다. 그 목소리가 왠지 무서워 청명은 서둘러 무표정하게 서 있는 운풍자와 시끄럽게 떠드는 운혜에게로 달려갔다.

운풍자는 달려오는 청명을 발견하고는 시선을 돌렸다.

“무슨 일입니까?”

운풍자의 앞에 당도한 청명이 울상을 지으며 발을 동동 굴렀다. 청명의 뒤로 날카로운 눈으로 일행을 바라보는 추걸개가 보인다.

도복을 알아본 추걸개는 수염을 쓰다듬으며 운풍자를 바라보고 있었다.

“호오, 무당의 도인들이시로군.”

“그렇습니다.”

“그렇군. 그런데 자네는… 왠지 낮이 익구먼?”

　고개를 몇 번 주억거리던 추걸개가 얼굴을 운풍자의 코앞까지 들이밀고는 눈을 가늘게 뜨며 운풍자의 얼굴을 찬찬히 살폈다. 얼굴이 무표정한 것이 왠지 낯이 익은 얼굴이다.

　"자네… 낯설지가 않은데……. 이봐, 혹시 어디서 나 본 적 없나?"

　운풍자가 무표정한 얼굴로 뒷걸음질쳤다. 입 냄새가 고약하게 나고 있을 뿐더러 아는 얼굴이기도 했다.

　"…혹시 선배께서는 추걸개 막 선배가 아니십니까?"

　추걸개가 고개를 끄덕였다.

　"그래, 나를 아는 걸 보니 틀림없이 우리는 구면이겠구먼?"

　"그렇습니다, 막 선배. 저는 무당의……."

　"으하하하! 어쩐지 낯이 익더라니! 기억났네! 자네는 아마 운풍자겠지?"

　추걸개가 운풍자의 말을 끊으며 호탕하게 웃었다. 운풍자가 무표정한 얼굴로 고개를 끄덕였다.

　"오랜만일세, 오랜만! 그러고 보니 근 십 년 만에 보는 것 같구먼!"

　"그렇군요."

　"그래, 어쩐지 오늘은 기분이 좋더라니! 으하핫! 이보게, 운풍자! 그래, 장문인은 무탈하신가? 현무자 그 사람도 잘 있고?"

　운풍자의 얼굴이 굳어졌다.

　사부의 이름이 나오자 옥가락지에 대한 미련을 버리지 못하고 있던 운혜의 얼굴도 따라서 굳어졌다.

　"…모두 무탈하십니다."

　"그래? 하긴 장문인이야 별다른 일이 있겠나. 그리고 현무 그 친구는 팔이 다 잘려도 멀쩡하게 웃을 사람이지! 으하하핫!"

　"……."

운풍자가 추걸개에게서 시선을 돌려 운혜를 바라보았다.

추걸개가 농담이랍시고 지껄인 몇 마디 말에 운혜의 얼굴은 조금씩 침울해지고 있었다. 사부는 정말로 팔이 잘리고도 멀쩡하게 웃었다. 운혜의 눈동자에 눈물 몇 방울이 아롱지어졌다. 사부의 이름만 나와도 가슴이 주저앉는 듯하다.

운풍자는 운혜를 바라보다 다시 추걸개에게 시선을 옮겼다.

"일단 자리를 잡으시지요. 오랜만에 뵈었으니 식사라도 대접하겠습니다."

운풍자가 서둘러 말했다. 사실 운풍자는 운혜의 눈물을 더 이상 보고 싶지 않았다.

운풍자가 무표정한 얼굴로 말하자 추걸개의 얼굴이 밝아졌다.

"그래? 사실 이 노개는 이틀이나 굶었다네! 잘됐구먼. 그럼 어서 가세."

추걸개가 재빨리 몸을 돌려 앞장섰다. 운풍자는 무표정한 눈으로 다시 운혜를 힐끗 바라보고는 그 뒤를 따랐다.

하지만 청명은 따라갈 생각은 않고 울상을 지으며 운혜를 바라보고 있었다. 청명의 눈에도 눈물이 맺히고 있었다.

"우, 운혜 사손, 슬픈가요?"

"네?"

운혜가 당황한 눈으로 청명을 바라보았다. 자기보다 키가 큰 소년이 울 것만 같은 눈으로 자신을 바라보고 있다. 소매를 잡은 손이 떨리는 모습에 운혜는 괜히 웃음이 나올 것 같았다. 다 큰 사람이 하는 행동은 꼭 아이 같다.

"아, 아니요. 괜찮아요."

"울 거예요?"

운혜가 얼른 소매를 들어 눈가를 닦았다. 그리고는 이내 미소를 지어 보이며 청명을 바라보았다.

"네, 울지 않을게요. 저는 괜찮아요."

"울면 안 돼요."

"네, 이제 괜찮아요."

운혜의 말을 들은 청명이 그제야 안심한 듯 고개를 두어 번 끄덕였다. 운혜 사손의 마음이 바로 전해져 들어와 자기도 모르게 눈물이 났다. 마음을 일부러 읽은 것도 아닌데.

청명도 소매를 들어 눈가를 닦았다. 운혜가 그 모습을 보고 미소를 지었다.

어느새 객잔 앞까지 걸어간 추걸개가 그들을 불렀다.

"제일 젊은 사람들이 제일 늦는구먼! 얼른 오게!"

"네! 가요!"

기분이 조금 나아진 운혜가 외쳤다. 하지만 옆에 서 있던 청명은 불만스럽게 중얼거리고 있었다.

"…난 젊은 사람 아닌데……."

운혜가 그 모습을 보며 웃음을 터뜨렸다. 나이로 따지자면 청명 사조께서 가장 많지만 하는 행동을 보면 가장 어려 보인다. 그런데도 자기가 나이가 많다고 볼을 부풀리니 재미있을 만도 한 것이다.

"푸훗."

운혜의 웃음소리에 청명이 운혜를 흘겨봤다.

"운혜 사손은 왜 웃어요?"

"아, 아니에요. 흐흡."

"아, 얼른 오게! 이 노개가 굶어 죽는 꼴을 보고 싶은가!"

의아한 듯 운혜를 바라보던 청명이 볼을 부풀리며 추걸개에게 걸어갔

다. 저 거지는 얄밉다. 운혜 사손을 울릴 뻔했고. 자신보다 젊으면서 오
히려 자신에게 젊다고 했다. 청명의 눈이 가늘어지는 것을 보고 다시 운
혜가 웃음을 터뜨렸다.

*   *   *

추걸개를 피해 자리를 떠나던 귀곡자의 귀에 '소도사는 무당의 도사
가 맞으시오?' 라는 소리가 들려왔다. 구걸할 대상을 찾았다는 사실이 너
무나 반가웠던 추걸개의 목소리가 제법 크게 울려 퍼졌던 것이다. 귀곡
자는 얼른 시선을 돌려 추걸개의 주위를 살펴보았다.
늙은 거지의 새로운 목표가 된 도사는 과연 푸른 색 도복을 입고 있는
무당의 도사였다.
"……."
'무당의 도사라?'
잠시 조용히 청명을 바라보던 귀곡자는 탐스럽게 자란 수염을 긁적거
렸다. 자신은 교주의 명으로 무당에 잠입해야 한다. 하지만 잠입만이라
면 그다지 어렵지 않을 것이다. 물론 고되겠지만 불가능이라고 말할 정
도는 아닌 것이다.
하지만 무당의 일이라면 하나가 더 있다. 비록 마교에는 알릴 수 없는
일이지만 말이다.
"헐헐……."
귀곡자의 주름진 입가에서 웃음이 비어져 나왔다. 이렇게 무당의 일로
고민하고 있을 때 무당의 어린 제자 하나가 제 발로 그 모습을 드러내다
니…….
'하늘이 나를 돕는구나!'

　귀곡자는 조용히 시선을 돌렸다. 마규상이 남긴 밀마가 포목점의 기둥에 적혀 있었다. 지금 바로 밀마에 안내된 장원으로 갈 수도 있지만 무당의 제자를 발견한 마당에 어찌 그냥 자리를 비우겠는가! 기왕이면 한두 명쯤 더 인원을 불러 알아보아야겠다.

　귀곡자는 천천히 포목점으로 걸어가 기둥을 쓸어 만졌다. 부드럽게 쓸어 만지는 것만 같았으나 내공이 섞인 귀곡자의 손가락은 재빠르게 움직이고 있었다.

　귀곡자의 손이 지나간 부분에 새로운 밀마가 더해졌다.

　“헐헐헐…….”

　기둥에서 손을 뗀 귀곡자가 헐헐 웃으며 천천히 몸을 돌려 포목점을 벗어났다.

　하지만 추걸개와 청명에게서 어느 정도 멀어지고 사람들의 이목이 사라지자 귀곡자는 걸음을 멈추고 조용히 어느 가게 안으로 들어갔다.

　그리고 귀곡자의 모습은 보이지 않았다. 가게 안에서도, 가게 밖에서도.

『우화등선』 2권에 계속…